인포그래픽 장르의 행복 논픽션 에세이

행복의 일생(一生)

김계봉 지음

해피&북스

행복의 일생

초판1쇄 2020년 1월 15일

지은이 : 김계봉
펴낸이 : 채주희
펴낸곳 : 해피&북스
디자인 : 최주호
등록번호 : 제13-1562호(1985.10.29.)
등록된곳 : 서울시 마포구 신수동 448-6
전화 : (02) 323-4060,6401-7004
팩스 : (02) 323-6416
이메일 : elman1985@hanmail.net
www.elman.kr
ISBN 978-89-5515-667-6   0 3 8 10

값 17,800 원

인포그래픽 장르의 행복 논픽션 에세이

행복의 일생(一生)

김계봉 지음

해피&북스

Prologue

당신은 정말 「행복」 하십니까?

갤럽(George Horace Gallup)은 아이오아(Iowa)주립대학을 졸업을 한 후 자신의 이름을 딴 세계적인 여론조사 전문 연구소를 1935년의 세운 다. 그리고 갤럽은 침묵하는 다수의 모든 사람들이 궁금해 하는 것이 무 엇인지를 가장 먼저 조사하기 시작했다. 대학에서 심리학을 전공한 갤럽 은 시대의 흐름에 따른 사람들의 다양한 현상을 분석해 연구하고 싶었다.

그래서 미국 전역을 조사한 결과 사람들이 인생에서 가장 관심을 두고 있는 것은 「행복」 이라는 것을 알아내었다. 갤럽은 이번엔 어떤 사람들 이 행복한 사람인지 다시 조사하기 시작했고 마침내 나온 자신의 여론조 사 결과를 TV의 한 방송에 나와 밝혔다.

나는 지난 수개월 동안 모든 사람들이 인생에서 가장 큰 관심을 갖는 「행복」 이란 것에 대해서 조사를 했다. 그의 조사결과는. 먼저 종교적인 신앙체험을 직접 경험한 사람들이 「행복도」 가 가장 높았고. 그리고 반 대로 가장 행복도가 낮은 사람들은 알코올 의존 형의 알콜 중독자 였다.

사람은 누구나 이 세상에 태어나서 자기 나름대로 한 일생을 살아간다. 행복도 그 사람의 일생을 쫓아 행복이란 일생을 더 한다. 그러면서 보다 더 나은 행복한 삶을 살려고 노력들을 한다. 더 나은 행복한 삶을 위하여, 가정과 학교를 통하여, 교육을 받으면서 또는 성장과정을 통하여 사회를 발견하고, 청년이 되어 결혼과 가정, 직장을 통하여, 남들보다 더 나은 미래의 가치를 준비하며 열심히 살아가다가 잠시 뒤안길을 돌아보았을 때, 더욱 놀라운 것은 세월은 어느 사이에 나를 늙은 노인을 만들어 이미 늙어 있는 것이다. 그리고 그 초, 분, 시, 일, 월, 달, 년의 시간이 어느덧 나를 행복한 죽음에게 까지 끌고 가고 있는 것이다.

　"미국의 가정관계전국협의회(Nstional Council on Family Relations)"의 조사에 의하면 노인의 80평생의 삶을 시간 량으로 계산해 놓은 통계는 퍽 흥미롭다.

　취침에 26년을, 노동 21년, 식사6년, 남이 약속 안 지켜 기다린 시간 5년, 불안스럽게 혼자 낭비한 시간 5년, 세안하는데 228일을, 넥타이 착용 18일, 담배 불 붙이는데 12일, 아이들과 노는데 26일, 그리고 가장 행복했던 시간은 불과 46시간이었다고 한다.

　사람마다 행복한 삶의 방법은 다르겠지만 누구나 세월은 시간의 흐름 속에 하루24시간 1년은 365일은 같을 것이다. 사람들 마다 각자의 도생의 수명이 서로 달라도 행복한 일생을 보내야 한다. 이 책은 행복에 대하여 사진, 도형, 그래프, 일러스트레이션, 통계수치의 인포그래픽(Infographics)을 통하여, 내 몸 노화의 비밀, 늙지 않는 행복한 비밀, 그리고 행복한 죽음, 등등. 을 읽어서 지금 보다 더 나은 내일의 행복한 인생의 문을 열어 가기를 저자는 간절히 희망한다.

2020

지은이　김계봉

목 차

Chapter 1. 「행복」을 찾아서 / 10

01 행복의 시작! / 11
02 행복(happiness)은 어디에! / 16
03 「행복」하세요! "도파민" (1) / 20
04 「행복」하세요! "세로토닌" (2) / 28
05 「행복」하세요! "노르아드레날린" (3) / 34
06 「행복」하세요! "엔도르핀" (4) / 39
07 호르몬. 서로 자극하며 유혹한다. / 46
08 「행복」은 내가 주인공이다. / 54
09 실패도 하나의 원리(原理)다. / 58
10 사람은 나이별로 어떻게 살아갈까? / 62
11 나는 이 세상에서 꼭 필요한 존재입니다. / 69

Chapter 2. 건강해야 「행복」할 수 있다. / 73

01 「행복」의 기초인 건강! / 74
02 몸을 위해 건강을 먹자 / 79
03 행복의 기둥인 내가 먹는 음식 / 87
04 무엇을 마실까? (물) / 97
05 행복을 위해! 마시자? (술) / 103
06 행복의 날개. 운동! / 107
07 행복의 날개! (걷기 운동) / 112
08 더, 날씬하게, 더욱, 아름답게, 더욱 더, 행복하게! / 119
09 질병에 대한 생존 능력 / 127
10 왜? 내 몸은 아프거나 고통스러워해야 하나 / 132
11 아주, 신비스러운 그 자체입니다. / 138
12 70%의 수분 중 0.9% 소금물 / 147
13 아픔은 나를 강하게 만든다. / 150

Chapter 3. 서로 사랑하며 멋있게
　　　　　즐겁게, 신나게 그리고 「행복」 하게 / 155

　01 행복을! 마시며 즐기자? (커피) / 156
　02 맛과 향으로! 행복을 마셔볼깨(차,Tea) / 164
　03 약용 (티젠)차로, 건강을 마셔볼까? / 169
　04 「행복」 의 열매 "취미생활" / 177
　05 추장의 딸 결혼 교육은 옥수수 밭에서 / 183
　06 행복을 위한 성(聖) 스러운 性(Sex) / 185
　07 행복을 함께 "노래" 부르자! / 190
　08 "산다는 것은 황홀하다" / 199
　09 나를 절망으로 빠트리는 것들 / 203
　10 실패도 하나의 원리(原理)다. / 211
　11 위를 바라보는 존재다 / 215

Chapter 4. 너랑 나랑 「행복」 을 함께 나누자. / 220

　01 시간을 어떻게? / 221
　02 인생의 세월의 속도 / 226
　03 시간이 곧 기회다. / 231
　04 생사(生死)의 온도 / 235
　05 이젠, 격려의 말 한마디를... / 239
　06 웃자, 웃자, 함께 웃어 보자! / 243
　07 길을 바꾸렵니까? / 248
　08 인간은 행복을 누려야 하는 영적 존재들 / 251
　09 1도 차이 1점 차이 그리고 마지막 하나가... / 258

Chapter 5. 나는 「행복」을 찾다.   /   263

01 그 위대한 행복 / 264
02 「행복」공직소는 「가정」이다. / 271
03 그 위대한 나의 몸(My Body) / 277
04 더욱, 높이 날게 하는 행복의 날개 「돈」? / 283
05 행복을 가져다가 주는 일 / 289
06 행복도 소원하면 이루어진다 / 298
07 내 몸! 노화의 비밀 / 305
08 내 몸! 늙지 않는 행복한 비밀 / 310
09 죽음보다 더 무서운 두려움과 공포의 대상 / 317
10 늙으면, 죽는다. / 327
11 행복한 죽음을! / 333
12 행복을 찾다! / 340

Chapter 1.

행복을 찾아서

Chapter 1

행복을 찾아서

01 행복의 시작! / 11

02 행복(happiness)은 어디에! / 16

03 「행복」 하세요! "도파민" (1) / 20

04 「행복」 하세요! "세로토닌" (2) / 28

05 「행복」 하세요! "노르아드레날린" (3) / 34

06 「행복」 하세요! "엔도르핀" (4) / 39

07 호르몬, 서로 자극하며 유혹한다. / 46

08 「행복」은 내가 주인공이다. / 54

09 실패도 하나의 원리(原理)다. / 58

10 사람은 나이별로 어떻게 살아갈까? / 62

11 나는 이 세상에서 꼭 필요한 존재입니다. / 69

❙01 행복의 시작!

세계적인 리서치 전문 업체인 갤럽(George Horace Gallup)은 1935년 미국의 한 젊은이 갤럽에 의해서 설립이 되었다. 대학에서 심리학을 전공한 갤럽이란 젊은이는 시대의 흐름에 따른 다양한 현상을 분석해 연구하고 싶어 했다.

아이오아(Iowa)주립대학을 졸업을 한 후 자신의 이름을 딴 연구소를 세운 갤럽은 모든 사람들이 궁금해 하는 것이 무엇인지를 가장 먼저 조사하기 시작했다. 그리고 미국 전역을 조사한 결과 사람들이 인생에서 가장 관심을 두고 있는 것은 '행복' 이라는 것을 알아내었다.

갤럽은 이번엔 어떤 사람들이 행복한 사람인지 다시 조사하기 시작했고 마침내 나온 자신의 여론조사 결과를 TV의 한 방송에 나와 밝혔다.

"나는 지난 수개월 동안 모든 사람들이 인생에서 가장 큰 관심을 갖는 행복이란 것에 대해서 조사를 했다. 그의 조사결과는 먼저 종교적인 신앙체험을 직접 경험한 사람들이 행복도가 가장 높았고. 그리고 반대로 가장 행복도가 낮은 사람들은 알코올 의존 형 중독자 였다." 고 했다.

1. 사람들의 가장 큰 관심은 행복이다.

17세기 체코 출신의 교육학자 존 아모스 코메니우스(John Amos Comenius)는 인간의 지식을 통한 행복 형성 과정을 아주 쉽게 세 가지로 말했다.

1) 먼저는 감각. 즉 감성이 있어야 한다.

센스가 있어야 지식이 생기는 것이다. 그러니까 제 1통로가 감각이다. 그래서 바로 보고 바로 듣고 바로 맛보고 바로 만지고 바로 느끼고. 해서 지각 능력은 인지를 한다. 올바른 오감을 갖지 못하면 지식은 빗나간다. 사람은 오감기능을 통하여 바른 지식을 습득을 한다.

2) 건강한 이성이 있어야 한다.

이성이 병이 들면 안 된다. 이성을 통해서 우리는 이해하고 판단하고 비교하고 분석하고 논리를 전개한다. 건강한 이성을 가지고 있어야 사람은 행복을 할 수가 있다. 이성은 생각을 통하여 지식을 만들어 낸다. 그 지식은 다른 사람들로 하여금 길과 방법 그리고 미래를 준비하게 한다. 그리고 행복도 생각을 하게 한다.

3) 사람은 올바른 삶 또는 바른 세계관을 가지고 있어야 한다.

감각과 이성으로 우리가 사는 이 세상의 모든 것을 다 알 수는 없다. 그러므로 언제나 잊지 말아야 할 것들이 있다. 다 보고 알 것도 아니고, 다 생각해서 다 믿는 것도 아니다. 그 이상의 세계가 있다. 그러므로 그것은 믿음이라고 하고 희망 이라 고도한다. 또한 바른 인생의 가치관이나 신앙의 적극적인 종국의 세계이기도 하다 라고 말을 했다.

2. 자신의 생각이 행복을 만든다.

인간의 뇌 안에는 약 1천억 개라는 무수한 뇌세포들을 가지고 있다. 이 뇌세포들은 태어날 때 기본적으로 생존하기 위한 신경물질로 된 신경회로를 형성한 소수의 그룹을 제외한 나머지의 대부분은 아직 회로를 연결하지 않은 상태로 존재한다. 육아 때부터 사람이 성장하면서 나머지의 뇌세포들끼리 신경회로가 발전하며 형성해 간다. 보고 듣는 것, 또는 교육과 훈련에 의한 무수한 경험과 지식들이 그 사람의 뇌세포에 저장되면서 신경회로들이 진화하며 형성해 나가는 것이다. 사람이 태어날 때 신체 속에 깔려있는 신경회로는 경험과 기억들을 저장하고 통합하고 활성화된 세로 분화를 하면서 핵분열을 일으킨다. 그래서 지적활동을 왕성하게 하는 학자들이나 연구자들의 뇌는 보통사람들보다는 뇌 안에서의 신경회로가 상상을 뛰어넘는 구조를 이루고 있다. 그러한 뇌 안의 1천억 개나 되는 뇌세포들에게 무엇을 기억을 시켜주느냐의 따라서 행복이 시작된다.

3. 생각을 통하여 뇌신경은 행복한 나 자신을 만든다.

뇌의 이런 특성 때문에 뇌세포들끼리는 언제든지 변화를 일으킬 수 있다. 반도체의 회로는 한 번 설계가 되면 스스로 그 회로를 변경하지 못하지만 우리 뇌 안에서의 신경회로는 언제든지 변화가 가능하다. 가령 어떤 사람의 가치관이 변하는 것은 뇌의 이런 특성 때문이다. 뇌 안에서의 신경회로가 가변적으로 변화되는 것을 우리는 '뇌의 가소성'이라고 한다. 어떤 사람의 가치관이 변하는 것은 주변의 영향력 있는 환경과 사람에 의할 수도 있고 책으로부터 영향을 받을 수도 있다.

그 사람에게 영향을 미칠 수 있게 하는 생각이 바뀌었기 때문에 가치관이 변한 것이다. 변화시킨 생각이 뇌의 회로를 바꿔놓은 것이다. 평생 변하지 않을 것 같은 종교적인 신념도 어느 날 바뀌는 것은 그 사람의 생각이 뇌 안에서의 신경회로를 바꾸어 놓았기 때문이다. 뇌 안에서의 신경회로가 바뀌었기 때문에 생각이 변한 것이 아니라 생각이 뇌의 회로를 바뀌게 하는 것이다. 이 말은 대단히 중요한 말인데 평소의 생각을 바꿈으로써 뇌의 회로를 변화시킬 수 있고 변화된 뇌의 회로는 이전과는 다른 생각을 만들어내기 때문이다. 즉 평소에 자신은 늘 불행하다고 생각했던 사람이 무슨 일을 계기로 행복하다는 생각으로 바꿈으로써 뇌의 회로도는 바뀌고 바뀐 신경회로는 행복하다는 생각만 만들어낸다. 생각은 뇌가 만들어낸다. 그러나 그 생각을 만들어 내는 뇌는 결국은 나로부터 비롯되는데 즉 마음이 모든 것을 지어 낸다. 그래서 성경의 잠언기자는 잠언서4:23 마음은 생명의 근원이라고 했다.

원효는 의상과 함께 당나라로 유학을 가려 했었다. 그런데 가던 도중 동굴에서 하루 밤을 지내게 되는데 잠을 자다가 잠결에 목이 말라 주변을 뒤척였는데, 웬 물이 담긴 바가지가 있어서 거기에든 물을 벌컥벌컥 마시고 "아, 그 물 참 달고 시원하다." 하고 좋아했다. 그런데 다음 날 일어나서 주변을 보니 그가 마셨던 건 해골바가지에 담긴 썩은 물이었다. 그걸 알게 된 원효는 구토를 했는데, 구토 직후, 썩은 물도 목이 마를 때 모르고 마시니 참 시원하고 달았다 는 것에서 일체유심조(一切唯心造) 즉 모든 것은 마음먹기에 달렸다는 깨달음을 얻고는 유학을 포기

했다. 일체유심조(一切唯心造)라는 말이 뇌의 가소성을 잘 설명해 주는 말이다. 누구에게나 행복은 나(我)로부터, 마음으로부터 비롯되는 것이 곧 행복의 시작이다.

화양연화(花樣年華), 일생에서 가장 아름답고 행복한 시간

02 행복(happiness)은 어디에!

영어의 「행복」 이란 단어 happiness는 본래의 어떤 옳은 일이 자신 속에서 일어난다.는 뜻을 가진 happen에서 나온 말이다. 어원이 밝혀주듯, 행복은 그 사람의 내면에서 부터 그 어떤 좋은 일이 생기는 것이다. 우연히 외부에서 찾아오는 것은 아니라는 것이다. 「행복」 은 이렇게 자신의 노력과 그 무엇보다 마음가짐에 달린 것이지만 대부분의 사람들은 마음 이외에서 사람을 행복하게 하는 것이 그 무엇인가를 얻기 위한 노력을 사물이나 밖에서 얻으려고 되풀이를 하고 있다.

1. 나의 행복은 어디에 숨어 있을까?

행복의 이야기다. 옛날 현인들이 모여 과연 행복을 어디에다 숨길 것인가에 대하여 의논을 했다. 한 현자가 인간의 행복을 땅속에 숨기자고 하였다. 그러자 다른 현자들이 반대를 하기를 인간들은 농사를 짓기 위하여, 지하 광물을 캐내기 위하여 땅을 많이 파다보면 행복을 발견하게 될 것이라. 고 했다. 다른 현자가 말했다. 행복을 깊은 바닷속에 숨기자고 그러자 했다.

또 다른 현자가 반대하기를 바닷속에 숨겨도 인간이 바다 속에서 수

Life knows better

많은 수산물을 따내기 때문에 찾아낼 것이라고 했다. 이에 또 다른 현자는 말을 하기를 행복을 높은 산꼭대기에 숨기자고 했다.

반대하는 또 현자가 말하기를 산꼭대기에 숨겨도 인간이 찾아낼 것이라고 했다. 현자들은 하루 종일 생각해 보았지만 행복을 감출 수 있는 곳을 찾지 못했다. 그때 늙은 한 현자가 말했다. "행복을 인간들 마음속에 숨기자. 그러면 찾기가 힘들 것이다." 이 말을 듣던 현자들이 그게 가장 좋겠다고 하여 「행복」을 인간의 마음속에 숨겨 놓았다. 고 한다. 사람은 누구나 행복하기를 원한다. 그래서 세상 사람들은 세상에서 행복을 찾아 헤맨다. 그러나 진정한 행복은 당신의 마음속에 깊이 그리고 꼭꼭 숨겨 있는 것이다.

독일의 폴틸리히(Paul Tillich)박사는 현대인들의 마음속에는 세 개의 회색의 보자기로 행복을 싸서 감추고 있다고 했다. 그것이 첫째는 공허감이요 둘째는 죄책감이요 셋째는 공포감이라고 했다. 사람들은 행복하기 위해서는 자신의 공허감, 죄책감, 공포감의 마음속에 회색의 보자기를 자신 스스로 마음에서 걷어 내야 한다. 그래야 사람은 행복을 맛을 볼 수가 있다. 고 했다. 그러나 인간들은 예나, 지금이나 그 행복 찾기의 술래를 계속 하고 있다.

2. 나의 행복의 자리는 어디 일까?

어떤 남녀가 사랑을 속삭이기 위해 동산에 올라 좋은 자리를 찾아 앉았다. 앉아서 보니 좀 더 위쪽이 더 좋아 보여 그리로 자리를 옮겼다. 그런데 이번엔 오른쪽이 훨씬 더 아늑해 보여 다시 그쪽으로 자리를 옮겼으나 맞은편이 더 나아 보이는 것이었다. 연인은 한 번만 더 자리를 옮기리라 생각하고 맞은편으로 갔다. 인간의 욕심은 끝이 없는 것일까요. 다시 보니 아래쪽이 가장 좋은 자리로 보여 "한 번만 더..." 하며 아래쪽으로 옮겼다. 그런데 아래쪽에 앉은 남녀는 똑같이 마주보고 서로가 쓴 웃음을 지어야 했다. 그 자리는 자신들이 맨 처음에 자리를 잡았던 곳이었기 때문이다. 좀 더 좋은 것을 찾으려면 한이 없다. 행복은 현재의 자리에서 감사하는 마음에서 시작된다. 서로가...함께 감사하자. 서로가 사랑하며, 서로가 이해하며 그리고 서로 용서하며 상대를 수용을 해 주며 삶을 함께 나누면 당신의 삶과 마음속에 진정한 행복이 찾아 올 것이다. 사람이 얼마나 행복한 가는 당신의 노력과 감사의 저울의 무게에 달려 있다.

3. 과연 얼마나 소유를 하여야 나는 행복 할까?

고대그리스의 철학자이며 소크라테스(Socrates, BC469-399)의 제자인 플라톤(Platon BC427-347)은 희랍에 최초 대학교를 만들고 형이상학(形而上學)의 수립자로 인류 철학을 정립하여 서양철학의 기초가 되어 현대 철학에서도 많은 철학도 들이 지금까지도 많이 그의 철학을 열공을 하고 있다. 그리고 소크라테스는 행복론「eudaemonics」강의로도 유명하다.

사람들이 행복하기 위한 조건 5가지를 다음과 같이 말을 했다.
① 먹고 입고 살기에 조금은 부족한 듯한 재산, ② 모든 사람에게 칭찬받기에는 약간 부족한 외모,

③ 자신이 생각하는 것의 절반밖에 인정받지 못하는 이름 석자의 작은 명예, ④ 남과 겨루어 한 사람은 이겨도 두 사람에게는 질 정도의 약한 체력, ⑤ 연설했을 때 듣는 사람의 반 정도만 박수를 받을 만한 말솜씨만 있어서도, 이런 사람은 세상에서 참으로 행복(happiness)한 사람이다. 이렇게 플라톤은 행복의 조건을 넘치거나 완벽함이 아니라 다소 자기 자신의 부족함에서 있다고 「행복」을 말을 하고 있다. 사실은 사람은 누구에게나 100% 만족, 즉 100%의 행복이라는 것은 없는 것이다.

4. 보통 사람들도 행복의 조건들을 대부분 다 소유를 하고 있다.

철학자 칸트는 행복의 세 가지 조건에 대하여 이렇게 말을 했다. 첫째는 할 일이 있어야 하고, 둘째는 사랑하는 사람이 있어야 하고, 셋째는 희망이 있다면 그 사람은 참으로 행복한 사람이다. 우리가 행복하지 않은 것은 내가 가지고 있는 것을 감사하기 보다는 내가 가지고 있지 않은 걸 탐하기 때문이다. 물질세계의 것을 생각으로 마음의 담으면서 스스로 자족 하지 못하기 때문이다. 부자는 1만원으로도 행복감을 못 느끼지만, 아주 가난한 사람은 단 돈 1만원으로도 기뻐하고 감사하면서, 사랑하는 사람에게 어떤 희망으로 선물을 할까? 하고 행복해 하면서 좋아 한다. 즉 마음이 가난한자는 단돈 1만으로도 행복을 누린다.

03 「행복」 하세요! "도파민" (1)

　　마음속 행복을 결정지어 주는 우리들의 몸의 행복 호르몬 네 가지,
뇌 신경전달물질이 있다. 즉 "도파민"(Dopamine) (1), "노르아드레날린
(Norepinephrine) (2), "세로토닌"(Serotonin) (3), 엔도르핀(Nndor-
phine) (4)이다. 그중에 도파민 행복전달물질은 어떻게 만들어 질까? 그
리고 내 몸의 행복을 어떻게 만들어 낼까?

　　우리들의 마음의 행복을 결정지어 주는 우리들의 몸의 행복 호르몬
네 가지의 뇌 신경전달물질이 있다. 즉 (1)"도파민"(Dopamine), (2)"노
르아드레날린(Noradrenalin)", (3)"세로토닌"(Serotonin), (4)"엔도르
핀"(Nndorphine)이다. 도파민은 신경전달물질의 하나로 노르에피네프
린과 에피네프린 합성체의 전구물질(前驅物質)이다. 동식물에 존재하는
아미노산의 하나이며 뇌신경 세포의 감정이나 운동신경을 뇌에 전달 역
할을 한다.

　　신경세포의 또 다른 이름은 뉴런이라고 하는데, 그리스어의 "밧줄"
또는 "끈"을 뜻하는 말에서 유래됐다. 그 이름의 뜻처럼 온몸의 약 이억
개에 달하는 뉴런 즉 신경세포들이 다른 기관들과 뇌를 밧줄처럼 서로가

연결을 이루고 있다.

내 몸의 신경세포(뉴런)은 그 역할에 따라 감각, 연합, 운동, 뉴런으로 각각 나누어진다. 감각기관의 정보는 감각신경세포를 통해 뇌와 척수로 전달되며, 연합신경세포가

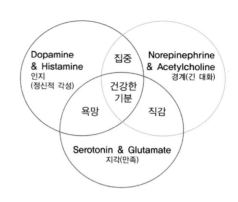

이를 받아 처리한 결과를 운동신경세포로 시냅스를 거처 운동이 필요한 온 몸의 세포에 정보가 전달이 된다.

이 네 가지 중에 나의 몸속의 행복 물질인 도파민(Dopamine)은 뇌의 중추신경계에 존재하는 신경 전달물질로서, 신경신호 전달 뿐만 아니라, 인간이 삶을 살아가는데 필요한 내면의 세계의 감정 즉 의욕, 행복, 기억, 인지, 운동 조절 등, 뇌에 다방면으로 관여한다.

뇌에 도파민이 너무 과도하거나 부족하면 주의력결핍 과잉행동장애(ADHD), 정신분열증(조현병), 치매, 우울장애 증상을 유발하기도 한다. 그래서 내 몸의 행복물질 어떤 것들이 있고 어떻게 내 몸의 행복을 사용을 할 수가 있는지 생리학적으로 내 몸 행복설명서 도파민에 대해서 알아보자.

1. 행복한 감정을 조절해 준다.

1) 도파민은 뇌 사랑의 묘약이다.

도파민은 뇌사랑의 묘약이라 부르기도 하며 또는 인간을 흥분시켜 인간이 살아갈 의욕과 흥미를 부여하는 사랑의 신경전달물질이라고 부른다. 이 도파민은 혈액 운동을 활성화시켜 욕망을 일깨우고 사랑에 대한

흥분작용을 시켜 가슴을 두근, 두근 떨리게 하며 못 보면 미칠 것만 같은 마음을 갖게 하는 것은 도파민의 작용이다. 달콤한 사랑을 만드는 사랑의 감정 조미료이다

도파민은 이러한 감정을 샘솟게 해주는 신경전달물질이기 때문에, 분비되면 될수록 쾌락을 느끼며, 두뇌 활동이 증가하며 학습 속도, 정확도, 인내, 끈기, 작업 속도 등에 많은 영향을 준다.

2) 의욕과 동기의 감정을 부여해 준다.

인간이 어떤 일을 하겠다고 결심하거나 하고 싶다는 일에 대한 의욕을 느끼게 동기를 부여 해주는 것이 이 도파민이며, 인간이 일을 해내어 얻는 성취감이나 희열감은 도파민이 없다면 세상에 존재하지 않을 감정일 것이다. 그리고 도파민은 우리들의 목표에 대한 집중력을 향상시켜주어 목표를 위하여 그 일에 몰입을 하게 의욕을 불러 일으켜주면서 몇 날 몇 일 밤을 지새우며 일에 몰입을 하게 하는 것도 도파민 물질의 왕성한 활동 때문이다. 반대로 도파민이 결핍되면 무엇을 해도 금방 질리고 쉽게 귀찮아지며, 모든 일에 쉽게 흥미를 느끼지 못하게 된다. 그래서 스트레스와 긴장의 긴장을 받으면 인위적으로 도파민이 나오게 하는 각성제 역할을 하는 술, 담배, 마약 같은 것들을 찾는다. 그리고 심하면 금단의 현상을 가져와서 불안과 우울증을 가져오기도 한다.

2. 행복을 위한 운동 신경을 조절해 준다.

도파민은 중뇌의 위치하고 있고 근육환경 운동신경을 자극시키거나 인간이 정상적으로 움직일 수 있도록 억제하거나 조절을 해준다. 검은색 흑질 부위에 위치한 신경세포에서 도파민을 생산을 한다. 운동을 하면 도파민이 분비되고 이 도파민이 분비되면 긍정적인 마음이 들고 자신

감이 생기며 하면 될 수 있다는 성취감과 행복감이 늘어날 뿐 아니라 의욕과 집중력도 높아진다.

도파민 분비는 어떻게 촉진할 수 있을까? 생각보다 간단하다. 몸을 움직이면 뇌의 도파민 뉴런끼리 연결 고리가 밧줄처럼 끈끈하게 엮겨 있어 서로가 정보전달을 하면서 도파민이 분비가 더욱 쉬워진다. 그래서 귀찮다고 운동을 안하면 운동신경이 둔감이 되지만 점진적으로 열심히만 하면 도파민이 내 몸속에서 내 몸의 행복을 위하여 신경물질이 왕성하게 활동을 한다. 오늘부터 당장 운동을 시작을 해 보면 어떨까?

3. 행복 물질은 넘쳐도, 부족해도...

행복신경물질 도파민이 너무 과다하게 분비될 경우 강박증, 조현병, 과대망상 등 쓸데없는 일까지 과도하게 몰입하게 되며, 무언가를 하지 않으면 너무나도 답답하기 때문에 칫솔로 온 집안을 청소한다거나, 책에 있는 글자 수를 전부 세어 본다거나, 자기 이를 계속 갈아서 잇몸과 이를 갈아 치아를 혹사시켜 망치는 등 각종 이상증상이 일으키기도 한다...

대표적 문제가 바로 중독 현상이다. 새로우며 강렬한 자극에 계속 노출되면 도파민 과다분비로 중독되는 행위 외의 다른 모든 것에 오히려 흥미를 잃는 뇌구조로 변형된다. 부족해지면 온몸이 떨리면서 움직임이 눈에 띄게 둔해지는 일이 벌어지고 움직임에 안정성이 떨어지는 파킨슨병이 찾아온다. 조현병환자가 약물치료시 파킨슨병환자와 비슷한 움직임을 보이는 이유이다. 특별한 원인 없이 도파민 수치가 정상인보다 떨어져 발생한다고 알려져 있는 질환이 주의력결핍 과잉행동장해 이며, 흑질의 도파민을 생성하는 세포가 특이적으로 파괴되어 운동 능력이 점차 떨어지는 질환이 또한 파킨슨병이다. 즉, 뇌 속에는 도파민이 부족한 질병이며 따라서 반대로 도파민은 파킨슨병 치료에 사용되기도 한다.

4. 내 행복 토파민은 내가 만든다.

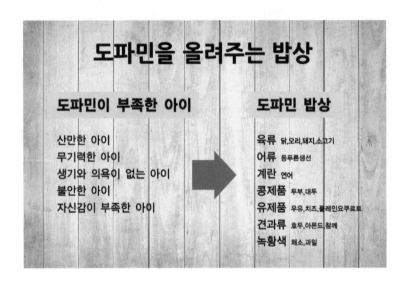

1) 언제나 먹는 음식이지만, 이젠 좀 골라서 챙겨 먹어 보자.

우리가 알고 있는 단백질이 풍부한 음식들이 도파민 음식이라고 보면 된다. 쇠고기나 치즈, 연어, 우유 두부 등 오메가3가 풍부한 음식들이나 잡곡, 견과류와 같은 음식들 또한 도파민이 풍부하다. 따라서 간식 하나를 먹더라도, 늘어지고 입이 심심 할 땐 자극적이며 짠 것보다 도파민 음식으로 좀 골라서 섭취하는 것이 좋다.

2) 도파민은 원하던 어떤 일의 목표를 달성했을 때에 분비가 된다.

조금씩 걷거나 조깅을 하는 거리를 늘리는 등 사소해도 좋으니 안하던 걷기나 조깅을 새로운 목표로 정하고 내 인생을 한번 멋지게 업데이트를 하여 보자. 그렇게 하면 새로운 동기가 생기고, 뭔가 이루고 있다는 의욕이 지속될 가능성이 높아진다. 지금부터라도 운동을 하면 내 몸안의 도파민 수용체를 만드는 효소가 생성되어, "중추신경계"에 있는 수용체 자체가 많아진다. 따라서 어떤 일을 완수했을 때 더 많은 도파민이 분비되고, 더 강한 만족감을 얻을 수 있다. 목표 설정도 무리하게 할 필요가 없다.

뇌의 신경전달물질 '도파민'이 우리 몸에 주는 영향은 실로 광범위하다. 누구나 아주 쉽게 행동으로 옮길 수 있는 둘레 길 같은 산책은 더욱 좋다. 길가에 피어 있는 들꽃들, 하천이나 강 길을 따라 이어폰을 끼고 음악을 들으며 조깅이나 걸을 수 있는 건강은 누구에게나 있다. 분명 한 것은 운동이 좋다는 것은 알지만 실천을 하지 못하는 내가 문제다. 운동을 하기 위한 의욕과의 관계성은 운동의 효율을 올리기 위해서 반드시 알아두고 이행을 하여야 더욱 좋다.

3) 정(靜)에서 동(動)으로 생활 리듬을 바꾸어 보자.

지금까지 운동하는 습관이 없었던 사람은 조금만 더 부지런하면 아침에 여유가 있게 출근 전 시간을 운동에 할애하는 것을 권 한다. 그마저도 시간을 낼 수가 없는 사람이라면 출퇴근 시간에 버스 한두 정류장에서 먼저 내려 걷거나 점심시간에 걷는 것도 좋을 것이다. 또 의식적으로 엘리베이터를 멀리하고 계단을 오르는 것도 좋은 방법이다. 조깅이나 걷기는 특별한 준비 도구나 기구가 없어도 가벼운 몸과 마음으로 누구나 마음만 먹으면 시작을 할 수 있다.

걷기는 속도에 따라 평보, 속보, 경보로 구분된다. 평보는 1시간에 4km(보폭 60~70cm) 정도의 속도로 걷는 것이고, 속보는 1시간에 6km(보폭 80~ 90cm), 경보는 1시간에 8km(보폭 100~ 120cm) 정도로 걷는 것이다. 일반적으로 평보의 보폭은 자기 키에서 100을 빼면 된다. 그렇다, 바쁜 일상 속에서라도 잠깐씩 신경을 써 내 몸을 움직여야 한다. 그냥 하루 종일 의자에 앉아 있기만 하다가 차를 타고 집에 가서 피곤하다고, 힘들다고, 바로 소파와 한 몸이 되는 생활을 한다면 무기력하

고 집중력이 떨어지는 생활에서 벗어나기 힘들다. 이것은 운동으로 의욕
과 집중력을 높일 수 있다는 이야기다. 운동을 습관화 하면 좋은 점이 또
있다. 단순히 도파민 분비만 촉진되는 것이 아니라, 뇌 안의 도파민 저장
량이 늘어나는 것이다.

4) 편안한 음악을 들을 때에 행복 도파민이 생성이 된다.

부드럽고 편안한 음악을 들으면 혈압이 내려가고 심박동과 맥박이 느
려지며 스트레스 호르몬이 줄어든다. 또한 음악은 뇌의 신경전달물질 도
파민을 생성을 촉진시켜 기분을 좋게 만들고 생산성을 향상을 시킨다. 음
악을 들으면 뇌에서는 즐거움과 보상을 담당하는 도파민(뇌에서 즐거움
과 보상을 담당) 이 생성되어 좋아하는 음악을 들으면 좋아하는 음식을
먹을 때와 마찬가지로 기분이 좋아지게 된다. 음악의 긍정적 효과는 볼
륨, 템포, 장르 등 에 따라 달라지기 때문에 좋아하는 장르나 곡 등 다른
요소에 따라 결과가 달라질 수가 있다.

5) 병약하게 일찍이 죽는 것보다 건강하고 행복하게 오래 살려면 운
동은 필수다.

평소 운동을 안 하고 산 사람보다, 규칙적인 생활이나 운동을 하면
서 건강을 관리하면서 산 사람은 약15년에서 20년이나 더 오래 장수하
며 잔 병치래 없이 삶을 살아서 일생재산의 17.5%의 재산을 더 모은다.
는 유럽의 속담이 있다. 행복하게 오래 살고프냐? 자신의 체력에 맞는
운동을 꼭 하라.

딸기는 안토시아닌, 비타민C군, 펙틴, 엽산의 성분이 많이 들어 있어서 항산화,
면역력, 피로 노화억제 등의 좋은 과일입니다.

█ 04 「행복」 하세요! "세로토닌(2)"

「세로토닌」 "(Serotonin)"은 모노아민의 4대 신경전달 물질중 하나이다. (1) "도파민"(Dopamine), (2) "노르아드레날린(Noradrenalin)", (3) "세로토닌(Serotonin)", (4)"엔도르핀(Nndorphine)"중에 하나이다. 행복을 느끼게 해주는 분자로 세로토닌을 일명 행복 호르몬이라고 부른다. 세로토닌은 마음의 진정과 정서적으로 안정을 시켜주며 신체의 편안함을 느끼게 하여주며 내 몸은 , 나는 참 행복하다 함을 가져다 준다.

1. 세로토닌은 정서적 안정과 마음의 평온함을 주는 역할을 하는 호르몬이다.

한 예로 장난감이 많은 집에 두 아이가 놀러 갔다. 엄마의 따뜻한 보살핌 속에서 자라서 세로토닌이 많은 아이는 야호! 내가 가지고 놀 장난감이 이렇게 많아..하루의 하나씩만 가지고 놀아도 1년 내 실컷 가지고 놀수가 있네요. 하며 신나게 논다. 그러나 세로토닌이 결핍한 아이는 아니! 이 많은 장난감을 언제나 다 가지고 놀아! 아..정말, 신경질나네... 짜증나네, 고 하는 것이다. 똑 같은 놀이 환경인데 한 어린아이는 놀이를 통해

서 흥미를 느
끼면서 공부
를 한다. 그러
나 세로토닌
이 부족한 아
이는 불안해
하며 만족감

행복을 느끼며 사는 부부는 행복해지는 행동만 한다

을 갖지 못하며 늘 불만에 잠겨서 놀이를 한다.

2. 세로토닌은 수면, 통각, 식욕 등을 조절해준다.

수면, 통각, 식욕 등을 조절하고 숙면을 도와 잠을 잘 자게 수면의 주기를 조절하여 주며 치매 예방에 도움을 주면서 세로토닌 분비가 많을수록 노화예방과 회춘을 만들어 준다. 세로토닌은 인간의 본능인 식욕과 수면욕 등 욕구가 충족되면 행복감을 느끼게 하는 호르몬이다. 세로토닌은 마음의 아픔이나 어려움을 회복을 시켜주는 조절의 추와 같은 역할을 하여 주기도 한다. 반대로 부족하면 우울증에 빠지게 되고 극단적인 선택을 하는 경우도 있다. 실제로 세로토닌 수치가 낮은 사람들은 감정이 불안하고 근심과 우울증에 빠지기 쉬우며 수면장애 현상이 나타나기도 한다.

3. 학습과 기억력에도 깊이 관여를 하며 기분을 조절해 준다.

학습과 기억력에도 깊이 관여를 하며 기분을 조절할 뿐만 아니라, 특히 사고기능과 관련하기도 하는데 기억력, 학습에 많은 영향을 미치며, 혈소판에 저장되어 지혈과 혈액응고 반응에도 관여한다. 세레토닌 신경계는 전두엽, 두정엽, 측두엽, 후두엽 등 대뇌의 전체 피질과 소뇌 척수의 전 영역에 걸쳐 분포가 되어 있다. 세로토닌 신경망이 합목적적으로 분포가 되어 있어서 사물을 보는 시각이나 만족과 불만족 등의 뇌의 조절기능을 담당하고 있기 때문이다. 과도한 도파민으로 인한 경쟁심, 아드레날린으로 인한 충동성 그리고 극단적인 기분의 상승과 하강을 조절을 해준다. 세로토닌은 뇌 내의 신경물질의 작용의 반응과 균형을 조절을 해주는 아주 중요한 신경전달 물질의 추와 같다

4. 세로토닌 신경은 뇌간의 중앙선에 있는 봉선핵(raphe nuclei)에 위치하고 있다.

세로토닌 신경은 뇌간의 중앙선에 있는 봉선핵(raphe nuclei)에 위치하고 세로토닌을 합성하여 정보 전달에 이용한다. 그 수는 뇌 전체 신경세포 약 150억 개에 비해 아주 적은 수 만개에 불과하지만 뇌 전체에 광범위한 영향을 미쳐 두뇌의 오케스트라의 지휘자와 같은 역할을 한다.

결국은 말초에서 세로토닌은 장내 크롬친화성세포에서 생성된 다음 혈중으로 분비되어 전신을 순환한다. 또한 세로토닌은 심혈관계, 소화기계, 내분비계, 골격계 등에 전신적으로 분포하는 세로토닌 수용체와 운반체를 통해 작용한다. 이러한 세로토닌 체계의 과도한 이상은 다양한 신체 질환의 원인이 되고 있으며, 세로토닌에 작용하는 약물들이 치료제로서 활용되고 있다.

5. 『세로토닌』이 부족하면 나타나는 증상은

1) 사소한 일에도 쉽게 신경질을 내며 화를 낸다.
2) 감정이 불안정해져 쉽게 불안해하며, 우울증에 빠지기 아주 쉽다.
3) 좌절에 쉽게 빠지며 충동적인 성향이 나타나고 자살위험이 높아

진다.

4) 마음이 우울하여 불면증과 수면장애가 나타난다.

5) 섭식장애를 일으키며 식욕이 증가해 비만의 원인이 되기도 한다.

6) 매일 아침에 일어날 때면 기분이 상쾌하지가 않다.

7) 체형 자세가 나빠지고 몸에 힘이 없으며 표정이 흐리멍덩해진다.

6. 내 행복 「세로토닌」 내가 만든다.

1) 햇볕과 자연광을 많이 쬐세요.

햇볕을 쬘 때 세로토닌의 분비가 활성화 되기 때문에, 하루 종일 실내에 있더라도 출근길이나 점심시간 등을 이용해 햇볕을 쪼여준다. 실내에서는 태양 빛에, 밖에서는 자연광을 쐬면 햇빛으로 활성화된다.

2) 내 몸의 맞는 리듬 운동을 한다.

근육의 수축과 이완을 주기적으로 반복하는 리듬운동이 아주 효과적이다. 즉 걷기, 조깅, 수영, 밥을 천천히 씹어 먹기, 복식호흡 등 가볍게 할 수 있는 우리 몸을 위한 신체 운동들이 있다. 이 리듬운동에는 '걷기'와 '씹기', '복근호흡'에서 세로토닌 활성화를 위한 걷기는 좀 빠르고 리듬 있게 걷되 걸음에 의식을 집중하는 것이다. 씹는 것도 리듬운동이다. 밥을 먹을 때에 밥 알맹이를 3-40번씩 씹거나 껌도 씹기 운동의 좋은 대체수단이 된

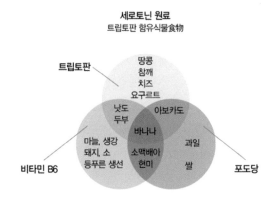

세로토닌 원료
트립토판 함유식물食物

다. 또 하나의 리듬운동은 복근호흡이다. 반드시 배의 근육을 사용하여 복식호흡을 하되 반드시 호흡을 알아차리면서 해야 한다. 그리고 들숨은 반드시 코로 들이마시고 코나 입으로 내쉬면 된다. 마지막으로는 작심삼일이 아닌 꾸준한 실천이다

3) 묵상

아침, 저녁으로 10-20분 정도 조용하고 편안한 상태로 묵상을 한다. 묵상은 호흡을 고르게 하며, 세로토닌 분비뿐만 아니라 심장질환 등에도 효과 있다. 묵상(Meditation) 즉 메디테이션이란 말은 그리스어로 '되 색임을 질을 하다, 는 뜻으로 복잡한 머릿속에 뇌와 뇌의 되 색임질 이란 사고력을 활성화 시키며 사고력을 기르는 데는 절대로 필요 한 것이다. 또한 정신력 증강에도 필요한 것이다

4) 트립토판 음식을 먹자.

트립토판은 사람을 포함한 많은 생물체에서 생합성 되지 않는 필수 아미노산이다 필수 아미노산인 트립토판은 세로토닌을 만드는 원료가 된다.

트립토판 음식이라고 하면 바나나, 두부, 땅콩, 계란, 살코기, 초콜릿 -오메가-3 고등어, 참치와 같은 등푸른 생선, 칼슘, 유제품, 해조류, 생선, 건새우, 조개, 콩, 두부 현미, 콩, 아몬드, 오징어, 미역, 새우, 굴 비타민 B6, 고구마, 감자, 콩, 등을 드시고, 간식으로 견과류와 과일, 야채, 유제품을 자주 섭취해주는 것이 좋다. 이렇게 내 몸을 위한 세로토닌은 내가 묵상도 하고 트립토판이 많이 들어있는 음식을 내가 먹고 운동하므로 세로토닌을 통한 행복은 내가 내 몸을 위하여 내 스스로가 만들어가는 나의 행복이다.

남자의 집은 곧 아내이다. - 탈무드

05 「행복」하세요! "노르아드레날린" (3)

노르아드레날린 호르몬은 기초 대 사량을 높여 집중력을 높여 준다. 응급상황의 반응을 주도하는 생존호르몬이다. 고통속에 희로애락의 감정을 조절한다. 그리고 좋은 독성 호르몬이기도 하다.

많은 종류의 호르몬이 있지만 그 중의 노르아드레날린(Noradrena-lin) 호르몬은 인간의 생존 능력을 돕는 호르몬이다. 스트레스나 긴박한 일이나 자신의 몸이 힘들고 어려워 분노에 처하면 노르아드레날린이 교감신경을 자극하여 급격하게 혈액이 뇌에 집중시키기 때문에 심장을 빨리 뛰게 하고 혈압이 높아지기 때문에 얼굴이 붉어지기도 하지만 집중력을 높이여 최적의 뇌의 환경을 만들어 주면서 신체의 방어기전을 작동을 시켜 신체를 보호하게 한다.

1. 기초 대 사량을 높여 집중력을 높여 준다.

사람의 인체는 불안을 느끼면 혈액 속의 신경 전달물질인 노르아드레날린의 수치가 급상승해서 각성이나 흥분에 관계하고 있는 뇌의 청반핵에 있는 노르아드레날린이 분비되어 자율신경의 교감 신경을 활성화를 시켜준다. 그래서 교감신경이 자극되면 심장의 운동이 활성화되므로 심박 수, 체온, 혈압이 급상승하기 때문에 얼굴이 붉어지게 되거나, 체온을 내리기 위해서는 땀이 나고, 발성기관의 근육이 경직되기 때문에 음성이 떨리게 된다. 그리고 소화관 운동과 소화액분비가 억제되어 식욕도 감소하게 된다. 그렇게 노르아드레날린은 몸을 긴장상태로 만들어서 목적을 이루는데 집중력을 높여 준다.

2. 응급상황의 대처 반응을 주도하는 생존호르몬이다.

노르아드레날린의 신경호르몬 기능은 몸이 위기, 불안, 두려움, 도피, 투쟁 이라는 전투태세에 진입준비를 하는 것이다. 예를 들어 동물은 외적으로 자신의 몸이 위협을 느끼게 되면 주위의 움직임에 집중하므로 털을 곤두세우고 귀를 쫑끝하게 세우며 임전태세에 들어가므로 전신을 경직시키고, 행동이 빨라지면서 본능적으로 대응을 하게 된다. 이 본능이 없으면 모든 동물은 동물들의 적수에서 살아남을 수가 없는 것이다. 사람도 위험한 상태가 되면 교감신경이 우위가 되어 집중력, 신체능력이 높아지기 때문에 신체에 각종 영향들이 나타나게 된다. 심장이 빨리 뛰고 호흡이 빨라지게 되고 입이 바짝 말라서 갈증을 느낀다 그리고 말도 어눌해지고 덜덜 떤다. 그리고 충동적이고 적극적이지만 때로는 방어적 공격을 하는 역할을 돕는다. 그래서 노르아드레날린은 승부의 물질이자 용기의 물질이라 고 부르기도 한다.

3. 고통속에 희로애락의 감정을 조절을 한다.

노르아드레날린의 중요한 기능은 희로애락의 감정을 조절하는 기능이다. 자연의 사계가 봄, 여름, 가을, 겨울의 사계절로 구성되어 있는 것처럼 우리의 생활도 기쁘고 즐거울 때와 화나고 슬플 때와 고통스러울 때가 교차되어 있다. 이러한 희로애락의 감정이 이유도 없이 어느 한 방향으로만 지나치게 치우치면 우울증 병이 되거나 조울병이 된다. 슬픈 일을 겪을 때 우울한 것은 정상적인 정서반응이다. 그러나 합리적인 이유도 없이 깊은 우울의 늪에 빠져 헤어 나오지 못하는 것이 바로 우울병이다. 현재 사용하고 있는 우울병 치료제는 이들 신경계의 기능을 증강시켜 정상화해주는 약이 된다.

이와 같이 노르아드레날린은 신경계의 적절한 기능유지는 인간 감정의 조화를 유지를 하는 것이 필수적이다. 그리고 강력한 각성과 수면 조절작용을 가진 인간의식, 생명의 원천이라고 할 수 있다.

4. 좋은 독성 호르몬이다.

노르아드레날린은 맹독성 물질이다. 이 이상의 독성이 있는 물질이라면 뱀이나 복어의 독 등으로 손으로 셀 수 있는 몇 종류에 불과하다. 모르핀이나 코카인 같은 것들과는 비교가 되지 않는다. 다시 말하면, 인

간의 생명력의 원천은 맹독 물질이 가져다주고 있다는 것이다. 이 노르 아드레날린 뿐만 아니라 대다수의 신경전달물질도 맹독성을 가졌다고 할 만하다. 이유는 간단하다. 맹독이기 때문에 비상시에 인간의 뇌와 신경에 작용하여 급격한 활동에 대처하게 할 수가 있는 것이다. 효과가 좋은 의약품의 대다수가 동시에 강한 독성을 가지고 있는 것과 같은 이치이다.

〈생명의 신비 호르몬〉의 저자 데무라 히로시의 말에 따르면 두 호르몬의 독성은 자연계에서 복어와 뱀의 독 다음으로 강력하다고 한다. 나 자신의 몸에 그런 독이 존재한다는 사실은 믿기 힘든 일이다. 하지만 우리는 가끔 이 독성이 몸에 영향을 주는 것을 경험하게 된다. 격렬하게 화를 낸 후에 오는 두통, 심장의 두근거림, 식은땀, 호흡곤란은 물론, 두려움이 극한에 다다르면 현실감이 없어져 자기 자신을 인식하지 못하게 되고 질식감과 발작을 일으키기도 한다. 노르아드레날린이 우리 몸에서 감소하면 의욕이 사라지게 된다. 그러므로 노르아드레날린은 의욕의 근본이라고 말할 수 있을 정도로 아주 중요한 물질인 셈이다.

일명 문둥병이라고 불리우는 한센병은 손, 발, 안면의 말초 신경계과 피부병변을 일으켜서 신체 부위의 신경감각소실로 인체가 망가지거나 죽는 병이다. 한 예로, 한센병자가 사이다병을 들고 맨 손으로 병마개를 돌려 열면서 손에서 예리한 병마개의 상처를 입어서 살점이 이그러져 떨어지고 피가 뚝뚝 흘러 떨어져도 아픈 것을 모르면서 병마개를 연다는 것이다. 이유는 손의 표피부가 병변을 일으키면서 손이 신경감각에 소실이 되었기 때문이다. 즉 말초신경전달체계가 죽어서 썩었기 때문이다. 그 만큼 세포와 신경계가 죽어서 신경전달물질 즉 노르아드레날린이 상처의 아픈 느낌을 전하지 못하기 때문이다.

5. 사람의 인체는 그 자체가 신비이다.

때로는 아플 때에는 내 몸 스스로가 자가 치료도 하며 사물을 보고 생각을 하며 느끼면서 시를 쓰고, 그림을 그리며 공방을 통하여 작품을 핸드메이드로 만들어 내며 기쁨을 느낀다, 영상이나 음악을 통하여 행복을 마음 것 꽃을 피우기도 한다. 이때..

① 도파민이 나와서, 사랑을 흥분을 시키거나 노력으로 성취한 희열의 성취감을 뇌로 전달을 한다. 나...이렇게 해냈어! 하며...너무나, 과하다 싶으면... ② 세로토닌이 앞장을 서서 정서적 진정과 평안 그리고 만족의 행복의 호르몬으로, 흥분과 성취감의 환각의 빠진 우리들의 마음의 감정을 평안하게 그리고 행복하게 조절을 해준다. 그런데 갑자기 위기의 응급상황을 만나면 ③ 노르아드레날린은 교감신경을 자극하여 뇌의 혈액을 집중을 시켜 방어기전을 작동을 시켜 긴장상태를 만들어 일과 목적의 집중력을 높여준다. 그리고 경계심을 갖게 하며 조심성을 갖게하여 인간의 생존능력을 높여 주는 그 일을 노르아드레날린이 주관을 한다.

이렇게 나의 신체의 몸속에는 행복 호르몬인 (1) "도파민"(Dopamine) (2) "세로토닌"(Serotonin) (3) "노르아드레날린(Noradrenalin)"은 각각 내가 내 인생의 행복한 주인이 되게끔 지금도 나를 위해 일을 하고 있다. 그래 ! 이젠 우리 모두 좀 더 행복하자. 창조주 하나님은 우리들에게 행복의 요소들인 행복 호르몬을 인체내에 이미 주셨으니 말이다.

06 「행복」하세요! "엔도르핀(4)"

남녀의 성행위로 성감곡선의 정점의 다다를 때를 "엑스터시"(ecstasy, 황홀경) 또는 "아크메"(acme, 정점) 이라고 한다. 정점은 그냥 다다르지 않는다. 반드시 힘들고 땀을 흘리고 벅찬 과정을 거처서야 엑스터시에 이른다. 이 과정 중에 도파민이 혈액운동을 활성화 시켜 교감신경을 자극하여 욕망을 깨워 흥분을 일으키고 엔도르핀이 힘든 행위를 참게 하면서 쾌감을 자극을 하여 쾌감과 행복의 극치에 이르게 한다.

엔도르핀(Nndorphine)은 뇌에서 생성되는 천연 진통제로서 "내인성"이라는 뜻 「endo」 와 모르핀의 "르핀"에 해당되는 「Rphin」 이 어원이 결합되어 만들어진 합성어이다. 엔드로핀은 뇌 스스로 분비되는 모르핀 유사 신경물질인 내인성 모르핀 이라는 뜻이다.

1975년 영국 애버딘 대학의 교수이자 생화학자인 한스 코스터리츠가 처음 발견한 이 물질이 모르핀보다 200배나 진통 효과가 강한 점에 착안해 '체내의 모르핀'이라는 의미로 「엔도르핀」 으로 이름을 붙였다. 국내에서는 1988년 이상구 박사가 '엔도르핀 이론'로 건강 열풍을 일으키며 '행복 물질'로 인식되었다.

엔도르핀은 동물의 뇌에서 분비되는 아편성 마약의 펩타이트, 신경
전달물질로 작용한다. 운동을 할 때, 흥분 시, 고통을 느끼는 경우, 매
운 음식을 먹었을 경우, 산모가 해산을 할 때, 사랑을 느낄 때, 오르가즘
을 느끼는 경우, 분비가 되면서 아편과 유사한 작용을 함으로써 무통증
(analgesia)과 같은 증상과 행복감을 느끼게 한다.

**1. 엔도르핀은 생체 내에서 생성되는 마약과 같은 천연 진통제이
다.**

뇌하수체와 시상하부 뉴런으로부터 혈액으로 분비되는 β-엔도르핀
은 척수와 뇌로 이동한다. 프로 오피오멜라노코르틴(POMC: pro-opi-
omelanocortin)의 분열을 통해 β-엔도르핀이 생성된다. 그래서 고통
을 참을 수 없을 때 뇌에서 분비하는 진통제이다.

긍적적인 태도는 병도 고친다. 노먼 커즌스(Norman Cousins)는 자
신의 저서「신비로운 마음과 몸의 치유력」에서 생리적 효과가 얼마
나 강력한 힘을 갖는가를 보여주었다. 노먼 커즌스는 말기 질환으로 사
형선고까지 받았다
가 살아났다. 어떻
게 그게 가능했을
까? 처음 사형선고
를 받았을 때 그는
호텔 방에 틀어박
혀 좋아하는 비디
오〈세 명의 앞잡이
(Three Stoooges)
를 계속해서 보고

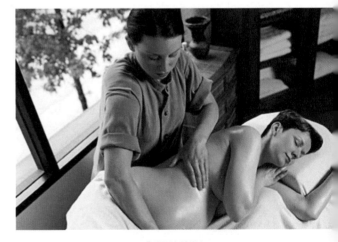

출산중인 임산부

또 보았다. 비디오를 보면서 그는 웃을 수 있었다. 극심한 고통이 엄습했지만, 몇 시간 동안 비디오를 보고 나면 잠깐이라도 눈을 붙일 수 있었다. 마음의 걱정과 고통이 점차로 줄어들면서 수면시간을 점점 더 늘릴 수 있었다. 그의 몸은 천천히 스스로 회복되기 시작하였으며, 결국에는 아무도 예상치 못한 불가능한 일이 일어났다. 그의 병이 저절로 치료된 것이었다.

병들기 전 「새터데이 리뷰(Saturday Review)」의 편집자로 일했던 노먼 커즌스는 병을 이겨낸 후, 집필 활동을 계속하면서 자신의 경험에 관한 강연을 시작했다. 정신력을 이용해 치료에 성공한 그의 생명에 관한 통찰력을 높이 평가한 UCLA 메디컬 스쿨은, 커즌스에게 의학박사 학위가 없음에도 불구하고 그를 세계적인 의과대학의 교수로 영입했다.

커즌스의 비결은 무엇이었을까? 4년에서 5년 전 나는, 커즌스가 우리 대학에서 하는 졸업연설을 들은 적이 있는데 그때 커즌스는 이렇게 말했다. "우리 몸에는 완전한 약국이 있습니다. 여러분의 몸은 어떤 병이라도 치료할 수 있는 세상에서 가장 강력한 약을 갖고 있습니다. 이 약을 얻을 수 있는 방법은 긍정적인 생각과 유머감각뿐입니다."

실제로 커즌스의 몸은 치료에 필요한 모든 약을 저장하고 약국을 찾아냈다. 약을 꺼내기 위해 필요한 열쇠는 바로 정신력이다. 커즌스의 경험은 우리가 1000만 달러 실험을 통해 알아낸 것 과 같은 결론에 도달했다. 나는 내 몸이 방출하는 천연 진통제 「엔도르핀(Nndorphine)」이 내 몸을 보호하고 있었기 때문이다. 라고 말을 했다.

2. 엔도르핀은 운동 중 힘들고 고통스럽거나 무산소 상태가 되면 방출된다.

극한 고통을 넘으면서 운동을 하다 보면 무산소 상태가 되면 인체

가 고통을 겪거나, 심리적으로 충격을 받아 기분이 나쁠 때 뇌하수체 전엽에서 분비되는 호르몬이다.

러너스 하이 「Runner's High」란? 미국의 심리학자인 A. J. 맨델이 1979년 발표한 논문에서 처음 사용된 달리기 운동이다. 달리기 운동을 하다보면 체력의 한계에 이르면 신체적인 스트레스가 발생하는데 육체적인 피로로 힘은 들지만, 한편으로는 성취감에 다다르기 때문에 이 때에 신체적 감정에서 행복감을 경험한 사람들은 「하늘을 나는 느낌과 같다」「꽃밭을 걷고 있는 기분」이라 고 한다. 보통 1분에 120회 이상의 심장박동수로 30분 정도 35km를 달리다 보면 러너스 하이를 느낄 수 있다 고 한다.

러너스 하이 달리기 뿐만 아니라 수영, 사이클, 야구, 럭비, 축구, 스키 등 장시간 자신이 좋아하는 운동을 몰입하다 보면 러너스 하이를 느낄 수가 있다.

3. 엔도르핀은 산모가 태아를 잉태 할 때에 산고를 덜 느끼게 한다.

산모는 해산 할 당시 내 인성 마약인 엔도르핀이 나오기 때문에 고통을 덜 느끼게 되고 몸은 아프고 힘이 들지만 비상감 같은 느낌을 경험을 하기도 한다. 분만할 때에 산모와 태아가 받는 고통과 통증은 말로 표현할 수 없을 정도로 크기 때문에 산모의 뇌에서 마약의 200-300배 강한 엔도르핀이 최고도로 유지 되어 나와 산모와 태아가 받는 고통을 덜어주게 되며 산모를 위하여 해산때에 주사하는 무통주사와도 같은 류의 주사인 셈이다.

4. 사람이 죽을 때 정신적 육체적으로 두렵고 고통스러울 때 돕는 호르몬이다.

힘들고 괴로울 때 실컷 울고 나면 속이 좀 후련해지는 것도 엔돌핀이 작용이다. 또한 사람은 임종이 가까 우면 죽음에 대한 정신적 두려움, 쇄약 해져 육체적으로 누적된 피로, 노쇄하여 허약해진 내면의 자아, 이렇게 엔돌핀은 사람이 죽기 바로 직전에 나오는 신경물질이다. 그래서 죽기 전에 파노라마 같은 환각현상을 보기도 하는데 엔돌핀이 나와서 고통을 줄여주기 때문에 사람은 편안하게 운명을 한다고들 한다. 이러한 고통스러운 죽음의 순간에 엔도르핀이 뇌에서 방출되는 천연 마약 역할을 하여 죽기 전엔 몸에 있는 모든 괄약근이 다 풀리어 눈물, 콧물, 똥 이 때로는 나오기도 한다. 또한 반대로 정신적으로나 육체적으로 고통스러운 아픔을 잊게끔 뇌에서 엔도르핀 진통제 처방이 자동 방출이 되어 미소를 지으면서 운명을 하기도 한다. 그래서 엔도르핀은 신비의 진통제이다.

5. 엔도르핀은 성행위 중 황홀감 정점에 있을 때 가장 많이 활동을 한다.

남녀의 성행위로 성감곡선의 정점의 다다를 때를 엑스터시의 "ecstasy- 황홀경" 또는 아크메 "acme- 정점" 이라고 한다. 정점은 그냥 다다르지 않는다. 반드시 힘들고 땀을 흘리고 벅찬 과정을 거쳐서야 엑스터시에 이른다. 이 과정 중에 도파민이 혈액운동을 활성화 시켜 교감신경을 자극하여 욕망을 깨워 흥분을 일으키고 엔도르핀이 힘든것을 참게하

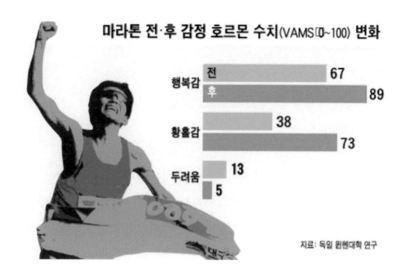

마라톤 전·후 감정 호르몬 수치(VAMS 0~100) 변화

행복감　전 67
　　　후 89

황홀감 38
　　　73

두려움 13
　　　5

자료: 독일 뮌헨대학 연구

면서 쾌감을 자극을 하여 행복의 극치에 이르게 한다. 남녀의 성은 도파민과 엔도르핀이 함께 분비가 되면서 엄청난 쾌감의 극치감을 서로 맛보게 된다. 또한 노르아드레날린은 대사량을 높여 오르가즘(orgasm)에 이르도록 오르가즘의 집중력을 높여진다. 그리고 세로토닌은 남여 사정을 통하여 성욕의 안정감, 행복감을 느끼게 하므로 서로의 만족감을 나누게 하여 서로를 행복하게 한다.

6. 엔도르핀이 우리 몸의 활성케 하는 방법

1) 러너스 하이 운동은 중 고강도 운동에 속한다 숨이 차고 땀이 나도록 달린다. 그러면 도파민, 세로토닌, 노르아드레날린 등 다양한 호르몬물질이 분비가 된다.

2) 매운 음식 즉 고추나 매운 카레 등은 캡사이신의 매운 맛 때문에 몸의 신진대사를 촉진하여 땀이 나게 하고 몸의 에너지를 소모를 시킨다.

3) 기름진 음식 즉 유지는 스트레스 해소가 뿐만 아니라 기분을 좋게

하게하여 엔도르핀을 분비한다.

4) 초코릿은 피로회복 뿐만 아니라 기분이 좋아진다. 이는 초코릿의 원료인 카오 폴리페놀이 엔도르핀 분비를 많이 상승시켜 분비하게 한다.

5) 따뜻한 물에 몸을 담궈 가면서 목욕을 하면 스트레스가 해소가 되고 혈관도 확장시켜 엔돌르핀이 활성화가 되어 엔도르핀이 분비가 된다.

7. 사람의 뇌는 모든 인체의 활동 작용을 조정한다.

우리의 뇌에는 860억여 개의 신경세포가 서로 복잡한 네트워크 즉 세포와 세포(뉴런)간 연결한 접합 부분을 「시냅스」라고 하는데 즉 신경회로망을 형성을 한다. 시냅스 전막에서 분비된 신경전달물질이 수용체와 결합을 하여 정보가 전달이 된다. 이러한 여러 가지 정보를 신경호르몬은 온 몸의 뉴런을 통하여 돌아다니면서 조직의 변화를 일으키면서 수면, 생식, 소화, 성장, 감정, 임신에 이르는 것 등, 을 조절을 한다.

1818년 독일의 드라이스가 발명했으며 공기 타이어가 붙은것은 1886년이며
1910년대에 이르러서 오늘날의 형태이 자전거로 진화되었다.

07 성(性) 호르몬은,
서로 자극하며 유혹한다.

호르몬의 어원은 그리스어로 '호르마오 Hormao'란 말로「홀리다, 자극하다, 흥분시키다」란뜻이다. horme(hɔ́:rmi) 영어사전에는 목적을 향해서 생체(生體)간의 상호 행동을 유연하게 하는 생득적 원적인 힘을 가진 호르몬이다. 호르몬은 온 몸을 돌아다니며 조직의 변화를 일으켜 수면, 생식, 성장, 임신에 이르는 모든 것을 신체내의 여러 기관들의 기능이 서로 다르니까 서로의 신체 전반에 생체정보를 전달하고, 서로 다른 인체 기능의 조화를 이루도록 화해, 조절, 전달하는 아주 귀한 물질이다. 그리고 호르몬을 혈액으로 분비하는 기관들을 모두 합해서 내분비계통이라고 한다.

1. 행복을 위하여 호르마오 즉 서로가 유혹하면서 홀리며 살자.

사람의 체내에 광범위하게 분포하는 여러 기관들의 활성을 통합·조절하고 생체 내의 항상성 유지에 중요한 역할을 하기 위하여 내분비 샘에서 분비된 호르몬은 혈액을 타고 특정 조직 또는 기관으로 이동하여, 그

표적기관의 기능을 적절히 조절하며 세포대사 활동에 변화를 일으킨다. 매우 적은 량의 호르몬으로도 기관 내의 미치는 효과가 크고, 그 효과의 나타나는 영향이나 시간은 아주 다양하다.

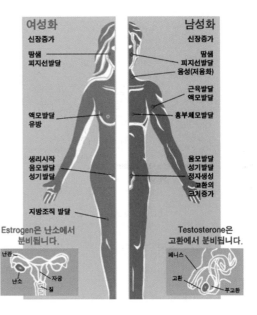

1) 호르몬이 사람을 자극하고 홀린다.

시람이 연애감정을 갖거나 누군가에게 애정감정이 끌리는 것은 호르몬의 역할 때문이라는 것이 생리학자들의 결론이다. 애정감정이 생길 때에 호르몬은 낭만적인 느낌이나 이성에 대한 애뜻한 신호나 느낌을 상승시키는 아주 중요한 역할을 호르몬이 한다. 도파민은 중추신경계에 존재하는 신경전달물질로 인간의 행복, 의욕, 기억, 흥미, 운동조절 등 의 감정을 자극하거나 의욕을 일깨운다. 더 나아가서 학습 성취력, 인내와 끈기, 작업의 속도, 그로인한 자신감이나 , 긍정적인 마음, 쾌락의 열정적인 마음, 성적인 쾌감은 모두가 다 도파민 호르몬의 역할 때문이다. 이렇게 각종 호르몬들은 사람들을 자극하고 홀린다.

2) 웃으며 즐겁게 하는 젊음의 감성은 호르몬이 좌우한다.

사람은 잠에서 깨여 일상 생활동안은 감정은 느낌, 표현, 신체반응으로 일상이 좌우된다. 누구나 일상생활 속에서 기본적으로 인지되는

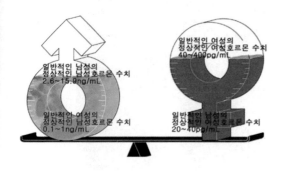

감정들을 가지고 산다. 행복감, 슬픔, 공포, 분노는 표정을 통해 공통적으로 인식들을 한다. 그러나 어떤 때에는 이들 감정이 서로 조합이 되어 우리가 경험하는 엄청난 수의 복잡한 감정이 생겨나기도 한다.

행복호르몬이라고 불리 우는 세로토닌은 숙면을 취하게 하고 기분을 좋게 느끼게 하고 아침이 되어 태양의 빛이 망막으로 들어오면 세로토닌 신경이 자극을 받아 세로토닌 호르몬이 활성화 된다. 혈압, 호흡, 심박이 활동적이 되면서 눈이 뜨이고 의식이 분명해집니다. 햇빛을 받으므로 세로토닌이 기분을 좋게 만든다. 그리고 대뇌 변연게에 영향을 주어 부정적인 기분을 해소 한다. 세로토닌은 생활의 자세를 깨운다. 운동신경을 자극하여 항중력근이라 불리 부분의 기장을 높혀주어 목 근육, 등 근육, 다리 근육, 얼굴 근육 등이 자극을 받아 자세가 좋아지고 얼굴 표정도 좋아진다.

3) 스트레스, 긴장, 위험 상황에서는 아드레날린 호르몬이 대처를 한다.

부신피질에서 분비되는 아드레날린 호르몬이은 다른 말로는 에피네프린이라고 하며 교감신경에서 분비되는 신경전달 물질이기도 하다. 척추동물의 부신 수질에서 분비되는 호르몬이다. 부신은 좌우의 신장 위에 밀착되어 있는 내분비 기관으로, 아드레날린은 이 부신의 중앙부를 이루고 있는 부신 수질에서 분비된다.　중추로부터 전달된 자극에 의해 교감 신경 말단에서 아드레날린이 분비되어 근육에 자극을 전달되면 교감 신경을 흥분시키고 혈관을 수축시켜 혈압을 상승하게

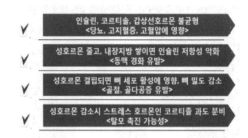

호르몬 결핍 = 수명 단축

✓ 인슐린, 코르티솔, 갑상선호르몬 불균형
　 <당뇨, 고지혈증, 고혈압에 영향>

✓ 성호르몬 줄고, 내장지방 쌓이면 인슐린 저항성 악화
　 <동맥 경화 유발>

✓ 성호르몬 결핍되면 뼈 세포 활성에 영향, 뼈 밀도 감소
　 <골절, 골다공증 유발>

✓ 성호르몬 감소시 스트레스 호르몬인 코르티졸 과도 분비
　 <탈모 촉진 가능성>

신체를 긴장감을 갖게 한다. 이것의 기능은 심장박동수 증가, 혈관수축, 기관지확장 등에 관여하여 긴장된 상황에 신체가 대처하도록 하여 위기나 어렵고 급한 상황을 신체가 대처하게 한다. 아드레날린 호르몬은 스트레스상황에서 많이 분비되며 군인, 운동선수, 스트레스에 시달리는 바쁜 직장인들에게도 많이 분비가 된다.

　또한 아드레날린은 또한 심장마비나 알러지 쇼크가 온 환자들에게 응급처치 용으로 사용되어 혈압상승을 유도한다. 그리고 운동선수들에게는 금지약물이다. 스트레스를 지속적으로 받으면 아드레날린 뿐만 아니라 코티졸 같은 다른 부신피질의 스트레스 호르몬이 분비되는데 이러한 호르몬이 계속 분비되면 소화불량, 지방축적, 고혈압, 근육긴장등 좋지 않은 영향을 준다. 이러한 상태가 오래 지속되면 결국 부신피질에서는 아드레날린의 고갈이 오게되고 몸에 기운이 없어서 흔히 말하는 만성피로증후군에 걸리게 된다. 그래서 아드레날린 호르몬은 늘 적정수준에서 유지 되어야 한다.

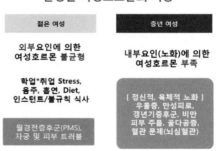

연령별 여성호르몬의 기능

젊은 여성	중년 여성
외부요인에 의한 여성호르몬 불균형	내부요인(노화)에 의한 여성호르몬 부족
학업*취업 Stress, 음주, 흡연, Diet, 인스턴트/불규칙 식사	[정신적, 육체적 노화] 우울증, 만성피로, 갱년기증후군, 비만 피부 주름, 골다공증, 혈관 문제(뇌심혈관)
월경전증후군(PMS), 자궁 및 피부 트러블	

4) 청춘의 묘약인 멜라토닌 호르몬은 나이가 아니라 젊은 청춘을 만들어 준다.

척추동물의 중뇌는 신경조직의 작은 덩어리이며 교감신경의 지배를 받는다. 고등 척추동물에서는 샘 구조를 형성하고 있는 송과 기관이 멜라토닌을 분비 한다. 멜라토닌은 인체에서 분비되는 모든 호르몬 중 최상위 호르몬이기 때문에 멜라토닌이 잘 분비되어야 그것과 연결된 다른 호르몬들도 원활하게 분비될 수 있다. 또한, 멜라토닌을 분비하는 송과 체는 생체 리듬을 주관하는 모든 기관의 첫 번째 우두머리 역할을 한다. 송과 체 바로 밑에는 갈증, 식욕, 성욕 등을 왕성하게 주관하는 뇌하수체가 있는데, 송과 체는 뇌하수체의 상부 기관으로서 뇌하수체의 기능을 조절한다. 현대 과학은 이송과 체가 내분비기관 중 하나이며, 수면 패턴 및 면역력의 항산화제와 관계가 깊은 멜라토닌 호르몬을 생성하여 밤이 되면 잠에 들게 하며 잠을 통하여서 낮 시간에 활동하던 신체의 각 기관들이 다음 날을 위하여 가장 편안하게 잠을 통하여 편이 쉬므로 피곤했던 신체의 회복을 갖게 한다.

2. 사람은 아동기, 사춘기, 성인기로 이어지면서 호르몬은 정서적, 신체적 큰 변화를 자극하고 만드는 것은 호르몬의 역할이다.

성장과정에 사춘기가 시작되면 몸무게가 늘고 뇌의 시상하부에서 생식샘 자극 호르몬이 분비되면서부터 남녀 모두 급격한 신체 변화가 일

어난다. 생명
의 연결고리
호르몬을 통한
소년의 변화는
사춘기가 남자
아이보다 더
일찍 8-11세
에 시작이 되
며 15-19세
가 되면 여자
아이의 사춘기
는 완결된다.
여자는 젖 샘

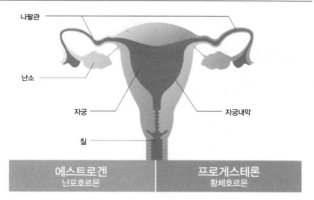

여성 호르몬은 모두 **난소에서** 분비된다

나팔관

난소

자궁

질

자궁내막

에스트로겐 난포호르몬	프로게스테론 황체호르몬
아름다운과 건강을 위한 호르몬이다. 피부와 머리카락을 윤기나게 하고 뼈와 혈관을 지키며 자율신경을 안정시킨다. 생리주기를 조절해 임신과 출산이 이루어지도록 하는 역할도 한다.	임신을 돕는 호르몬이다. 에스트로겐은 자궁 내막을 두껍게 하고 프로게스테론은 그 상태를 유지시켜서 수정이 쉽고 임신이 잘 되도록 한다. 체온도 높인다.

싹이 발달하면서 젖가슴이 커지고 난소에서 에스트로겐이 생산되어 사춘기의 변화를 가속시킨다. 첫 월경이10-16세에 시작이 되고 체모나 음모가 나기 시작을 한다. 여성의 생식기관인 질은 더 길어지고 투명하거나 하얀 크림 같은 분비물이 나오면서 생명의 연결고리는 진화된다. 또한 남성은 9-12세에 사춘기가 시작이 되어 17-18세에 사춘기가 완결이 된다. 호르몬으로 인해 후두가 넓어지거나 두꺼워져 목소리가 굵어지고 가슴흉곽이 커져 가슴이 넓어지며 고환에서 테스토스테론의 호르몬이 생산이 되면서 사춘기의 변화가 가속된다. 생식기관에 음모가 나오며 음경과 고환이 성장하고 정자가 생산이 되면서 첫 사정을 몽정을 통하여서 경험하게 된다.

1) 호르몬은 나의 몸을 위한 화학조절자이며 내분비계의 나의 메신저
   이다.

인체 내의 각 종류의 호르몬은 중추, 호흡, 소화, 비뇨, 내분비계통 등 78개의 인체의 기관, 조직들을 서로 소통하고 기능을 조정을 하며 한 몸이 되어 서로 움직이도록 호르몬이 그 역할을 한다. 마치 링에 매달린 체조선수가 균형을 유지하려면 각 인체의 계통마다 세밀하게 조정되어 다른 계통들에게 가해진 스트레스를 보상해서 바로잡는 일도 호르몬이 신체역량을 총 동원을 하여 만사의 편안한 균형을 이루도록 호르몬이 그 일을 한다.

3. 평생 젊고 건강하게 살고 싶다면 육체와 정신의 지배자 호르몬을 관리하자.

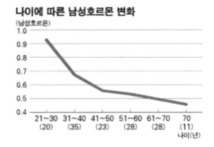

나이에 따른 남성호르몬 변화
(남성호르몬)

나이가 들어갈수록 사람은 노화를 방지하기 위해 운동을 하거나, 먹는 것을 조절하거나 의학적인 힘을 빌린다. 건강 혹은 젊음을 유지하기 위해 사람이 먼저 알아야 할 것이 하나 있다. 바로 호르몬이다. 내 몸의 호르몬 균형 유지이다. 사실 호르몬이라고 하면 남성 호르몬, 여성 호르몬, 성장 호르몬 등의 이야기를 많이 들어봤을 것이다. 균형있는 내 몸의 호르몬 관리가 필요하다. 특히, 호르몬은 나이가 들수록 잘 관리하는 것이 필요하다. 50대의 질병 기에 접어들면 여성들 중 50% 정도는 급성 여성호르몬 결핍 증상(안면홍조, 빈맥, 발한)즉 갱년기를 경험을 한다. 그리고 약 20%에 해당하는 여성들은 갱년기 증상이 좀 더 심하게 나타나고 있다. 안면홍조와 함께 피로감, 불안감, 우울, 기억력 장애 등이 동반되기도 하고, 주로 밤에 증상이 나타날 경우엔 수면장애를 겪기도 한다.

그래서 남성이나 여성들의 갱년기 치료방법으로 병원치료로 호르몬 보충요법은 폐경 증상을 완화시키고 비뇨생식기계의 위축을 예방하며 골다공증으로 인한 골절을 막아주는 데 효과적이다. 여성호르몬을 투여하면 골밀도가 증가하여 골절을 감소시키는 것으로 보고되어 있다. 이

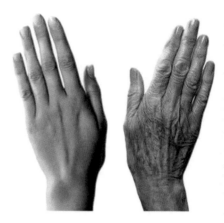

호르몬이 결핍되면 쉬 늙는다.

에 따라 호르몬 보충 요법이 폐경 후의 골다공증을 예방할 목적으로 사용되고 있다. 또한 폐경 후 피부의 탄력과 두께를 유지하는 데 효과가 있으며, 호르몬을 보충하지 못하면 몸이 쉬 피곤하며 쉬 늙으므로 이는 호르몬의 분비량이 줄어 상처 입은 세포를 충분히 복원하지 못하기 때문이다. 호르몬은 우리 몸을 회복시키고 체내 환경의 항상성을 유지하는 중요한 역할을 한다. 그래서 건강한 신체를 유지하려면 신체균형에 따른 호르몬 밸런스 관리가 매우 중요하다.

┃ 08 「행복」은 내가 주인공이다.

인간에게는 과거, 현재, 미래의 세 가지 시간이 있다. 현재는 과거의 성적표 같은 것이다. 과거에 어떻게 살았는가의 결과가 현재이다.

인간에게는 과거, 현재, 미래의 세 가지 시간이 있다. 현재는 과거의 성적표 같은 것이다. 과거에 어떻게 살았는가의 결과가 현재이다. 지금 본의가 아닌 상황에 처해 있다면 과거에 그렇게 될 만한 생활을 했기 때문이다. 만일 현재가 만족할 수 있는 것이라면 과거에 그렇게 되도록 노력했기 때문이다. 그리고 현재의 생활 방식이 미래를 결정한다. 미래는 현재의 결과이다.

여기서 우리가 어떻게 살아야 좋은지를 알 수 있다. 현재라는 시간에 전력 투구하는 것이 최선이다. 그런데 과거의 결과인 현재의 자기에게 사로 잡혀 후회하거나 혹은 나약해지거나 하는 사람이 너무나 많은 듯하다. 과거는 먹어버린 밥 같은 것이다. 이제

와서 어떻게 되는 것도 아니다. 깨끗이 잊어버리고 현재를 충실하게 보내는 것이 어떨까? 중국의 속담에 '적선지가(積善之家)에 필유여경(必有餘慶)'이라는 말이 있다. 지금 좋은 일을 많이 쌓아두면 반드시 좋은 일이 돌아온다는 말이다. 또 이렇게 말하기도 한다. "좋은 일을 생각하면 좋은 일이 일어난다. 나쁜 일을 생각하면 나쁜 일이 일어난다." 결국 우리는 현재에 승부를 거는 수밖에 없다.

1. 오늘의 준비가 내일이 된다.

우리는 지나 온 시간을 과거라 하고, 지금 살고 있는 시간을 현재라 하며, 앞으로 올 시간을 미래라 한다. 우리는 좋은 미래를 맞이하기 위하여 열심히 공부도 하고 일도 하며 살아가고 있다. 그런데 간혹 팔자니 운명이니 하는 말을 믿으며 미래를 결정적인 것으로 생각하는 사람이 있다. 만약, 미래가 이미 결정되어 버린 것이라면, 우리의 인생은 얼마나 무의미한 것인가? 입학시험에 합격하도록 미래가 결정되어 있는 학생은 놀고 있어도 합격할 것이고, 실패하도록 미래가 결정되어 있는 학생은 열심히 공부해도 실패하게 될 터이니 말이다.

그러나 사실은 그렇지 않다. 우리의 미래는 결정되어 있는 것이 아니다. 우리의 생각과 노력에 따라 얼마든지 좋은 미래, 밝은 내일을 만들어 갈수 있기 때문이다. 우리의 미래는 다양하다. 미래에는 영광된 미래가 있고, 비참한 미래도 있을 수 있다. 어두운 미래가 있는가 하면, 밝고 아름다운 미래도 있을 수 있다. 물론, 그 중간쯤 되는 미래도 있을 것이다. 중요한 것은, 사람은 누구나 여러 가지 미래 중에서 조금이라도 더 좋은 미래를 성취해 나가려고 노력을 하며 살고 있다 는 것이다.

2. 이 세상은 내가 행복의 주인공이다.

미래를 밝게 긍정적으로 보고 항상 희망과 의욕에 차서 살아가는 사람들을 낙관론자라고 한다. 이에 반해서, 미래를 어둡게만 보고 절망적으로 생각하는 사람들을 비관론자라 한다. 낙관론만이 옳고 비관론이 그르다는 것은 아니다. 비관론은 때때로, 인생을 살아갈 때나 한 나라의 미래를 설계할 때에 반성의 계기를 마련해 주기도 한다. 그러나 너무 극단적인 비관론에 파묻혀 있으면 생활 자체가 위축되고 어두워지기 쉽다. 그리고 어느 새 자기도 모르게 자기가 그리던 비참한 세계를 초래할 위험성까지도 있다.

따라서, 우리는 자신의 미래를 긍정적으로 볼 필요가 있다. 미래를 밝게 볼 때, 현재의 어려움을 극복할 힘이 생기고 의욕이 생기는 것이다. 물론, 낙관론도 좋기만 한 것은 아니다. 모든 일이 잘 되리라는 생각만으로 미래에 대비하여 아무런 노력도 하지 않는다면, 그 또한 어두운 미래를 초래할 위험을 안고 있는 것이다. 주인공이 극중 연기를 이끌고 가듯 나는 내 인생을 나 스스로 행복하게 이끌고 가야 한다.

3. 현재는 과거의 결과이다.

약 180년 전에 맬서스란 경제학자가 '인구론'이란 책을 통하여, 인류와 세계의 미래에 관해 언급한 일이 있다. 그에 따르면, 인구는 기하급수적으로 증가하는 데 비하여 식량 생산량은 그에 따르지 못하기 때문에, 인류는 결국 식량 부족으로 멸망한다는 것이었다. 그동안 영농업이 10배 발달이 되었다. 이는 그로부터 180여 년이 지났지만, 우리는 아직까지 식량 부족으로 멸망하지 않았다. 그밖에도 1972년에, 늘어나는 인구, 모자라는 식량, 고갈되어 바닥이 나기 시작한 지하자원, 선진국과 후진국

사이의 경제 격차, 심해 가는 공해와 환경 파괴 등으로 말미암아 21세기 내지 22세기 사이에 세계는 멸망할지도 모른다는 연구 보고서가 나오기도 했다.

그리고 이 사실을 증명이나 하듯, 그 다음 해인 1973년 가을에는 제1차 석유 파동이 일어나 세계 경제를 파탄에 가깝게 몰아넣은 적도 있었다. 그러나 세계는 아직도 멸망하고 있지 않으며, 그 당시에 20년이면 바닥이 난다던 화석 에너지인 석유에너지는 매장량 탐지 발달로 재 확인 된 것이 아직도 수십 년은 더 캐낼 수 있다.

그 동안 자연 에너지인 태양광, 바이오 등 의 신 재생에너지의 발달로 인류는 많은 어려움을 슬기롭게 극복하고 발전하여 가며 건강한 오늘의 문명을 이룩했다. 앞으로 닥칠 난관도 지혜를 모아 슬기롭게 대처하면 헤쳐 나갈 수 있을 것이다. 우리가 미래를 맑게 긍정적으로 보고, 좀 더 밝은 미래를 얻고자 나 자신이 더욱 노력을 한다면, 우리의 앞날은 한결 더 희망적일 것이다. 그리고 그 곳에 과거와 미래 그리고 현재의 내가 세상의 주인공으로서 그 가운데 행복하게 우뚝 서서 있을 것이다.

┃09 실패도 하나의 원리(原理)다.

"넘어져 봐야 일어서는 방법을 터득한다", "의인은 일곱 번 넘어져도 여덟 번 일어선다", 때로는, 실패도 성공의 원리가 된다.

토마스 에디슨(Thomas Alva Edison)은 전구, 축음기 발전기, 영사기를 비롯하여 무려 1092개의 발명특허를 얻어 인류발전의 큰 공헌을 하였다. 그래서 그를 가르켜서 흔히들 "세기의 발명왕"이라고 한다. 하지만 그 사람만큼 많은 실패를 했던 사람도 없을 것이다. 아마 실패한 부분의 세계기록이 있었다면 그가 세운 기록은 아직 까지는 갱신되지 못했을 것이다. 그는 전구 하나를 만드는 데만도 무려 1만 번의 실패를 했다. 전구를 제외한 특허품 1092개를 만드는데 10번씩 실패를 했다고 가정을 해도 그는 총 2만 번이 넘는 실패를 한 셈이다. 이렇듯 그는 보통 사람이 상상도 하지 못할 만큼 연구의 너무나 많은 실패를 경험을 한 사람이다.

1. 때로는 실패도 성공의 원리가 된다.

그럼에도 불구하고 그의 인생을 실패자로 보는 사람은 아무도 없다.

그것은 그 자신이 스스로 실패자라고 낙인을 찍지 않았기 때문이다 그는 훗날 이런 고백을 했다. "전구를 발명하기 위해 나는 9999번의 실험을 했는데 성공을 하지 못했다. 얼마나 실패를 되풀이 할 셈이냐고? 고 묻는 친구의 물음의 나는 다음과 같이 대답을 했다. 나는 9999번의 실패를 한 게 아니고 다만 전구를 만들 수 있는 9999가지의 이치를 발견을 했을 뿐이다. 이처럼 그는 계속되는 실패에도 생각이 달랐다 그리고 좌절하지 않았다. 한번은 이런 사건이 있었다 많은 발명품으로 마련을 한 돈을 가지고 그는 공업용 실험실을 세웠다. 이 실험실은 제품 생산까지 할 수 있는 공장으로 발전이 되었다. 그런데 그가 67세 되던 해에 공장의 큰 화재가 일어났다.

진화작업의 나섰지만 각 종 화공약품과 실험기구들이 많았기에 타오르는 불길을 잡을 수가 없었다. 이때 에디슨과 함께 그 광경을 목격을 하던 그의 아들은 연로하신 아버지가 받을 충격의 위로의 말도 제대로 할 수가 없었다. 그러나 그 공장이 타는 모습을 묵묵히 지켜보고 있던 에디슨은 아들에게 다음과 같은 말을 했다. "애야 어서 가서 엄마를 모시고 오너라" 평생을 가도 이와 같은 장관은 아마 다시는 구경을 할 수가 없을 게다. 결국 그는 모든 사람들의 우려에도 불구하고 재기의 성공을 했다. 그리고 80세로 사망을 할 때까지 왕성한 발명 활동을 계속하여 세상 사람들의 부러움과 존경을 받는 세기적인 인물이 되었다.

2. 넘어져봐야 일어서는 방법을 터득한다.

스코트랜드는 원래 잉글랜드와 상극이 되어 악착스럽게 서로가 싸운 나라들이다. 이런 까닭에 그 지역엔 자기네들의 독립영웅에 관한 이야기가 전래되어 내려오고 있다. 그 중에 하나가 흔히 스코트랜드의 해방자요 불세출의 영웅으로 존경을 받는 로버트1세라는 왕이 있다. 본명이

로버트부르스 라고 하는 그에게 다음과 같은 일화가 있다. 당시 잉글랜드1세의 침입을 받아 그들의 통치 아래 있던 그들은 부르스 중심으로 굳게 뭉쳐 격렬한 항쟁을 했다. 그런데 그들은 이 전쟁의 무려 6번이나 패전을 했고 그 결과 군사들마저 뿔뿔이 달아났다. 나중엔 왕 한사람만 남아 자신의 목숨을 걱정 할 지경에 이르렀다. 심신이 모두 파김치가 된 왕은 깊은 산속을 헤메이다가 다 쓰러져가는 움막을 하나 발견을 하고 거기에 들어갔다.

그곳에서 천정을 향하여 누운 채로 찢어지고 상하고 지친 자신의 마음을 추수리며 재정비를 하고 있을 때였다. 한 마리의 거미가 나타나서 왕이 누어있는 움막의 구멍이 뚫린 천정에서 부지런히 무언가 작업을 하고 있었다. 거미는 지붕 밑 석까래에 자기 나름대로 기초를 두고 거미줄을 늘어뜨리더니 그 줄을 타고 움막 중간쯤 되는 공간까지 타고 내려와 거기서부터 몸을 흔들기 시작을 했다. 왕은 본의 아니게 거미의 공중 곡예를 구경을 하게 되었다.

"저 녀석은 지금 무엇을 하고 있을까?" 호기심이 일자... 왕은 그의 행동 하나 하나를 주의 깊게 관찰을 하기 시작을 했다. 거미는 한껏 넓은 진폭을 형성을 하더니 건너편 서까래에 순간적으로 몸을 날리는 것이 아닌가? 그러나 그것이 기술적으로 얼마나 어려운 일인가? 거미는 실패를 하고 야 말았다.

3. 의인은 일곱 번 넘어져도 여덟 번 일어선다.

결국의 거미는 줄이 끊어져 땅바닥에 펄썩... 떨어지고 말았다. 그 순간 왕은 "우리는 실패에 대해서는 똑같은 동창생 이야 ! 하면서, 실패의 동질감을 느끼면서 똑같은 실패의 동료를 만났다는 생각에 실소를 금 할 수가 없었다. 이젠 모든 것이 끝이 났다고 생각을 했는데 거미는 원래의 처음의 자기 자리로 돌아가더니 그 작업을 계속하는 것이 아닌가? 이때부터 왕은 숨을 죽이고 거미의 거동을 살피기 시작을 하였다. 두 번째 시도도 실패로 끝나고 말았다. 그러나 거미는 다시 일어나 그 작업을 반복한다. 그렇게 거미는 무려 여섯 번이나 실패를 하는 것이다. 이제는 포기를 하겠지? 했는데 일곱 번째 다시 시도를 하더니 드디어 멋지게 목표 지점에 몸을 착 붙이더니 아주 멋있는 집을 짓기 시작하는 것이 아닌가?

왕은 자기 자신도 모르게 벌떡 일어나 거미에게 최대의 「경의」를 표했다. 그리고 그는 산을 내려와서 자신도 일곱 번째 전열을 가다듬어 다시 싸워서 큰 승리를 거두게 되었다. 결국은, 그는 보잘 것 없는 거미를 스승으로 삼고 배운 진리를 통해 스코틀랜드를 다시 찾는 승리를 거둔 것이다. 아무리 미물이라 할지라도 깨닫는 바를 실천해 옮기는 그 사람은 분명히 「겸손한 대 승리자」였다. 그러나 그 인간이 못나면 그 대상이 하나님이라 할지라도 전혀 배울 생각을 하지 않는 다면 단 한번 일지라도 결국은 실패로 인하여 쓰러지고 만다. 는 교훈이다. 때로는, 인생을 살아가는데는 실패도 「성공의 원리」가 되기도 한다.

❚ 10 사람은 나이별로 어떻게 살아갈까?

그리스 의사이며 수학자인 피타고라스(Pythagoras) 는 인간의 생애는 유아기(0~6세), 청소년기(7~21세). 성년기(22~49세), 중년기(50~62세), 노년기(63~79세), 고령기(80세 이상)의 6단계의 삶을 산다고 했다. 그 중에서 노년기와 고령기를 정신과 육체의 쇠퇴기로 간주했으며, 이 시기까지 생존하는 일부 사람들은 그 정신이 젖먹이 수준으로 퇴행을 하여 마침내 마치 어린 아이처럼 노쇠하여 스스로 할 수 있는 것이 아무것도 없다. 90세 이상의 이순이 되면 기력이 쇄하여 먹는 것과 배설과정의 대소변으로 인한 기저귀를 갈아 주는 등, 늙으면 마치 어린 아이와 같이 돌봄을 받아야 한다. 어린 아이로 왔다가 어린 아이가 되어 죽는 다는 뜻이다.

역으로, 남녀의 성교를 통하여 수정된 난자와 정자를 접합자라고 한다. 즉 수정 된 정자는 4주가 지나면서 척추, 눈, 팔 다리,기관이 형성되기 시작을 하면서 5밀리미터 무게는 1g의 정도이다. 아기는 「배아」라는 이름로, 배아의 바깥층을 이루는 세포는 뇌, 신경, 피부를 이루며, 배아의 속층은 창자와 같은 기관이 되며 바깥과 안을 연결하는 세포들은 근육, 뼈, 혈관, 생식기관으로 발달 한다.이렇게 갖추어진 아기는 「배아」에서 「태아」라는 이름으로 세상의 태어나서는 「나」라는 개인의 이름을 갖고 인생의 일생을 시작한다.

그럼, 사람이 성장과정의 나이별로 어떻게 살아가는지를 알아보자.

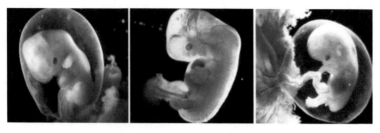

엄마의 자궁속의 배아로서의 아기

1. 유아기

1) 나이 1세를 해유(孩乳)라 한다.

나 자신은 성장과 발달에 알맞게 갖추어진 신체의 특성을 가지고 "나"라는 존재로 이 땅에 태어난다. 아기는 처음 약 4주가 넘으면 미소를 짓고 3개월 무렵이면 고개를 가누며 뒤집기를 시도 한다. 6개월이 지나면 아기는 옹아리 를 하며 소리를 흉내를 내며 단순한 언어로 반응을 한다. 아가가 9개월 무렵이 되면 일어나 앉으며 기어 다니며 약10개월이 넘으면 무엇인가를 붙잡고 첫 걸음마를 시작을 하려고 한다.

2) 나이 2세-3세를 제해(提孩)라 한다.

이는 제(提)는 손으로 아이를 안음을 가르키며 孩(해)는 어린아이를 말한다. 유아가 처음 웃을 무렵은 2-3세이며, 해아(孩兒)도 같은 의미로 사용하였다. 1세부터 5세까지의 아동기는 호기심과 신체발달이 폭발적으로 성장을 한다. 소아 아동기는 성인이 되어 사회성 기술에 큰 도움이 되므로 자신을 이해하며 자기 영역을 설정하며 사회적 유대감을 배우기 위하여 동갑내기 아이들과 함께 시간을 보내야 한다.

즉 이때의 신체의 성장과 함께 언어, 정서, 행동규칙 등도 발달 한
다. 이 때 뇌에는 신경세포의 새로운 연결이 생겨 정신발달의 기초가 되
는 밑바탕을 이룬다. 3세가 되면 자신과 남을 이해하는 마음이론을 세우
며 친구를 새기며 규칙을 이해하며 성별에 따른 차이를 갖으면서 자신
들만의 계층구조를 이루며 사회생활을 하게 된다. 그러면서 사람의 뇌
는 거의 발달을 한다.

3) 나이 4세의(小) 아이와 7세의 도(悼)의 생활이라고. 했다.

아동기에서 성인기로 이어지는 사춘기 때는 호르몬의 변화로 소년
의 변화를 맞으면서 젖가슴이 발달하며 체모가 나며 월경을 시작하면서
사춘기의 변화를 가속화 한다. 남자의 소년의 변화는 음경과 고환이 성
장하고 정자의 형성이 시작이 되어 첫 사정으로 몽정을 한다. 사춘기 소
녀, 소년이 되면서 1년의 그 키가 9㎝까지 성장을 한다.

2. 청소년기

4) 10세의 충년(沖年)을 거처, 지학(志學)
즉 15세에 학문(學問)에 뜻을 둔다.

공자(孔子)는 열다섯 살 때 학문에 뜻을 두
었다고 하여 15세를 뜻하는 말 충년이라고 했
다. 공자는 만년에 이르러 자신의 사상과 인격
의 발달 과정을 논어 〈위정편(爲政篇)〉에서 다
음과 같이 말하였다. "나는 나이 열다섯에 학문
에 뜻을 두었고(吾十有五而志于學), 서른에 뜻
이 확고하게 섰(三十而立)다"고 했다.

청소년기는 유년시절과 성인기 사이의 인

생주기로 사춘기에 시작하여 성인기 초기에 끝난다. 이 시기 동안의 발달과제로서 부모와 가정으로부터 정신적 독립과 이 시기 후에 따라오는 사회적 독립을 기대하고, 자기의 정체성을 찾으려 한다. 자신이 대인관계와 사회에서의 입장, 자신의 사회적, 인간적 역할, 생에 대한 사회에 대한 의무 등에 대한 철학적 사고와 가치관과 개체성을 확립하여야 한다. 이성과 교제를 시작하므로 건전한 이성 관계에 대한 가치관과 태도, 능력이 필요하다. 이러한 발달과제의 관련하여서는 반대로, 발생하는 정신건강 문제는 불안과 우울, 청소년 비행 및 반사회적 성격, 신경성 식욕부전증, 학교 거절 증, 약물남용과 중독, 주체성 장애, 지연장애, 청소년 충동조절장애, 성인 정신장애의 초기 증상으로서 청소년 정신장애, 즉 정신분열증, 조울증, 경계선적 성격장애 등을 격기도 한다.

3. 성년기

5) 30세의 이입(而立)과 40세의 불혹(不惑)의 나이 라고 한다.

공자는 30대에 이입을 하고 40대의 불혹의 나이에 모든 것에 미혹되지 않았다는 것이다.

성년기가 이입 불혹의 나이면 이미 성장이 끝난 상태기 때문에 열량 요구량이 성장기인 청소년기에 비해 오히려 줄어든다. 그러나 스트레스 등으로 인해서 고칼로리, 고지방, 고당분의 음식으로 과식하는 경향이 많다.

과식을 하면 활성산소가 많이 발생해 노화를 촉진하는데, 우리가 먹은 음식은 산소를 이용해 에너지 대사를 하게 되는데 이때 필연적으로 불안전하게 연소하는 활성산소가 남게 된다. 이 활성산소는 노화를 촉진하는 주범으로 우리 몸의 장기를 공격하고 늙게 만든다

4. 중년기

6) 50-60세의 나이(知天命)와 지천명, 60세의 이순(耳順)이 되어도 모든 것을 수 순리대로 받아드렸다.

즉 쉰에는 하늘의 인생의 명을 깨달아 알게 되었(五十而知天命)다. 그리고 예순에는 남의 말을 듣기만 하면 곧 그 이치를 깨달아 이해하게 되었(六十而耳順)다.

중년기를 가리키는 연령은 어느 정도 임의적이고 사람마다 다르지만 일반적으로 40~60세로 규정하고 있다. 중년에 이른 사람이 겪는 생리적, 심리적인 변화는 신체적인 능력의 점차적인 쇠약과 자신의 죽음에 대한 자각을 중심으로 나타난다. 중년기에는 미래에 대한 기대보다 과거에 대한 추억과 회상에 점점 몰두하게 됨에 따라 과거, 현재, 미래의 상대적인 영향력이 바뀌게 된다.

5. 노년기

7) 70세의 고희(古稀), 從心(종심)의 나이에는 법도를 어기지 않는다 고 했다.

77세 희수 (喜壽) 오래살아 기쁘다 는 뜻이다. 노년기는 2가지

개념의 정의를 갖는다. 하나는 개인의 인생과정에서 마지막 단계를 뜻하며, 또 하나는 전체인구 중에 가장 나이 많은 구성원들로 이루어진 연령집단 또는 세대를 말한다. 노화의 생태학적 영향간의 관계, 그리고 노후세대가 그들 사회의 특정조직에 대해 가지는 집합적 경험과 공유된 가치가 노년기의 사회적 측면에 영향을 미친다. 각 사회별로 또는 한 사회 내부에서도 노년층이라고 간주하는 보편적 연령기준은 정해져 있지 않다. 한 사회가 몇 살을 노령의 기준으로 보는가 하는 것과 어느 정도의 연령을 늙었다고 생각하는 것 사이에는 종종 괴리가 있다.

더욱이 생물학자들 간에는 노화의 고유한 생물학적 원인의 존재여부에 대해 의견이 일치하지 않는다. 비록 많은 국가나 사회가 70대까지를 노령으로 보고 있으나, 현재 대부분의 서구국가에서는 60세 또는 65세 이상의 인구를 퇴직 또는 노년사회복지제도의 대상으로 적용시키고 있다.

6. 고령기

8) 88세 미수(米壽) 미(米)자를 파자(破字)하면 "八十八"이 되는 데서 유래, 혹은 농부가 모를 심어 추수를 할 때까지 88번의 손질이 필요하다는 데서 88세는 미수(米壽)이며 99세는 백수(白壽)라고 한다.

또한 111세의 나이는 황수(皇壽) 1+10+1 더하여 이루진 111세의 나이로 황제가 삶을 누리는 나이라 한다. 그리고 125세의 나이는 천수(天壽)즉 하늘이 내려 준 나이를 살았다는 뜻이다.

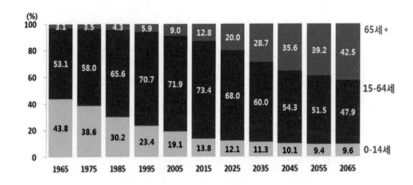

U.N 이 정한 세계 고령화 연도별 진입현황(출처: 통계청)

UN이 정한 고령화 구분을 따르면, 고령화 사회(Aging Society)는 65세이상 인구가 7%를 초과한 경우이고, 고령사회(Aged Society)는 14%, 초고령 사회(Super-Aged Society)는 20%를 초과한 사회를 말한다. 우리나라는 2018년에 고령사회로 진입하고, 급속한 고령화로 2025년에는 65세 이상의 고령자가 20.0%, 2065년에는 42.5% 될 것이라고 통계청은 전망하고 있다. 우리나라뿐만 아니라 고령화는 세계적인 현상이다. 많은 학자들이 2050년까지 전 세계 모든 국가에서 고령자가 증가할 것이라고 예측하고 있다. 싫거나 좋거나, 내 의지와 상관이 없이 닥아 오는 미래세대의 나 자신이 어떻게 나이를 먹어 갈 것인지, 어떻게 미래세대를 준비하며 살 것인지를 우리 모두가 깊이 고민하며 생각을 하여야 할 것이다.

11 나는 이 세상에서 꼭 필요한 존재입니다.

목공소의 없어서는 않되는 서로의 필요한 연장들 망치, 톱, 대패, 자(尺) 같은 존재 들이다.

우리는 각자가 세상을 위하여 서로가 필요한 목공소의 연장들과 같은 사람들이다.

베들레헴 한 목공소에서 연장들이 회의를 하다가 말다툼이 벌어졌다.

"망치야! 너는 소리도 크고 여기저기 망치로 마구 두두리고 때리고 박고만 하니, 넌 이 목공소에서 없어져야 해" 그러자 망치는 "왜! 내가 없어져야 해? 내가 없어지면, 톱 너도 떠나야 해? 이것저것, 자기 기준에 맞지 않는다고 마구 짤라 내니 말이다." 톱은 "내가 떠나야 한다면, 대패 너도 떠나야 해? 대패야! 너는 항상 남의 속도 모르고 겉만 보고 좀 높다고, 거칠다고, 마구 여기 저기 깍아 내니, 대패 너도 떠나야 해?" 대패는 "내가 꼭 떠나야 한다면 자(尺)도 떠나야 한다. 자는 항상 자기가 모든 것의 기준이 되어 자기중심으로 크다 작다 하며 평하기 때문이다" 라고 이유를 설명을 하는 것이다.

이렇게 목공소 연장들이 맞다, 틀렸다 서로가 말다툼을 하고 있는데, 아주 잘 생기신 30대의 젊은 목수가 들어와 작업복을 갈아입으시더니 강대상을 만들기 시작을 했다. 목수는 강대상을 만들 때에 망치,대패,톱,자 등 어느 것 하나 버리지 않으시고 모두 사용을 하여 아주 멋진 강대상을 만드시고 그 강대상에서 곧 설교를 하셨다. 이 목수는 유대 땅 베들레헴 목공소의 나사렛 예수님이 셨다.

목수에게는 톱 자 대패 망치 모두가 다 필요한 연장들이다. 어느 한 가지 연장이 없으면 만들고자하는 하는 물건을 만들 수가 없기 때문이다. 잠언서 16:4절에 악인도 악한 날에 적당하게 쓰여지기 위하여...그래서 하나님께는 쓰레기가 없다. 우리들은 이 세상을 살아가는 필요한 도구이 자 연장이므로 나의 인생은 이 세상속에서 목공소의 연장들처럼 각자의 재능대로 행복의 필요한 인생의 도구가 되어야 한다.

없어져야 하고 떠나야 하는 목공소의 필요가 없는 연장들이 아니다. 우리는 서로가 때로는, 환자에게는 의사로서, 길거리에서는 청소부로, 학교에서는 교사로서, 산업현장에서는 기술자로서, 식당에서는 조리사로, 행복한 세상을 서로가 만들어가는 사람들이다. 우리는 이 세상의 목공소에서 없어져서는 않되는 연장처럼, 서로가 모두 꼭 필요로 하는 연장과 같은 존재들이다.

The ass and his driver do not think a like
나귀와 마부는 똑같이 생각하지 않는다 : 독일속담

Chapter 2.

건강해야
「행복」
할 수 있다

건강해야 「행복」 할 수 있다.

Chapter 2

01 「행복」 의 기초인 건강! / 74

02 몸을 위해 건강을 먹자 / 79

03 행복의 기둥인 내가 먹는 음식 / 87

04 무엇을 마실까? (물) / 97

05 행복을 위해! 마시자? (술) / 103

06 행복의 날개, 운동! / 107

07 행복의 날개! (걷기 운동) / 112

08 더, 날씬하게, 더욱, 아름답게, 더욱 더, 행복하게! / 119

09 질병에 대한 생존 능력 / 127

10 왜? 내 몸은 아프거나 고통스러워해야 하나 / 132

11 아주, 신비스러운 그 자체입니다. / 138

12 70%의 수분 중 0.9% 소금물 / 147

13 아픔은 나를 강하게 만든다. / 150

▌01 「행복」 의 기초인 건강!

사람이 얼마나 건강하게 사느냐? 는 70% 이상, 본인 자신에게 달렸다. 보건학자들의 연구에 따르면, 수명의 30%만이 유전과 관련 있고 50%는 개개인의 생활방식(life style), 나머지 20%는 개인의 경제적 · 사회적 능력이 좌우 한다. 따라서 건강하려면 무엇보다 건강한 생활습관을 가져야 한다.

「옛 부터 테르미소스에 이륜마차를 타고 오는 자가 곧 왕이 될 것이다.」 라는 구전(口傳)이 있었다. 어느 해, 시골 농부였던 고르디우스와 그의 아들 미다스가 이륜마차를 타고 프르기아의 수도 고르디움 성에 입성을 한다. 오랜 전설의 예언이 이루어 졌다고 하며 사람들은 그를 왕으로 세웠다. 농부의 아들이었던 미다스는 자신이 프리기아의 왕이 되자 무척이나 자랑스러워 했다. 그리고 사바디오스신전 기둥에 아주 복잡한 방법으로 매듭을 지어 고르디우스가 타고 온 전차 한 대를 묶어 놓았다.. 그러고는 '누구든지 이 복잡한 매듭을 푸는 자는 아시아를 정복할 것'이라고 예언을 했다. 그 뒤 많은 사람들이 '고르디우스의 매듭'을 풀기 위해 도전했지만 모두 실패했다.

기원전 334년, 알렉산더 대왕이 수많은 군사를 이끌고 프로기아에 진군을 해서 고르디움에 도착했다. 아시아를 정복하기 위해 가는 중이었다. 그때 한 신하가 "황제 폐하! 이곳에 아주 재미있는 전설이 있다고 합니다." 누구든지 이 복잡한 매듭을 푸는 자는 아시아대륙을 정복할 것' 이라 고 하는 구전이 있습니다. 고르디우스의 매듭 이야기를 전해 들은 알렉산더 대왕은 호기심이 생겨 신전으로 갔다. 프로기아 국민들은 호기심에 조마조마한 마음으로 알렉산더 대왕과 매듭을 지켜보았다.

정말 "과연 매듭을 풀 수 있을까?" "아무도 못한 걸 황제 폐하라고 할 수 있겠어?" 매듭을 살펴보던 알렉산더 대왕은 갑자기 허리춤에 차고 있던 왕의 칼을 빼내 들었다.

그러고는 번개처럼 재빠르게 왕검으로 그 매듭을 잘라 버렸다. 그러면서 "아시아를 정복할 사람은 바로 나, 알렉산더다!" 그 순간, 주위에 있던 군사들과 고르디움 백성들은 '와!', '와' 환호성을 질렀어요. 그 뒤 알렉산더 대왕은 아시아를 정복하고, 그리스, 지중해에서 인도에 이르는 광활하고 최대의 거대한 대 제국을 건설을 했다. 그리고 북인도 정벌 원정을 마치고 바빌론으로 돌아온 알렉산더 대왕은 32세의 젊은 나이의 말라리아 열병으로 사망을 했다. 질병의 목적은 사망이다. 죽음은 모든 삶의 것의 끝이다. 사람이 건강해야 가진 것도 누릴수가 있다. 건강을 잃는 순간 모든 것을 잃게 된다. 그래서 세기의 알렉산더를 통하여 건강에 대하여 우리들에게 시사를 하는 바가 아주 크다.

1. 건강은 행복의 기준이 된다.

이처럼 정복자의 건강은 권력의 기준이 되기도 하지만 평범한 시민들에게는 행복한 삶에 기준이 되기도 한다. 어느 누구나 사람이 행복사람으로 일생을 살려고 하면 제일의 기준이 건강이다. 일생을 건강하게 살려고 하면 건강관리는 생활의 습관이 되어야 한다

그러면 어떻게 해야 더 건강하게 살 수 있을까? 규칙적인 식습관과 충분한 수면을 생활화하고, 일주일에 3-4회 이상 자신의 신체의 적당하게 맞는 운동을 하며, 금연과 금주를 반드시 실천을 해야 한다.

건강은 단기간에 얻을 수 있는 것이 아니다. 젊었을 때부터 오랜 시간 건강을 위해 투자해야 노후에도 건강을 유지할 수 있다. 경제적인 여유를 위해 재테크를 하는 것처럼, 건강을 유지하고 오래 살기 위해서는 30대부터 미리 노년의 건강을 대비하는 헬스테크(health-tech)에 관심을 가져야 한다. 헬스테크는 가능한 한 일찍, 30대부터 시작해야 효과가 극대화된다. 나이가 많으면 많을수록 건강을 원래 상태로 회복시키기가 어려우므로 늦어도 40~50대부터는 건강관리를 시작해야 한다.

2. 젊어서부터 헬스테크를 하라.

암을 이겨내고 건강을 되찾은 220명의 건강의 비법의 공통점은, 악순환의 고리를 끊고 근원적인 건강관리 즉 건강한 생활습관을 다음과 같이 실천을 했다 는 것이다.

① 긍정적인 즐거운 마음을 가져라. ② 자신과 이웃에 좀 더 적극적

인 삶을 살아라. ③ 자기 몸의 맞는 운동을 적극적으로 하라. ④ 자기 입맛에 맞는 음식을 골라 먹기보다 균형이 잡힌 식단으로 식사를 하라. ⑤ 금연과 절주를 하라. ⑥ 가족과 친척 그리고 공동체와 좋은 관계를 맺으며 살자. ⑦ 죽음의 문제를 위해 종교생활을 하라.

대체로 많은 사람들은 건강이 중요하다 는 것은 모두가 어느 정도는 다 안다. 하지만 약봉지 속에만 있는 알약은 내 몸의 아무런 효용의 가치가 없다. 식도를 통하여 반드시 내 몸의 들어가야 내 몸을 건강하게 하며 유익을 준다. 마음과 머릿속에만 있는 건강의 상식이나 지식은 내 몸의 아무런 상관이 없듯 실천이 없는 건강은 없다.

기계도 오래되면 녹이 슬고 마모되어 예전만 못해서 성능을 제대로 발휘하지 못한다. 그러다 가 점점 망가지는 곳이 늘어나면서 결국 더 이상 고칠 수 없는 고장 난 기계가 되고 만다. 사람의 몸도 마찬가지다. 기계에 녹이 쓸 듯이 나이가 들수록 혈관에 혈전이 생기고, 장기의 기능이 점점 약해지는 등 건강에 적신호가 켜진다. 그러나 이런 노화를 당연한 것으로 여겨 서는 안 된다. 노화 자체는 우리 힘으로 막을 수 없지만 노력을 통해 노화의 속도를 늦추는 것은 가능하다. 노화의 시계가 느리게 갈수록 우리 몸은 건강하고, 노후도 행복해진다. 노후 의 건강을 지키기 위해 다음 사항을 유념하자.

3. 언제나 관심 가져야 할 생활 건강습관이 있다.

① 혈관의 건강을 챙겨라. 혈관이 점점 막히거나 딱딱해지면 치명적인 심혈관질환(협심증, 심근경색 등)과 뇌혈관질환(뇌경색, 뇌출혈 등)이 생긴다.
② 뼈와 근육의 건강을 챙겨라. 80세가 되면 30세에 비해 근육의 20~30%가 감소한다. 특히 하지(下肢)의 근육 감소가 심하다. 뼈의 단단

함을 나타내는 골밀도는 20대에 최고조에 달해 그 이후 매년 0.5% 정도 감소한다. 특히 여성은 폐경기 이후 골밀도가 3~15년 동안 매년 2~3%씩 감소한다. 젊어서부터 꾸준한 근육 운동과 영양 섭취, 관절 관리 등을 통해 뼈를 튼튼히 하는 것이 좋다.

③ 뇌의 건강을 챙겨라. 기억력, 인지력, 학습능력 등의 감퇴는 자연적인 노화 현상이다. 그래서 노화의 도움이 되는 음식을 먹자.

④ 오감 즉 시각, 청각, 후각, 미각, 촉각 등 감각의 건강을 챙겨라. 노화는 오감으로부터 시작이 된다..

질병이 없던 구석기시대에는 가공되지 아니한 수렵되고 채집된 음식을 주로 먹었다. 주로 채소, 달걀, 과일, 견과류와 씨앗, 야생어류, 초원에서 방목한 가축의 고기 등을 채취하려면 그 드넓은 산하 들판을 뛰어다녀야만 했다. 저절로 운동이 되고 건강한 생활습관을 가졌다. 가사생활 기계문명으로 편안하다보니 게으르고 나태해지고 식량개발의 명분으로 각종 씨앗의 유전자를 조작한 GMO(유전자조작식품)식품을 나 자신도 모르게 먹게 되므로 면역계 질서를 깨트려 각종 암, 불임, 난임, 기형아, 각종 이름 모를 질병들이 발생하고 있어 우리는 더욱 불안하여 구석기시대의 식이요법이나 지중해식 식단으로, 그리고 건강한 생활습관으로 돌아가자고 회귀하고 있는 것이다. 우리는 한번 뿐인 내 인생을 건강하고 행복한 내 자신의 인생으로 살아야 하기 때문이다.

│ 02 몸을 위해 건강을 먹자

    한국은 세계 자동차 생산 5위 국가이며, 국내 자동차 등록대수는 2018. 6. 15. 기준으로 2,288만, 2035대로 안구 비율 2.3대 즉 인구 2명 중 1명은 자동차 1대를 보유 한 자랑스러운 국민인 셈이다. 그러나 아무리 고가의 훌륭한 기능을 가진 자동차라 할지라도 자동차에 연료를 넣지 않으면 자동차는 굴러 가지 않는 그냥 쇠 덩어리에 불과 하다. 사람도 누구나 자동차처럼 인체가 정상적으로 기능을 하려면 반드시 성장과 신체 유지에 필요한 연료 에너지를 필요로 한다. 이 인체의 에너지인 영양은 균형 잡인 식생활 즉 음식물이다.

1. 사람에게는 인체가 필요로 하는 필수 에너지가 있다.

    우리 몸은 다양한 기관(장기)과 조직들로 이루어 져 있다. 이 몸이 성장과 유지를 하려면 신진대사를 위한 에너지를 필요로 한다. 이 에너지는 식품에 들어 있는 음식물을 통해서 탄수화물, 단백질, 지방, 비타민, 무기질, 물, 같은 필수 영양소가 있어야 건강한 인체를 만들어 낸다. 그래서 건강한 신체는 건강한 식생활 습관을 통해서 얻어 진다. 건강한 식생활이

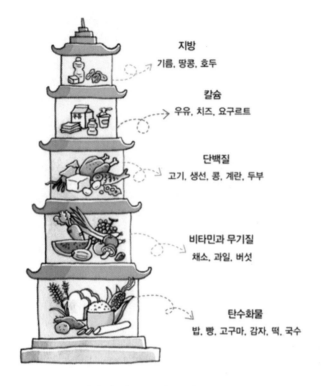

지방
기름, 땅콩, 호두

칼슘
우유, 치즈, 요구르트

단백질
고기, 생선, 콩, 계란, 두부

비타민과 무기질
채소, 과일, 버섯

탄수화물
밥, 빵, 고구마, 감자, 떡, 국수

- 사람이 필요로 하는 필수 에너지 -

란 다양한 종
류의 음식으로
몸이 필요로
하는 적당량의
영양소를 몸에
공급하는 식단
을 의미 한다.

사람은 입
으로 씹기, 으
깨기, 휘젓기
와 함께 소화
효소의 작용
으로, 큰 음식
입자는 혈류에
흡수될 수 있
는 크기로 분

해된다. 각 효소는 특정 형태가 있어서 특정 분자만 분해 할 수 있기 때문
에 입부터 창자에 이르기 까지 줄 곧 인체에서는 다양한 종류의 소화 작
용이 이루지면서 음식을 먹으면 소화 기관을 지나면서 분해가 되어 우리
몸이 필요로 하는 영양소는 대부분 작은창자에서 흡수된다.

2. 사람의 신체는 0.001밀리미터의 약 10조개나 되는 세포들로 구
성이 되어 있다.

세포는 우리 몸안에 다양한 조직과 장기를 이루는 인체의 기본적인
기능 단위이다. 약 10조개에 달하는 인체의 모든 세포는 음식을 통해 얻

은 영양소를 저장하고 만들어지고 유지가 된다. 편식이나 영양부족으로 세포가 제 기능을 못하면 인체 조직과 장기는 손상을 입어 건강의 문제와 질병을 일으킨다.

3. 입맛이 땡기는 것을 먹을까? 아니면 건강을 먹을까?

식품에 들어 있는 탄수화물, 단백질, 지방, 비타민, 무기질, 물, 같은 필수 영양소의 적절한 조합은 인체가 효율적으로 작동을 하도록 돕고 활동을 하게 건강을 유지한다.

탄수화물

탄수화물은 인체의 제1에너지원이다. 단순당과 함께 좀 더 복잡한 당분인 녹말은 몸에서 포도당(글로코스))으로 변해 인체 세포에 연료로 쓰인다. 섬유소가 많은 통 곡물과 과일 채소는 가장 건강한 탄수화물 식품이다. 탄수화물을 먹으면 소화기관에서 당으로 분해하여 혈액에서 흡수된다. 포도당은 에너지원으로 인체의 다양한 78개의 장기와 근육에서 직접 사용된다. 포도당과 결합해 식용설탕이 되는 과일의 단순 당분인 과당은 간에서만 처리된다. 이렇게 심장은 동맥과 몸 사이사이에 그물처럼 퍼지고 얽힌 미세한 모세혈관까지 펌프질로 산소와 영양소를 온 몸의 전달하고 옮기는 그 역할을 하는데 제1에너지원인 포도당을 사용을 한다. 그래

서 과일, 채소, 통 곡물 등, 을 잘 먹어야 한다.

단백질

단백질의 주요기능은 인체 조직의 생성, 성장, 회복이다. 음식에 함유된 단백질이 일단 아미노산으로 분해되면 DNA부터 호르몬, 신경전달 물질에 이르기까지 엄청난 종류의 필수적인 분자 생성에 관여한다. 그러나 대부분의 아미노산은 단백질로 조립된다. 우리 인체의 근육은 주로 근육 섬유소를 형성하는 직선의 긴 사슬 단백질로 만들어 진다. 근육 형성을 위해서도 단백질섭취가 필요하지만 손상된 근육회복을 위해서도 필요하다. 단백질은 살코기, 콩, 달걀, 두부, 퀴노아, 견과류, 씨앗을 통해서 얻어진다.

지방

지방은 탄수화물, 단백질과 더불어 3대 필수 영양소를 이룬다. 지방은 에너지 저장에 이용되는 것 외에도 다른 주요 역할을 많이 담당 한다. 지방은 신경조직 형성과 회복에 관여 한다. 건강한 피부와 손발톱을 유지하고 면역, 면역체계, 성장, 혈액 응고를 제어하는 호르몬을 만드는데 사용을 한다. 또한 지방은 인체의 모든 세포와 내부구조를 둘러싼 모든 세포막의 기본을 이룬다.

비타민

비타민은 인체의 신진대사 과정에 필수적이며 특히 조직과 성장과 유지에 깊이 관여 한다. 대부분의 비타민은 몸의 저장 될 수 없으므로 균형잡힌 식생활로 고르게 섭취해야 한다. 비타민이 부족하면 결핍성 질환으로 이어진다. 비타민은 달걀, 고기, 생선, 우유, 통밀, 잎채소, 아보카도, 토마토, 바나나, 견과류, 올리부유를 통하여 얻는다.

무기질

바위나 흙에 들어 있는 무기질은 지하수에 용해되어 하천 입자나 이온으로 변한다. 식물의 뿌리를 통해 조직에 흡수된 무기질은 먹이 사슬을 거쳐 우리에게 도달 한다. 주요 무기질은 우리 몸에 가장 많이 필요한 무기질이다. 무기질은 뼈와 머리칼, 피부, 혈액, 세포생성에 필수 적이다. 또한 신경 기능을 강화하고 음식이 에너지로 변하는 것을 돕는다. 부족하면 건강의 치명적이다. 다음과 같은 무기질이 있다.

① 마그네슘: 뼈와 모든 세포내에 존재하며 면역체계와 근육, 신경건강에 필요하다. 결핍되면 근육질환, 구토, 심장병으로 이어질 수 있다.

② 칼륨: 근육과 신경활동, 체액, 균형을 담당 한다. 부족하면 근육경련과 부정맥의 원인이 된다.

③ 칼슘: 뼈와 치아를 건강하게 유지하는데 필수적이며 신경과 근육 기능을 포함해 인체에서 다른 많은 역할을 담당 한다.

④ 인: 뼈 건강에 필요하며 음식에서 에너지를 얻는 과정에 관여한다. 수치가 크게 낮지만 근육 약화를 가져 온다.

⑤ 황: 많은 단백질의 필수 요소로 새로운 인체조직 생성에 중요하다.

⑥ 염화물: 위산의 주요 성분이다. 인체의 균형을 잡아주는 역할을 한다.

⑦ 나트륨: 몸의 체액 량을 조절한다. 나트륨 수치가 낮아지면 두통

부터 크게는 혼수상태까지 사소하게는 일어날 수 있다.

미량의 무기질로는: 불소, 구리, 셀레늄, 철분, 아연, 아이오딘, 니켈, 규소, 코발트, 크롬 등을 통하여 얻는다. 무기질이 결핍되면 다양한 건강의 이상이 생긴다. 예를 들어... 칼슘이 부족하면 골밀도 감소와 골다공증을 낳는다. 철분 부족은 빈혈과 심신허약, 피로의 원인이 된다.

물

인체의 약65%가 물로 이루어져 있다. 음식은 몇 주 동안 먹지 않아도 살 수 있지만 물이 없으면 몇 일내로 사망의 이르는 것을 보아도 물이 얼마나 중요한지를 알 수 있다.

① 수분공급, 체온조절, 탈수 예방

수분을 충분히 섭취를 해야 피부탄력유지, 체온조절, 콩팥의 여과 기능을 가능하게 한다. 그리고 수분은 주로 소변으로 손실되지만 일부는 피부나 호흡으로 발산된다. 콩팥은 인체의 수분 농도를 조절하여 혈액이 너무 진해지거나 희석되는 것을 막는다. 인체의 조직이나 세포의 수분 농도가 떨어지면 갈증이 느껴진다. 또한 수분부족으로 혈액의 부피가 10%이상 줄면 심장과 동맥의 감지기전이 갈증신호를 보낸다. 물을 마시면 혈액의 액체량이 보충이 되어 혈액의 부피가 증가 한다. 짠 음식으로 염분을 과다하게 섭취하면 세포에서 수분이 빠져나가 혈액의 염분 농도가 높아진다. 염분농도가 1~2%높아지면 갈증이 느껴진다 더 나아가 마신 물보다 손실된 수분이 많아지면 현기증과 피로가 생기며 극심할 경우 탈수는 발작, 뇌손상, 사망의 원인이 되기도 한다. 그래서 체온유지 장기들의 신진대사를 위하여 언제나 적정선의 수분이 체내의 유지가 되어야 한다.

② 혈액의92%는 물이다. 혈액은 산소를 운반하는 적혈구세포, 감염원과 싸우는 적혈구 세포 기타 필수 성분들을 인체 곳곳으로 실어 나른

다. 그리고 뇌의 수화(水化)의 물은 뇌 기능의 필수적이다. 물과 그 안에 용해된 물질의 균형은 신경세포가 원활하게 신호를 전달하는데 물의 역할이 매우 중요하기 때문이다. 물은 우리 몸의 기관과 조직 세포까지를 영양소와 산소를 공급, 운영하는데 체내의 핵심적인 역활을 한다.

4. 건강은 정성과 노력 그리고 식생활습관으로 만들어 진다.

동양의학에서는 "명(命)은 재식(在食)이라 하고, 식(食)은 후천(後天)의 기(氣)를 양(養)한다." 하여 음식이 생명의 유지와 인간 활동의 근원임을 말하고 있다. 뿐만 아니라, 약(藥)·식(食)이 동원(同源)이라는 말이 있어, 음식을 잘 먹어야 질병에서 건강 할 수 있다는 것이다.

위기를 맞은 프로 축구팀이 있었다. 유서 깊은 명문구단이었지만 점차 쇠퇴해 성적이 좋지 않아 이 팀은 궁여지책으로 감독을 경질했다. 확실히 팀의 성적을 내겠다고 언론에 공언을 하고 들어온 새로운 감독은 부임하자마자 먼저 선수들의 식단을 바꾸었다. 언론들은 당연히 능력 있는 선수를 영입하거나, 새로운 전술을 들고 나올 줄 알았는데 이런 감독의 행동은 매우 의외였다. 선수들 역시 이런 감독의 지시가 맘에 들지 않았다. 선수들이 평소에 즐기던 육류와 튀긴 생선, 기름진 베이컨 등은 물론 맥주와 커피에 넣는 설탕까지 금지되었다. 대신에 찐 생선과 채소 위주의 음식이 제공되었다.

그밖에는 경기에 출전하는 선수도 같았고 전술도 같았다. 팀이 변화된 것이라고는 식단과 절제된 사생활뿐이었지만 그 결과는 모두를 놀라게 했다. 감독의 부임 첫해엔 팀은 리그에서 3위를 했고 다음 시즌에는 우승을 했다. 감독의 방침에 불만을 품던 선수들은 자신들의 몸에 분명한 신체적 긍정적인 변화가 일어나고 있다며 놀라워했다. 결국 상위팀에 올라갈수록 결승전에 이르기까지 경기는 모두 체력전이었다. 이 팀의 놀라운 변화는 경기를 할수록 지치지 않는 체력이었다. 상위팀에 오르면 경기기술력은 평준화가 되지만 체력만은 달랐다. 이 감독은 세계 최고의 리그인 잉글랜드 프리미어 리그의 4대 클럽인 아스널을 맡고 있는 아르웬 뱅거이다. 이 때 건강 식단의 중요성에 대해서 알게 된 많은 팀들은 우리가 매일 먹는 음식이 건강한 체력건강의 기초를 만든다는 것을 알고 있었지만 무엇을 어떻게 먹느냐가 달랐다. 아무리 다른 팀과 함께 뛰어도 지치지 않은 운동의 기초체력은 먹는 음식의 식단이 첫째요 그리고 정신과 훈련 이었다.

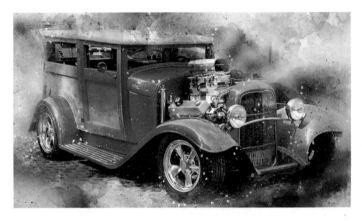

Who holds the purse rules the house
돈 주머니를 쥔 사람이 큰소리를 친다 – 탈무드

▎**03** 행복의 기둥인 내가 먹는 음식

　사람의 몸의 성장과 활동의 기능이 제대로 이루어지기 위해서는 음식을 섭취를 하므로서 내 몸의 7대 필수 영양소인 탄수화물, 단백질, 지방, 비타민, 무기질, 물 등이 함께 인체의 조화을 이루며 신체의 튼튼한 건강을 만들어 간다.

　질병이 없던 구석기시대에는 가공되지 아니한 수렵되고 채집된 음식을 주로 먹었다. 주로 채소, 달걀, 과일, 견과류와 씨앗, 야생어류, 초원에서 방목한 가축의 고기 등을 채취하려면 그 드넓은 산하 들판을 기어오르고, 뛰고, 달리고 걷고 해야만 했다. 그러다보니 저절로 운동이 되고 스스로 부지런하고 건강한 생활습관을 가졌다. 그러나 현대의 기기 문명의 길들여진 현대인들의 지금의 생활은 전혀 다른 환경의 생활이다.

　고도로 가공되고 달콤한 탄수화물이 주성분인 음식이 진화 되어 왔다. 밥은 밥솥이 다 지어서 뜸까지 들여 알람이 알려주고, 빨래는 드럼 세탁기가 빨아서 건조까지 해준다. 출퇴근은 승용차에 오르면 편하게 오고 가고 우리들의 신체는 너무나 편안한 환경에 길들여져 왔다. 편안하다는 것은 그만큼 약하고 게으르다는 뜻이다. 옛날에 비해 너무나 편하게 생활

입맛을 위한 식단보다 건강을 위한 식단

을 하다보니 움직이기 싫고 마켓이나 전문 샵에서 파는 고열량의 마법의
첨가물로 점철된 가공식품을 흔히들 사다가 먹으면 끝이다.

**1. 활동, 성장, 기능의 신진대사를 하려면 인체는 필수적인 에너지
를 필요로 한다.**

몸의 기능이 제대로 이루어지기 위해서는 음식에서 얻어야 필수 영양
소인 탄수화물, 단백질, 지방, 비타민, 무기질, 물, 등 인체의 조합을 이
루며 우리 몸의 신체의 건강이 만들어 간다. 우리가 먹는 음식은 미각과
냄새의 향이 더 하여져서 풍미를 더 한다. 즉 기본적인 맛인 단 맛과 신
맛, 쓴맛, 짠맛, 감칠맛의 조화로 식탐을 만들어 낸다. 몸은 음식을 몸속
으로 받아 드려야 하기 때문이다.

**2. 맛과 색감과 냄새를 통하여 폭 넓은 음식과 재료의 선도를 선
택을 한다.**

냄새가 음식에서 풍겨 나와 공기 중으로 휘발된 분자(물질의 화학적 성질을 가진 최소의 단위 입자)는 코 안으로 들어가 냄새가 얇은 점액층을 만나 용해되면 후각수용세포 끝에 연결 된다. 혀 표면은 미각수용세포로 뒤 덮혀 있어서 혀의 미각수용세포가 냄새와 맛을 기록하기 위하여 뇌의 신경신호를 보내어 맛과 냄새를 우리 뇌의 기억으로 남게 한다.

3. 가공식품들 속에는 속임수 첨가물들의 마법이 숨어 있다.

마법의 식품첨가물의 힘을 빌리면, 식품의 보존기간을 원하는 일수만큼 늘리고, 원하는 음식색상을 내어 품질을 향상시키고, 보존기간이 한참이나 지난 고기도 맛을 좋게 하려고 향미 증진 제, 산도 조절 제, 색소 첨가제를, 미생물을 어제하고 식품변질로 부패를 막게 하는 방부제를, 마요네즈에 유화제, 안정제를, 맛있는 빵을 위해 고화방지제, 팽창제, 감미료를 사용한다. 영양소를. 생산성을 높이거나 또는 절감하는 일들이 모두 가능하지만, 바로 나쁘게 쓰여지는 그런 사실 때문에 식품첨가물을 절대 경계해야 한다는 것이다.

심하게 가공된 대표 식품이라고 하면 감자 칩, 과자, 초콜렛 등 은 분쇄하고 정제하고 조리하면서 방부제, 감미료, 유화제, 향미 증진제, 색소, 고화방지제, 팽창제 등이 마법의 첨가물은 모두 들어가 모두 당과 지방 등의 첨가물의 범벅이 된다. 이렇게 수차례 가공을 한 식품의 특징은 값이 싸고 입맛이 감칠 난다 육안으로 보기에 품질이 좋다는 이유로 구입하는 가공식품들의 대부분이 식품첨가물 투성 이라는 사실을 소비자들도 이젠 알아야 한다. 식품첨가물들은 하나하나 개별적으로 안전성을 허가받은 것이기는 하지만, 수 십 종의 식품첨가물과 혹, 우리도 모르게 유전자 변형식품GM이 함께 들어간 가공식품들을 매일 장기적으로 먹으므로 그 위험성이 사람들의 인체의 아무도 모르게 면역계 질서를 깨트려

기능적 용도 표시	정 의
1	산 (Acid)	산도를 높이는 데 사용되거나 신맛을 주는 식품첨가물
2	산도조절제 (Acidity Regulator)	식품의 산도 또는 알카리도를 조절하는데 사용되는 식품첨가물
3	고결방지제 (Anticaking agent)	식품의 구성성분이 서로 엉겨 덩어리를 형성하는 것을 방지하는 식품첨가물
4	소포제 (Antifoaming agent)	거품생성을 방지하거나 감소시키는 식품첨가물
5	산화방지제 (Antioxidant)	지방의 산패, 색상의 변화 등 산화로 인한 식품품질 저하를 방지하여 식품의 저장기간을 연장시키는 식품첨가물
6	증량제 (Bulking agent)	식품의 열량에 관계 없이 식품의 증량에 기여하는 공기나 물 이외의 식품첨가물
7	착색제 (Color)	식품에 색소를 부여하거나 복원하는데 사용되는 식품첨가물
8	발색제(색도유지제) (Color retention agent)	식품의 색소를 유지·강화시키는데 사용되는 식품첨가물
9	유화제 (Emulsifier)	물과 기름과 같이 섞이지 않는 두개 또는 그 이상의 물질을 균질하게 섞어주거나 이를 유지시켜주는 식품첨가물
10	유화제 염류 (Emulsifying salt)	가공치즈의 제조과정에서 지방이 분리되는 것을 방지하기 위해 단백질을 안정화시키는 식품첨가물
11	응고제 (Firming agent)	과일이나 채소의 조직을 견고하게 유지되도록 하거나 겔화제와 상호작용하여 겔을 형성하거나 강화하는 식품첨가물
12	향미증진제 (Flavor enhancer)	식품의 맛이나 향미를 증진시키는 식품첨가물
13	밀가루개량제 (Flour treatment agent)	제빵의 품질이나 색을 증진시키기 위해 밀가루나 반죽에 추가되는 식품첨가물
14	기포제 (Foaming agent)	액체 또는 고체 식품에 기포를 형성시키거나 균일하게 분산되도록 하는 식품첨가물
15	겔화제 (Gelling agent)	겔 형성으로 식품에 물성을 부여하는 식품첨가물
16	광택제 (Glazing agent)	식품의 표면에 광택을 내고 보호막을 형성토록 하는 식품첨가물
17	습윤제 (Humectant)	식품이 건조되는 것을 방지하는 식품첨가물
18	보존료 (Preservative)	미생물에 의한 변질을 방지하여 식품의 보존기간을 연장시키는 식품첨가물
19	추진제 (Propellant)	식품용기로부터 식품에 주입하는 공기이외의 가스
20	팽창제 (Raising agent)	가스를 방출하여 반죽의 부피를 증가시키는 식품첨가물 (또는 혼합물)
21	안정제 (Stabilizer)	두개 또는 그이상의 섞이지 않는 성분이 균일한 분산상태를 유지하도록 하는 식품첨가물
22	감미료 (Sweetener)	식품에 단맛을 부여하는 설탕이외의 식품첨가물
23	증점제 (Thickener)	식품의 점성을 증가시키는 식품첨가물

CODEX(Codex Alimentarius Commission) 국제식품규격위원회 기준
식품첨가물이 종류 / 출처 : 식품첨가물 바로알기 http://www.foofnara.go.kr

각종 암, 불임, 난임, 기형아, 이름 모를 질병들 속에서 시달리면서 우리는 더욱 불안하게 살고 있다.

4. 수퍼푸드 속의 피토케미컬식품이 가장 좋은 재료이다. 아주 많이 먹자!

약4,000종의 다른 피토케미컬이 존재 한다. 빨간 토마토, 노란 호박, 녹색 채소. 검은 콩과 깨, 하얀 마늘과 양파 등 다양한 색깔을 지닌 '컬러 푸드' 말 그대로 우리가 일상 속에서 접하고 먹는 음식들에는 다양한 색깔이 있다. 즉 레드, 그린, 옐로, 퍼플, 블랙, 화이트 등 크게 6가지로 구분되는 이 색깔은 '피토케미컬'이라는 성분에 의해 색과 영양소가 달라지는 것인데 '피토케미컬'이란 『식물』을 뜻하는 희랍어로 '피토(phyto)와 화학을 뜻하는 『케미컬(chemical』의 합성어로 식물에 함유된 성분을 말한다.

피토케미컬은 그의 관련은 구체적인 지식 없던, 수천년 전부터 시작이 된다. 히포크라테스는 푸른 버드나무로 해열제로 처방되기도 했다. 또한 항염증 및 통증 완화 기능이 있는 살리신(Salicin)성분을 처음에 버드나무에서 추출하여 항염 작용 및 통증 완화 약으로 사용이 되어 오다 이 후 의학이 발달이 되면서 지금의 진통, 소염, 해열제인 아스피린이다.

색깔이 있는 식물이나 열매 또는 뿌리는 우리들의 식품으로 사용이 되고 있고 "음식으로 못 고치는 병은 없다" 는 희랍의 격언 처럼. 피토케미컬식품은 제철음식으로 한국에서는 최고의 수퍼 푸드 이다.

5. 그럼 우리는 어떤 색깔이 무슨 효능을 가지고 있는지? 피토케미컬식품을 좀 알아보자!

빨간 간색 식품 – 면역력 강화, 활력 충전, 심장 건강, 노화방지

토마토, 사과, 딸기, 고추, 석류, 오미자, 수박, 파프리카, 복분자 등의 빨간색 채소와 과일들에는 라이코펜이 풍부하게 들어있어, 라이코펜은 항암 작용 예방의 우수하며, 각종 무기질과 비타민이 들어 있어 강력한 항산화 작용을 한다. 토마토에는 칼륨도 풍부하게 들어있어 체내의 염분 배출을 하는 역할도 하며 유해산소와 독소를 제거해주는 역할을 하고 면역력을 강화시켜주며 혈관의 건강에 도움을 주는 것은 물론이고 혈액순환이 원활하게 이뤄지도록 도와줘서 심장을 건강하게 한다

녹색 식품 – 피로 회복, 세포 재생, 유해물질 배출

브로콜리, 양배추, 오이, 녹차, 매실, 케일, 키위, 아보카도 등의 녹색 채소와 과일들은 교감신경계에 작용해서 신장과 간장의 기능을 도와주며 클로로필이라는 성분은 체내의 중금속과 같이 유해한 물질을 흡착해서 체외로 배출하는 디톡스 효과를 한다. 또한 신진대사를 활발하게 만들어주어서 피로회복에 효과적이며 혈액을 만들어내고 세포를 재생시키는 역할을 한다.

노란색 식품 - 암 예방, 면역력 강화, 혈액 순환

　오렌지, 옥수수, 망고, 파인애플, 유자, 바나나, 호박, 꿀, 등의 노란색의 채소와 과일에는 베타카로틴과 루테인이 풍부하게 들어있어서 면역력이 강화가 되도록 도와주고 암의 예방에 탁월한 효능을 가지고 있다. 또한 모세혈관 벽을 강화시키고 혈액순환이 원활해지도록 도와주며 칼륨이 풍부해서 노폐물 배설과 이뇨 작용시켜주는 역할을 한다. 아울러 세포의 노화를 늦추고, 질병을 예방하는 역할을 한다. 다만 노란색 식품을 조리할 때는 식초 사용을 삼가 해야 한다. 베타카로틴이 파괴될 수 있기 때문이다.

보라색 식품 - 노화 방지, 다이어트 효과, 집중력 향상

　블루베리, 가지, 적 양파, 적양배추 등의 퍼플 푸드에는 강력한 항산화 성분인 폴리페놀과 안토시아닌이 풍부하게 들어 있어 노화 방지에 좋고, 또 비타민C가 풍부하게 들어있어 지방 연소와 콜레스테롤 감소에 도움을 주며 다이어트에도 효과적이다. 안토시아닌은 지방질을 흡수하고 혈관 속 노폐물을 용해하여 배설시킴으로써, 혈관 속 피를 맑게 해준다. 시력 회복과 피로 회복, 성 기능 향상에도 도움을 주는 것으로 알려져 있

다. 보라색 식품들은 우리 몸속에서 비타민C가 잘 흡수되도록 도와주고, 기억력과 집중력을 높이는데 큰 도움을 준다. 또 우리 몸에서 암 등의 질병을 발생시키는 것으로 알려진 활성산소를 억제한다.

검정색 식품 – 항산화 작용, 노화 방지, 암 예방

검은 콩, 검은 깨, 흑미, 오골계, 우엉, 미역, 다시마 등의 검정색 식품에는 안토시아닌이 풍부해서 항산화 능력을 증진시켜주고 면역력이 향상되도록 도와주며 노화의 방지에도 탁월한 효과를 지니고 있다. 또한 콜레스테롤의 수치를 줄여주기 때문에 심혈관 질환이나 암의 예방에 좋다. 검은 콩은 일반 콩보다 항암 능력이 네 배 뛰어난 것으로 알려져 있다.

흰색 식품 – 항암 효과, 산화작용 억제, 면역 증진

마늘, 배, 양파, 감자, 무, 도라지, 인삼, 더덕, 굴 등의 흰색 식품에는 플라보노이드라는 성분이 풍부해서 항암 효과가 뛰어나며, 체내의 산화작용을 억제해주어서 체내의 유해한 물질을 체외로 배출해주기 때문에 세균과 바이러스에 대한 저항력을 길러준다. 감기와 호흡기질환 예방에 좋다.

이렇게 식물의 열매나 뿌리나 잎에서 만들어지는 모든 화학물질을 통

틀어 일컫는 개념으로 「피토케미컬」 이라 부르는데 이 「피토케미컬」 이 식물 자체에서 자신과 경쟁하는 식물의 생장을 방해하거나, 각종 미생물 · 해충 등으로부터 자신의 몸을 보호하는 역할 등을 한다. 식물들은 대 자연 속에서 싹이 나서 성장과정을 거치면서 수많은 미생물이나 해충이나 그 거친 비바람, 폭풍 등의 피해를 이겨내면서 대 자연 속에서 성장을 한다. 그 거친 대자연의 해를 이겨내게 하며 식물 자신을 보호하는 물질이 「피토케미컬」 이라는 화학물질이다. 그래서 오색 색깔의 식물만이 많이 가지고 있는 이 화학물질인 「피토케미컬」 의 영향소를 가진 식품을 많이 먹으므로서 사람의 몸에 들어가서 각종 질병을 이겨내며 예방하며 보호하는 물질이 된다.

6. 몸의 건강을 챙겨주는 식품속의 「피토케미컬」 의 영향학적 성분의 유형을 보면 다음과 같다.

㉠ 방부, 항균, 소염 성분인 테르펜(Terpene). ㉡ 항산화, 항암성분인 유기황화물인 오게노서풀라이드(Organo-sulfide). ㉢ 면역체계를 높혀주는 사포닌(Saponin). ㉣ 암세포성장억제, 면역 체계반응 향상 성분인 카로티노이드(Carotenoid). ㉤ 염증 종양성장억제, 천식 심장질환을 억제 성분인 폴리페놀((Polyphenol). 등의 효능을 오색 식물이나 과일 또는 뿌리식품에서 많이 가지고 있다.

즉 우리 몸의 노화나 각종 암이나 질병을 예방을 해주는 항산화물질이나 세포 손상을 억제하는 작용을 해서 지금의 우리들의 건강을 유지시켜 주는 수퍼 푸드 속의 「피토케미컬식품」 은 사람들이 아주 많이 먹을수록 우리 몸의 건강의 가장 좋은 식품들인 것이다.

피토케미컬의 과일을 많이 먹자!

▎04 무엇을 마실까? (물)

    자연계에는 100여 종의 원소들이 존재한다. 우리 신체를 구성하는 원소는 54종이며, 탄소, 질소, 수소, 산소를 제외한 50종의 원소를 미네랄이라 부르는데, 이 중 20여 종은 신체에 반드시 아주 필요하다. 그런 가운데 미네랄이라 함은 인체의 생명체 구성에 필요한 칼슘, 칼륨, 마그네슘, 망간, 아연, 철분 등등의 여러 가지로 구성이 되어 있다.

    세계보건기구(WHO)는 하루 2리터의 좋은 물을 마시는 것만으로 인간에게 발생하는 질병의 80%를 예방할 수 있다'고 했다. 우리 인체의 70%, 혈액의 94%, 뇌와 심장의 75%가 수분으로 각 각 구성되어 있어 생명 활동에 필수적인 물은 혈액 순환, 노폐물 배출, 영양소 운반, 체온

인체 내 물의역할

세포대사 활동

체온조절

대사작용

영양공급

혈액의 평행성유지

장기,조직 보호

조절, 양수로 태아를 보호하여 주는 등 우리 몸에서 일어나는 중요한 일들은 모두 물이 맡아서 하고 있기 때문에 반드시 물의 적정량을 음료로 마셔야 한다. 음료 중에 생명의 기본인 물은 어떤 물을 마셔야 가장 좋은 물인지? 알아보자.

1. 마시는 음료의 기준은 인체의 필요한 적당량의 미네랄이 들어 있는 깨끗한 물이다.

중금속이나 유기물질 같은 인체 유해물질이 없는 물과 인체에 필요한 미네랄이 적절한 양으로 녹아 있는 물 그리고 항산화방어제의 물질을 많이 함유된 물이 좋은 물이다.

한국의 산과 강에는 대체로 깨끗한 물 이었다. 길을 가다가도 목마르면 도랑과 개울물들을 어디서든지 물을 먹을 수가 있던 물이었는데, 지금은 산업과 공장이 많이 발전하면서 공장의 오염물질, 농가의 농축시설과 도시 생활 쓰레기, 그리고 산업시설과 농지에 뚫어 놓은 공업용수, 생활용수, 농업용수들의 관정들이 전국적으로 약 2백만 개, 그 중에 사용을 안 하는 관정을 통하여 지하수 물길이 매우 심각 할 정도로 오염이 되어 있다.

지상의 빗물이나 생활용수의 물들이 지하로 스며들면서 숲, 자갈, 모래, 숯과 같은 여과 과정의 과정을 거치면서 불순물은 제거되고 수많은 원소의 미네랄들이 풍부한 물속에 섞여서 지구의 중력의 힘에 의하여 땅속 깊이 스며들어 수맥 및 지하수층의 물길을 따라 흐른다. 이 여과 과정을 거치면서 지하수에는 많은 미네랄성분이 지하수속에 섞여서 흐르게 된다. 그래서 사람은 단순히 '물을 많이 마시는 것'이 아니라 '깨끗하며 미네랄이 풍부하게 함유된 물'을 마시는 것이 중요하다.

2. 많은 원소가 담겨있는 미네랄은 인체의 생리기능을 조절을 하여 준다.

자연계에는 100여 종의 원소들이 존재한다. 우리 신체를 구성하는 원소는 54종이며, 탄소, 질소, 수소, 산소를 제외한 50종의 원소를 미네랄이라 부르는데, 이 중 20여 종은 신체에 반드시 아주 필요하다. 그런 가운데 미네랄이라 함은 인체의 생명체 구성에 필요한 칼슘, 칼륨, 마그네슘, 망간, 아연, 철분 등. 등의 여러 가지로 구성이 되어 있다.

사람의 몸의 5대 영양소인 탄수화물, 단백질, 지방, 비타민, 미네랄이다. 특히 미네랄은 체내에서 합성되지 않아 반드시 외부에서 공급받아야하는 5대 영양소 중 하나인 미네랄은 자체 에너지원이 되지 않지만 다른영양소의 체내 합성을 돕는 에너지 작용을 하기 때문에 미네랄이 부족하면 비타민을 섭취해도 체내 흡수가 이뤄지지 않게 된다. 그만큼 인체가물을 흡수할 때 가장 중요한 역할을 하는 것이 바로 미네랄이다. 미네랄은 혈관을 타고 흘러 인체 각 기관으로 보내주는 역할을 한다. 물이 흡수되는 시간은 혈액: 30초, 뇌: 1분, 피부조직: 10분, 간, 신장, 심장: 20분내에 사람의 인체를 순환 한다.

3. 인체의 수분균형 조절을 하는 가장 좋은 음료는 미네랄이 들어 있는 물이다.

우리들의 몸속에 혈관이나 세포에 들어 있는 물이 이동하려면 삼투압 현상에 의해서 반투과정 세포막을 통과해야 한다. 이것은 세포막을 투과하여 세포 내외로 이동하는 물의 방향과 미네랄의 농도에 의해서 결정된다. 그렇게 때문에 미네랄의 균형이 이루어지지 않는 경우에는 체액의축적 또는 탈수를 일으킬 수 있다. 미네랄은 물외의 채소류, 육류, 버섯류, 등의 식품을 통하여서 부족한 량의 부분을 더 많이 취할 수가 있다.

4. 수돗물은 가장 안전한 좋은 물이다.

우리나라의 수돗물은 물 관리 기준에 따라 만들어지는 가장 안전하고 깨끗한 물이다.

수돗물을 만드는 과정을 보면, 수원지인 팔당 댐(호수, 강, 정수지 등)

에서 끌어온 물에 물 교
반 장치를 통하여 정수
처리 약품인 알루미늄,
황, 염화철 같은 화학물
질을 물에 섞어 물에 녹
아 있는 불순물 입자가

하루에 섭취해야 하는 물의 양 계산법!

키와 몸무게를 더하고 100으로 나누기

EX) **160cm + 45kg ÷ 100**

섭취 물양 = 2.05L

용액에서 빠져나와 흙 입자와 서로 뭉치거나 응고가 되도록 한다. 이 과
정에서 물에 섞여있는 이물질들은 큰 입자 덩어리로 응집이 되여, 탱크바
닥의 밑에 가라앉으면 위에 있는 맑은 물만을 여과지로 보내져서 정수효
과가 탁월한 모래와 자갈층이 있는 곳로 옮겨져서 여과지를 통과한 물은
오존과 활성탄(숯)을 이용해 더욱 깨끗한 수돗물로 만든다.

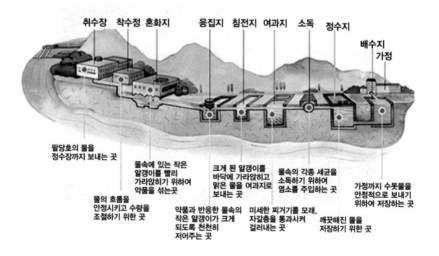

활성탄에는 아주 미세한 구멍이 뚫려있는데, 바로 이 구멍에 물속에
숨어있는 아주 미세한 불순물 입자와 더러운 미생물을 제거하여 더 깨끗
한 물이 만들어 진다. 마지막으로 미생물과 세균을 억제하는 염소소독을
거쳐 각 가정에 공급하는 것이다. 수돗물하면 특유의 냄새가 난다고 하

는데. 바로 염소 때문이다. 염소는 콜레라나 장티푸스 등 물을 통해 감염되는 질병을 없애며 살균 역할을 하는 것이다. 이렇게 만들어진 수돗물은 상수관을 통하여 상업시설과 각 가정으로 보내어진다.

증류수, 해양심층수, 수돗물, 자연수 기업을 통하여 시중에서 유통되는 물 등이 있지만, 우리들 주변에는 마시며 즐길 수 있는 음료들이 아주 많다. 차, 과일주스, 스무디, 탄산음료, 에너지음료, 알콜음료, 포도주, 맥주, 증류주, 우유 등이 있지만 반드시 건강 중심으로 마셔야 한다. 물은 신체 건강의 기본 기초가 되고 미래의 건강을 지켜가는 기준이자 방법이 되기 때문에 그리고 더욱 우리들의 현재와 미래의 행복의 가치를 위해서 말이다.

느리게 성장한다고 걱정하지 말고 오직 멈춰서 있는 것을 두려워하라

▌05 행복을 위해! 마시자? (술)

우리 몸에는(Opioid)오피오이드 라는 수용체가 있는데, 술을 마시면 그 과정에서 발생한 엔도르핀이 오피오이드(마약성 아편) 수용체와 결합을 하여 사람의 뇌를 자극을 하고 소량은 진정제 역할을 하고 더 나아가 거리낌과 불안감을 줄여 뇌의 지속적인 환희와 쾌감을 느끼게 하므로 이 오피오이드의 욕구에 의해서 술로 인한 중독이 심화가 되는 것이다.

갤럽(George Horace Gallup)은 세론(世論)의 통계적 조사법의 창시자로서 아이오와(Iowa) 주립 대학 졸업 후 세계적인 리서치 전문 업체인 갤럽을 1935년 미국 세론 연구소로 창립을 한다 시대의 흐름에 따른 다양한 현상을 분석해 연구하여 세상 모든 사람들이 무엇을 가장 궁금해 하는 것이 무엇인지를 가장 먼저 조사를 했다. 미국 전역을 조사한 결과 사람들이 인생에서 가장 관심을 두고 있는 것은 '행복'이라는 것을 알아내었다.

갤럽은 어떤 사람들이 행복한 사람인지 다시 조사하기 시작했고 마침내 나온 자신의 여론조사 결과를 TV의 한 방송에 나와 밝혔다. "저는 지난 수개월 동안 모든 사람들이 인생에서 가장 큰 관심을 갖는 행복이란 것에 대해서 조사를 했습니다. 그 결과를 이제 발표하겠습니다. 먼저 종교적인 체험을 직접 경험한 사람들의 행복도가 가장 높았고 그리고 반대로 가장 행복도가 낮은 사람들은 알코올 중독자 였습니다." 라고 발표를 했다.

1. 행복을 마실까! 불행을 마실까?

고대와 중세 선구자들이 증류주(술)를 생산을 하여 사람과 사람 사이를 연결하고 문제를 해결을 하며 기분을 즐겁게, 분위기를 풍미롭게, 그리고 향과 맛으로 사람을 탈바꿈을 시키는 연금술이라고 증류주에 대해 모두가 자탄을 하였다. 이렇게 술은 언제나 인간의 친구이자 벗이 되었고 그렇게 해서 오늘에 이르렀다. 그리고 우리 곁에는 세계적인 명품 증류주인 포도주에서 증류한 술(酒)로 유명한 ① 브랜디인 코냑과 백포도즙으로 만든 알마냑이 있다. ② 테킬라 술은 다육식물인 용설란으로 생산된다. ③ 보드카는 감자나 곡물을 재료로 해서 만든다. ④ 위스키는 보리 옥수수 호밀이나 밀에서 증류해서 만든다. ⑤ 럼은 당밀이나 사탕수수를 발효시켜 증류한 술이다. 한국은 50여 종류의 전통 증류주가 있다. 술이 너무 좋아 애주가들은 음주의 위험을 무릅쓰고 마신다.

〈그림 나라별 1인당 연간알코올 소비량〉

15세 이상 인구 1인당 연간 알코올 소비량 (단위: L)

1	몰도바	18.2
2	체코	16.5
3	헝가리	16.3
4	러시아	15.8
5	우크라이나	15.6
13	대한민국 (1인당 증류주 소비 1위)	14.8
23	독일	12.8
56	미국	9.44
95	중국	5.91

▷ 출처: 세계보건기구 2011

보건복지가족부　대한의학회

2. 사람이 술을, 술이 술을, 나중엔 술이 사람을 마신다.

처음에는 사람이 술을 마시지만, 마시면 마실수록 술이 술을 마시고 그리고 술이 사람을 마시게 된다 (人飲酒 酒飲酒 酒飲人) 술은 자고로 '마음이 맞는 친구와 마시면 1천배도 적다'고 했다. '술 마신 후에야 비로소 진실 된 말을 한다'고 했으니, 도대체 술이 무엇인데 속마음까지 헤집어 놓는 것일까. 술이 거나하게 취하면 흥얼흥얼 노래가 나오고, 시인이 아니더라도 어쭙은 시상이 떠오르는 것, 그래서 술병은 요물단지 라고 했다.

중국의 시선(詩仙)인 이백이나 현대의 주백(酒伯)인 변영로 선생은 청명해서 한 잔, 날씨 궂으니 한 잔, 꽃이 피었으니 한 잔, 마음이 울적하니 한 잔, 기분이 창쾌(暢快)하니 한 잔…이렇게 해서 일배일배부일배(一杯一杯 復一杯)로, 이렇게 마셨다고 한다. 우리는 이렇게 많이 마시고 오래 동안 마시다 보면 어느덧, 나는 술 의존자가 되어 어느덧 그 중심에 내가 굳게 서서 있게 된다.. 알코올중독(알코올 의존증)

은 매우 심각한 질병으로 취급한다. 심하면 현대의학으로는 완전히 나을 수 없는 만성적인 불치의 병이기도 하다. 19세기와 20세기에는 알코올중독자를 술쟁이 라 부르기도 했다.

3. 행복한 건강을 위하여 절주(節酒), 할 수만 있으면 금주(禁酒)를 하자.

우리 몸에는(Opioid)오피오이드 라는 수용체가 있는데 술을 마시면 그 과정에서 발생한 엔도르핀이 오피오이드(마약성 아편) 수용체와 결합을 하여 사람의 뇌를 자극을 하여 소량은 진정제 역할을 하고 더 나아가 거리낌과 불안감을 줄여 뇌의 지속적인 환희와 쾌감을 느끼하므로 이 오피오이드의 욕구에 의해서 술로 인한 중독이 심화가 되는 것이다. 그리고 유전적으로 부모가 알코올 중독 일 때는 그 자녀는 4배 이상 알코올 중독환자가 되며, 심리적으로는 현실에 대한 불안이나 억압 또는 부정적인 것을 잊어버리기 위한 보상을 받으려는 욕구로 흔히들 섭취한다.

술 마시기가 심화되면 알코올중독자가 되어 영양 결핍이 생겨 위장관 변화, 간 기능 저하, 고혈압, 생식 기능 저하, 면역력 저하, 코르사코프 증후군 등을 유발을 한다 섭취한 알코올은 위에서 약 25%, 장에서 75%가 흡수된다. 섭취한 알콜은 간에서 90-98% 대사되며 나머지는 소변, 땀 등으로 배출된다.

'알코올남용'의 경우 의존이 심한 것으로 반복적 음주로 직장 및 가정에서 그 역할을 다하지 못하거나, 신체적으로 건강 등에 위험한 상황에서 반복적으로 음주한다. 알코올 의존증은 예전만큼의 음주해서 알코올이 감소되어 음주량이 더 많아 지거나 술을 줄이거나 끊었을 때 나타나는 현상은 불안, 불면, 설사, 환청, 환시, 심장병, 각종 암, 간질발작과 같은 증상 등이 나타나는데 이런 증상을 없애기 위해 술을 다시 또 마시는 것 등이다. 행복은 자신과 가족, 친구나 이웃들에서 즐거움과 희망을 안겨주지만 과도한 음주는 가족의 불행과 이웃의 민폐를 가져온다. 우리는 모두가 건강과 행복을 위하여 무엇이든지 마셔야 한다.

┃06 행복의 날개, 운동!

「히브리 사람들의 탈무드에 의하면, 근면, 인내, 열정, 노력은 신이 내린 선물로 이 네 가지 선물만 있으면 사람은 누구나 건강, 행복을 누릴 수가 있다고 했다」.

사람이 행복한 삶을 영위 하려면 신체적, 기능적 그리고 정신적 건강 상태가 좋아야 한다. 우리의 인체는 아주 복잡한 기계와 같아서 어느 순간이라도 다양한 세포와 조직, 기관 계통사이에 연결이 이루어지면서 인체의 생리적 기능 조절을 아주 잘 한다. 심지어 쉬거나 잠자는 시간에도 심장은 내 의사와 상관없이 하루 약10만 번, 평생 약 30억 회 생리적 맥박 활동을 상당히 활발하게 한다. 매일 약7,500리터의 혈액을 뿜어내기도 한다.

운동을 하는 동안 신경은 근육이 수축을 잘 하도록 자극한다. 노폐물과 오염 물질을 땀이나 방귀를 통해서 배출을 한다. 운동하는 근육은 대사적으로 활발하여 더 많은 산소, 영양소를 필요로 하여 음식을 통하여 인체의 필수 영양소인 탄수화물, 단백질, 지방, 비타민, 무기질, 물 등을 공급을 받는다. 이러한 과정을 신진대사라고 한다. 건강하고 행복하게 잘 살려고 하면 신체적 신진대사 운동이 활발해야 한다. 신진대사가 잘 되는 몸이 가장 건강한 신체이다. 질병에 걸려서 병마와 싸우면서 허약해진 신체로 한 평생을 살 것인가? 아니면 건강하고 튼튼한 신체로, 운동, 예술, 문학, 종교, 음악 등의 더불어 인생을 즐기면서 행복하게 살 것인가?

1. 신체적 신진대사 운동은 적극적으로 움직이며 해야 한다.

행복한 삶을 살려 면 건강해야 한다. 건강 하려면 운동은 필수 이다. 즉 규칙적인 운동을 하면 체력이 전체적으로 향상 된다. 우리의 몸은 혹독한 어떠한 훈련에도 적응 할 수가 있도록 잘 갖추어저 있다.

① 인체의 운동 근육이 강해지면 뼈도 강해지며 자세, 신체의 유연성, 운동 할 때와 쉴 때의 에너지 소모량 등 모든 것이 개선된다. 강한 근육은 운동으로 인한 손상에도 잘 견딘다.

② 규칙적인 운동을 하면 뇌로 가는 혈액, 산소, 영양소 공급도 늘어난다. 이것은 뇌 세포사이에 새로운

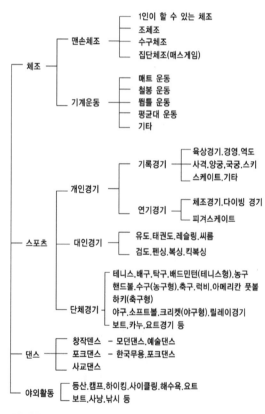

체육 운동의 구조적 분류

체조 — 맨손체조 — 1인이 할 수 있는 체조 / 조체조 / 수구체조 / 집단체조(매스게임)

체조 — 기계운동 — 매트 운동 / 철봉 운동 / 뜀틀 운동 / 평균대 운동 / 기타

스포츠 — 개인경기 — 기록경기 — 육상경기.경영.역도 / 사격.양궁.국궁.스키 / 스케이트.기타

스포츠 — 개인경기 — 연기경기 — 체조경기.다이빙 경기 / 피겨스케이트

스포츠 — 대인경기 — 유도.태권도.레슬링.씨름 / 검도.펜싱.복싱.킥복싱

스포츠 — 단체경기 — 테니스.배구.탁구.배드민턴(테니스형).농구 / 핸드볼.수구(농구형).축구.럭비.아메리칸 풋볼 / 하키(축구형) / 야구.소프트볼.크리켓(야구형).릴레이경기 / 보트.카누.요트경기 등

댄스 — 창작댄스 — 모던댄스.예술댄스 / 포크댄스 — 한국무용.포크댄스 / 사교댄스

야외활동 — 등산.캠프.하이킹.사이클링.해수욕.요트 / 보트.사냥.낚시 등

연결이 생기도록 자극함으로써 전체적 정신 능력이 향상된다. 또 운동을 하면 뇌에서 세로토닌과 같은 신경전달물질이 늘어나 기분이 좋아지며 인지 능력이 향상된다.

③ 규칙적인 운동을 하면 신경자극에 의해 동맥이 확장되어 혈류가 늘어난다. 이 덕분에 산소가 가득한 혈액이 근육으로 더 많이 공급이 된다.

④ 규칙적인 운동을 하면 동맥의 지름 둘레가 운동을 안 할 때 보다 더 확장이 되어 보다 더 커지므로 근육에 보내지는 산소의 양이 극대화가 되어 혈관계가 건강해 진다.

⑤ 우리 몸에서 소화나 지방의 연소와 같은 화학반응이 일어나는 속도를 대사율이라 한다. 이 대사율로 인하여 운동을 통하여 열이 발생을 하는데 심지어는 운동이 끝난 후에도 더욱 빠르게 진행이 되어 인체의 대사과정이 개선이 되어 건강이 더욱 증진이 된다.

⑥ 운동을 하면 가슴 근육이 튼튼해져 허파 활성이 더 확장 된다. 따라서 허파가 들이킬 수 있는 공기의 양이 늘어나고 호흡 속도도 빨라져 운동을 할 때 뿐 만 아니라 가만히 있을 때에도 더 많은 산소를 흡입해서 호흡이 더 깊어진다. 그래서 인체 내의 신진대사가 극대화가 이루어지면서 더욱 건강한 신체가 된다.

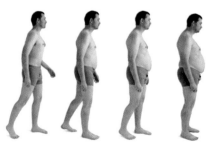

후 – 운동 – 전

2. 신체대사율이 약하면 내 몸의 만병이 찾아온다.

인체는 몸 스스로의 생명 유지를 위해 생체 내에서 이루지는 물질의
화학적 변화를 일으킨다. 음식을 먹으면 산소와 함께 섭취한 음식을 합
성이나 분해를 통해 에너지로 바꾸고 불필요한 노폐물을 몸 밖으로 내 보
내는 대사를 한다. 만성질환은 인체의 대사가 안 이루어 져서 오는 질환
이다. 나이가 들면 신체가 쇠하여져 가면서 대사 율이 떨어진다. 그래서
나이가 들면 대부분 만성질환으로부터 자유롭지 못하다. 많은 사람들이
고혈압, 심장혈관 질환, 천식, 당뇨, 관절염, 골다공증 등 한 두 가지 이
상의 질병을 경험을 한다. 운동(運動)이란? 말은 말 그대로 '움직이는 것'
그 자체를 말하는 거고, 체육(體育)은 '몸을 기르는 것' 인데, 사람이 몸을
단련하거나 건강을 위하여 몸을 움직이는 일을 운동이라 한다. 규칙적인
운동은 건강한 삶을 위해 반드시 필요하다.

3. 운동의 궁극적인 효과는 바로 정신건강의 증진에 있다.

대부분 운동은 단순히 신체를 단련하기 위한 것이라 여기지만, 운동
을 하게 되면 궁극적인 정신건강을 가져 온다. 운동을 한다는 것은 뇌를
쓰는 것이다. 애초에 뇌의 진화와 발달 자체가 신체를 움직이기 위한 것
이다. 행복한 어느 왕의 이야기이다. 옛날 희랍의 전제국가의 한 왕이
24시간 여색과 주지육림에 탐닉하면서, 늘 행복을 추구를 했다. 자기를
더 즐겁게 하기 위하여 쾌락도와 행복 도를 더 높이는 수단과 방법을 상
금을 걸고 천하에 널리 구하게 하였다.

별별 기발한 새 아이디어들이 실험되었으나 그의 불만도와 갈증은 날
로 가중되기만 했다. 새 아이디어의 제공자들은 그를 실망시킨 벌로 사
형을 받았다. 어느 날 왕 앞에 행복의 새로운 제안자가 나타났다. 아름

다운 소녀였다. 소녀는 왕 앞에 나타나서 꾸짖는 눈빛으로, "왕은 절대로 행복할 수 없습니다. 기쁨을 단념하십시오. 남을 행복하게 하거나 기쁘게 한 일이 없기 때문이며. 만일 기쁨과 행복을 원하신다면 남을 기쁘게 하고 행복하게 하면 소리가 메아리가 되어 돌아오듯, 기쁨과 건강 행복이 왕에게 돌아옵니다." 이 말을 들은 왕의 표정은 숙연해지고 두 눈에는 눈물이 맺히며, "딸아 그대의 말이 옳도다"하고 상을 내렸다고 한다. 행복이나 기쁨은 주관적이면서 그 내용이 다양하지만 분명히 쾌락과는 다른 정신적인 것이다.

2018 9. 4일 발표된 세계보건기구(WHO) 보고서에 따르면, 운동 부족으로 전 세계 성인 4명 가운데 1명이 심각한 질환 위험에 직면하고 있다. 세계적으로 14억 명이 넘는 성인이 운동 부족으로 심장 질환, 당뇨병, 치매, 몇 가지 종류의 암에 걸릴 위험의 문턱 앞에 모두 서있다. 몸이 병 들면 마음과 정신의 그릇이 병 들기 때문이며 질병의 목적은 죽음이다. 히브리 사람들의 탈무드에 의하면, 근면, 인내, 열정, 노력은 신이 내린 선물로 이 네 가지 선물만 있으면 사람은 누구나 건강, 행복을 누릴 수가 있다고 했다. 운동의 속성인 근면의 부지런함으로, 힘이 들어도 인내심으로, 뜨거운 열정과 마음으로, 내 몸의 건강을 위하여 노력을 하면 건강의 여신은 당신의 행복을 불러다 줄 것이다.

│07 행복의 날개! (걷기 운동)

영국의 작가로 유명한 찰스 디킨스(Charles Dicke)는 "걸어라, 그리고 건강하라, 그러면 행복 하리라"고 말을 했다.

사람의 인체는 일반적으로 운동을 안하면 운동기능의 저하가 신체의 빠르게 그 영향이 나타나는데 이와 함께 나타나는 증상이 생명유지에 중요한 장기인 심장의 기능이 약해지는 것이다. 특히 신체 부위 중 전체 혈액의 2/3가 모여 있는 하체의 다리 부위의 경우, 다리 운동이 제대로 이루어지지 않는다면 순환에서 문제가 발생될 뿐만 아니라 근육의 쇠퇴에 따라 심장에서 동맥에 의해 각 활동근육에 공급되는 혈액이 정맥을 통해 다시 심장으로 돌아가는 순환작용이 원활하지 않게 된다. 사람의 몸을 위한 에너지 저장소가 하체이다. 상체는 몸의 기능을 원활하게 활동을 하는 머리의 뇌, 가슴의 심장, 배의 소화기관 등 활동 기관들이지 저장 기능이 아니다. 또한 하체는 에너지 저장 기관이자 이동수단의 유일한 기관인 두 발이기도 하다.

1. 신체운동의 기본자세는 걷기이다.

　동물과 모든 생명체는 걷기위하여 서는 법을 배운다. 어머니의 모태에서 태어나면 걷기 위하여 엎드려 배 밀이를 하면서 이동방법을 찾는다. 그러다가 일어서기를 배운다. 엉덩방아를 찌면서 벽이나 기둥을 붙잡고 일어선다. 그리고 나서 걸음마를 시작하면서 보행을 시작을 한다. 이러한 보행의 시작이 삶의 시작이기 때문이다. 사람은 누구나 이세상에 태어나서 자신의 존재의 가치를 알리면서 삶을 살려고 하면 걷고 잘 달리기를 하여야 하기 때문이다.

　걷기는 특별한 훈련이 필요 없어 손쉽게 할 수 있다는 장점을 가지고 있다. 체력에 맞춰 거리나 시간을 조절할 수도 있고, 운동을 그다지 즐기지 않는 사람도 가볍게 걷기를 하는 것은 누구나 할 수 있기 때문이다. 걸으면 가만히 앉아 있을 때보다 산소 호흡량이 2~3배가량 늘어나므로 답답하거나 우울했던 기분이 상쾌해진다. 또 걷기만으로 다리와 허리를 단련할 정도의 효과는 기대할 수 없지만 체형이 무너져지거나 최소한  약해지는 것은 막을 수 있다. 또한 혈액순환이 좋아져 다리와 허리의 통증이 사라지며, 고혈압이나 저혈압의 해소에도 효과가 있다.

2. 무른 쇳덩어리도 불에 달구어 수십만 번을 망치로 두들겨서 명검(名劍)을 만든다.

미국 정부의 노년문제전문 연구학자 사치(Schach) 박사는 20살이 넘어서 운동을 하지 않으면 10년마다 근육이 5퍼센트씩 사라지며 뼈 속의 철근이라고 부르는 칼슘이 차츰 빠져나가고 관절과 무릎관절에 탈이 나기 시작한다고 하였다. 그로 인해 부딪히거나 넘어지면 뼈가 잘 부러진다. 노인들의 뼈가 잘 부러지는 가장 큰 이유는 고골두(股骨頭) 즉 대퇴골이 괴사하는 것이다. 통계에 따르면 고관절이 골절된 뒤에 15퍼센트의 환자가 1년 안에 죽는 것으로 나타났다. 그렇다면 어떻게 해야 다리를 튼튼하게 할 수 있는가? 쇠는 단련으로 만들어지고, 단련(鍛鍊)을 해야 강철이 된다.

철광석이 쇳물로 나오기까지는 용광로에서 5~6시간동안에, 이때 쇳물의 온도는 1,500℃의 고 온도에서 제선, 제강, 압연공정의 과정을 거쳐서 철이 완성이 되어 또 다시 각종 생활 용품으로 제작이 되려면 자르고 두드려져서 철제품이 만들어 진다.

쇠붙이를 불에 달구어 망치로 두들겨서 단단하게 하는 것을 단련이라고 한다. 연철(軟鐵)은 단련하지 않으면 강철(鋼鐵)이 되지 않는다. 칼을 만드는 장인이 무른 쇳덩어리를 불에 달구어 수십만 번을 망치로 무섭게 두들겨야 명검(名劍)이 만들어 진다. 사람의 다리도 마찬가지다. 단련(鍛鍊)해야 한다. 다리를 단련하는 가장 좋은 방법은 걷는 것이다. 다리는 걷는 것이 임무다. 자꾸 걸어서 다리를 힘들게 하고 피곤하게 하면 연단이 되어 다리 스스로가 아주 튼튼한 다리가 되는 것이다.

3. 걸으면 살고 누우면 죽는다. 자! 걷고! 또, 걷자! 건강과 행복을, 함께 누리자.

가벼운 운동일 지라도 전혀 운동을 하지 않는 것보다 운동을 하는 것이 얼마나 좋은가? 라는 물음의 대답을 얻기 위해 미국의 하와이의 호놀룰루 심장센터는 7백7명의 금연자들을 대상으로 걷기 운동에 대한 시험 효과를 분석했다. 지난 80년, 이 실험에 참여한 사람들은 61～81세의 은퇴한 남자들로 모두 운동이 가능한 사람들이었다. 12년이 흐르는 동안 2백8명이 사망했고 실험이 끝났을 때 드디어 걷기가 사망위험도를 감소시켜준다는 사실이 밝혀졌다. 하루에 적어도 3.2km 이상 걷는 남성의 사망률은 하루에 1.6km도 걷지 않는 남성보다 50% 낮았다. 하루에 1.6～3.2km정도 걷는 그룹은 중간정도의 사망률을 보였다. 걷기 아닌 다른 형태의 규칙적인 운동도 건강에 이로운 것으로 나타났다. 결론적으로 하루에 1.6km 가량 걷는 운동은 12년 동안 사망률을 19%나 줄여준 것으로 분석됐다. 이는 지난 93년 하버드의대가 하루에 2km씩 걸으면 0.5km를 걷는 남성들보다 사망 위험률이 22%나 낮았다고 연구 발표한 내용을 뒷받침을 하고 있다.

유전적인 원인이 개입돼 있는지를 알아보기 위해 이번에는 1만 6천 명의 일란성 쌍둥이를 대상으로 연구했다. 지난 75년부터 20여 년간 핀란드에서 진행된 이 연구에 따르면 1개월에 6번씩, 한번에 30분 이상 활기차게 운동한 그룹은 운동을 거의 하지 않은 그룹에 비해 사망률이 낮았다. 건강에 나쁜 생활습관을 감안하더라도 사망위험도는 규칙적으로 운동하는 사람에서 43%, 가끔 운동하는 사람에

배에 힘을
등을 곧게

팔은 자연
앞뒤로 흔

바깥쪽부터
바닥에
닿도록 한다

| 바른 걷기 운동 자세

서 29% 줄었다. 유전적으로 유사한 쌍둥이들을 비교했을 때도 쌍둥이 중 규칙적으로 운동을 한 사람은 거의 운동을 하지 않은 다른 사람에 비해 사망률이 56%정도 낮았다.

새로운 연구들은 운동이 건강에 중요하다는 많은 증거를 제시하고 있다. 하루에 1.6~3.2km 걷는 운동도 건강에 도움을 준다. 1개월에 6회 이상 활기차게 걷는 운동은 유전적 요소나 가족 내 병력을 감안하더라도 건강증진에 더욱 큰 도움을 준다. 운동시간은 어느 정도여야 하는가. 거기에 대한 정답은 없다. 개인의 여유시간, 취향, 체력에 달린 문제다. 하여튼 운동할 수 있는 사람은 운동하는 만큼 건강에 이롭다. 하루에 1.6~3.2km씩 걷는 것은 최소한의 운동 목표지만 활기찬 걸음으로 4.8~6.4km를 걷는 것이 이상적이다. 그리고 운동을 좋아하는 사람들은 더 많이 운동하기를 권한다. 영국의 작가로 유명한 찰스 디킨스(Charles Dicke)는 "걸어라, 그래서 건강하라, 그리고 행복하라"고 말을 했다.

4. 올바른 걷기의 자세

가슴을 펴고 턱을 약간 당긴 자세에서 시선은 전방 10~15cm를 바라보며 걷는다.

- 팔의 움직임과 함께 어깨를 자연스럽게 좌우로 자연스럽게 돌린다.
- 허리와 등을 곧게 펴고 걷는다.
- 팔을 자연스럽게 앞뒤로 흔든다.
- 배에 힘을 주고 걷는다.
- 엉덩이를 심하게 흔들지 않고 자연 스럽게 움직인다.
- 넓다리와 허리의 힘을 빼고 발목으로 걷는다.
- 체중은 발뒤꿈치 바깥쪽을 시작으로 발 가장자리에서 엄지발가락

쪽으로 이동한다.

– 발바닥이 마지막으로 지면에 닿는 순간 가볍게 바닥을 밀어 힘들이지 않고 속도를 낸다. 걷기는 운동 속도에 따라 ① 완보, ② 산보, ③ 속보, ④ 급보, ⑤ 강보 등으로 나눌 수 있다. 아래의 표에서는 걷기 방법별 권장사항을 나타내고 있으며 거리, 칼로리, 보폭 등이 제시되어 있어 걷기 운동 시 참고 할 수가 있다.

①완보는 신체의 처음 이동 단계이며 걷기의 준비운동으로 실시된다. 운동 강도는 20~40%이며 분속 50~60의 속도로 시간당 3~3.5km를 이동하고 분당 2.0kcal, 시간당 120kcal가 소비된다. ②산보는 일상생활에서 보통 걷는 방법이며 운동 강도는 40~60%, 분속 60~70m 내로 시간당 3.5~4km를 이동하고 분당 3.0kcal, 시간당 180kcal가 소모된다.

③속보는 활기차고 빠르게 걷는 방법으로 운동 강도는 50~70%, 분속 80~90m의 속도로 시간당 5~5.5km를 이동하며 분당 3.5kcal, 시간당 210kcal를 소모한다. ④급보는 걷기의 기술적 요소가 필요한 걷기 방법이며 발의 디딤 각도가 직선상에서 5도 이상 벌어지지 않게 한다. 팔은 90도로 굽히고 신체의 정중선 쪽으로 하여 발의 리듬에 맞춰 앞뒤

로 흔든다. 운동 강도는 60% 이상이고 분속 100~110m의 속도로 시간당 6~7km를 이동하며 분당 4.5kcal, 시간당 270kcal를 소모한다. ⑤강보는 최고의 속도를 낼 수 있는 걷기 방법이고 운동 강도는 70%이상이 될 수 있다. 분속 120~130m의 속도로 시간당 7~8km로 이동하며 분당 7.5kcal, 시간당 450kcal를 소모한다.

영구예미 : 앞에서 간 사람의 발자국이 뒷 사람의 길이 된다.

▍08 더, 날씬하게, 더욱, 아름답게,
더욱 더, 행복하게!

아유르베다(Ayurveda)란 인도의 전승의학(傳承醫學)으로, 인류는 오래전부터 각종 질병을 치료하기 위해 양한 초목인 약용식물을 우려내어 차로 마셔 왔다. 의학적인 효과를 내는 재료로, 미용과 건강, 행복한 내 삶을 위하여 티젠(Tisanes) 차를 만들어 먹어 보자.

아유르베다(Ayurveda)란 인도의 전승의학(傳承醫學)으로, 중국의 전통의학이 한국과 일본 쪽으로 전파되어 영향을 미친 것처럼, 인도를 중심으로 파키스탄, 네팔, 스리랑카, 티베트, 말레이시아 등지에 영향을 미친 5,000년 역사의 전통의학체계이다. 아유르베다에서는 인체의 기본 요소가 불균형을 이루어 조화가 깨진 상태에서 질병이 발생한다고 보고 바른 식생활, 긍정적인 마음, 적절한 운동, 신선한 공기와 햇볕 등의 환경을 이용하여 균형을 되찾는 것을 중요시한다.
아유르베다는 질병의 예방과 치료, 건강과 장수의 방법으로 요가와 자연 식이요법, 오일마사지, 허브나 약용식물로 등을 생약제로 만들어 처

디톡스 전후

방을 하는 총체적인 의학 체계로 오늘날 인도에서는 100개가 넘는 5년제 대학에서 이에 대한 교육과 연구가 이루어지고 있다. 더욱이 병을 일으키는 주요 원인으로 신체적 혹은 몸과 마음의 독소를 제거하는 것이 생명력을 회복하는 것이라고 말을 하고 있다.

1. 건강하게 더 날씬하려면 내 몸의 유해물질 독소(Detox)를 제거하라.

① 비만하면서 만성피로가 있는 사람. ② 아침저녁으로 몸이 붓거나 손발이 차고 저린 증상이 있는 사람 ③ 피부가 탁하고, 나이에 비해 피부 탄력이 떨어지고 세포 노화가 빨리 진행되는 경우 ④ 당뇨, 동맥경화, 간 기능 저하, 부전 및 혈관 기능이 약한 사람은 디톡스를 해야 한다. 디톡스 티젠은 환경이나 음식을 통해서 사람의 인체 내로 침투한 많은 유해물질인 납, 카드뮴, 수은, 등 의 중금속과 각종 유해 화학물질을 몸 밖으로 내보내는 허브 역할을 한다. 이런 중금속 배출 과정을 킬레이션(Chelation)이라고 한다 즉 디톡스 성분이 중금속에 달라붙어 소화관을 통해 끌고 나오는 것이다.

독소란 인체 내에 쌓이는 유해물질로 지속적으로 축적되면 건강에 치명적인 문제를 야기하고 온갖 질병을 불러일으킨다. 외부에서 유입되는 독에는 우리가 매일 먹고 마시는 음식을 매개로 하는 것이 가장 많고, 공기나 물처럼 오염된 환경을 통해 흡수되는 중금속과 환경호르몬도 여기에 포함된다. 디톡스 티젠이 되지 않을 때 비만, 심혈관, 소화기관, 등의 많은 질병이 찾아온다. 티톡스 차로는, 민들레, 생강, 우엉, 감초, 소두

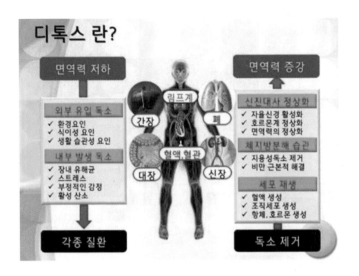

구, 라임 꽃차 등.이 몸을 보호하고 독소를 배출하는 디톡스의 역할을 한다. 그래서 디톡스로 몸을 정화(Detox)를 해야 건강하며 아름다운 균형을 갖춘 몸매를 갖을 수가 있다.

2. 티젠(Tisanes) 차(Tea)로 날씬한 몸매와 아름다운 피부 미용을 한번 해 볼까?

라벤더, 라임 꽃, 베리, 로즈힙은 피부생기를 되살리고 혈액순환을 왕성하게 하고 대 나무 잎에는 식물성 이산화규소가 풍부하여 피부, 모발, 손톱건강에 아주 좋다. 또한 캐모마일과 라임 꽃, 레몬버베나 잎도 피부건강에 좋은 성분들이 많다.

특히, 보이 차(茶)는 중국 원난 성에서 생산되는 흑차(黑茶)만을 지칭한다. 보이차에 들어가 있는 갈산은 지방이 흡수되기 쉽도록 분해시키는 분해효소의 활동을 막아줘서 몸에 지방이 쌓이는 것을 방지 및 신진대사를 촉진시켜 준다. 따라서 보이차를 많이 마시면 갈산 덕분에 에너지 소

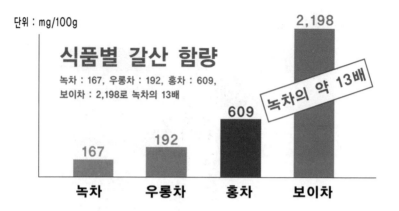

단위 : mg/100g

식품별 갈산 함량

녹차 : 167, 우롱차 : 192, 홍차 : 609,
보이차 : 2,198로 녹차의 13배

녹차의 약 13배

2,198

609

192

167

녹차　　**우롱차**　　**홍차**　　**보이차**

출처: 스위스 학술지 molecules, 2016

모는 쉽게 되면서 체중증가는 적게 되므로 다이어트에 아주 효과적이다. 그래서 보이차를 다이어트 차라고 하며 보이차 열풍이 불고 있는 것이다.

보이차 추출물 분말1g씩 12주간 매일 섭취 한 결과 허리 둘레 BMI수치 모두 감소, 복부 내장지방8.7% 감소, 섭취중단 후에도 체중 지속 감소, 따뜻한 물 200~300㎖ + 보이차 추출물 1g섭취 시 지방 배출과 연소에 도움이 되었다. 보이차는 쌉쓰름한 맛이 특징이며 혈중 콜레스테롤 수치에도 개선되는 것이 입증이 되었다.

또한 콜레스테롤 환자 25명에게 보이차 추출물 1g씩 3개월 섭취한 결과 콜레스테롤 8.5% 감소, 나쁜 콜레스테롤 (DLD)11.8% 감소, 좋은 콜레스테롤(HDL) 2.5% 상승, 지방축적을 막는데 보이차, 병아리 콩, 오징어 까지 먹었을 때에 더욱 지방이 감소가 되어 보이차는 다이어트에 절대 강자의 차(Tea)였다. 체지방을 막고 지방을 태우는데 보이 차 10g당 2.198㎖ 식품이나 음료 중에 제일 풍부 했다.(스위스 학술지 Molecules, 2016)

3. 소화 기능의 역활은 신체 건강과 행복의 발전소이다.

소화기능에서 좋은 허브로는 생강, 감초뿌리, 양벚나무 껍질, 시나몬, 하비스커스, 소두구, 펜넬을 들 수 있다. 이 목적으로 만드는 티젠은 흔히 식감이 부드럽고 소화 활동을 원활하게 해주며 마시는 시간이 식사 후면 좋지만 저녁 식사 후면 더욱 좋다.

4. 마음의 안정과 편안의 효과를 준다

티젠의 효과는 주로 향에서 나온다. 향기가 스트레스, 불안, 불면증, 치료에서 큰 비중을 차지하는 까닭이다. 이 티젠에 사용되는 재료 중 일부는 약한 수면유도 효과를 내고 또 어떤 재료는 긴장을 완화시키는 역할을 한다. 흔히 쓰이는 허브는 캐모마일, 라벤더, 레몬버베나, 바질이다. 일찍이 고대 이집트인들은 티젠의 효과를 알고 이를 널리 활용을 했다.

5. 튼튼한 뼈, 관절은 건강한 신체의 기둥이다.

소염 활성이 있는 재료들로 티젠을 만들어 관절염과 뼈, 기타 관절질환을 치료하는데 활용을 할 수 있다. 크랜베리와 블루베리 같은 색깔이 진한 과일은 퀘르세틴(몸의 산화방지, 항암효과, 면역력이 뛰어남)이 풍부하다. 생강과 강황 뿌리에도 소염효능이 있으며 관절염과 관절통 완화에도 도움이 되는 것으로 알려 졌다.

인도의 전승의학인 아유르베다는 질병의 예방과 치료, 건강과 장수의 방법으로, 요가와 자연 식이요법, 오일 마사지, 허브나 약용식물, 등. 을 생약제로 만들어 사용을 하기도 했다. 또한 인류는 오래전부터 각종 질병을 치료하기 위해 다양한 초목을 차로 우려 차로 마셔 왔다. 의학적인

효과를 내는 재료로, 미용과 건강, 행복한 내 삶을 위하여 티젠(Tisanes)
차를 만들어 먹어 보자.

나만의 티체 만들기

이브는 오래전부터 각종 질병을 치료하기 위해 다양한 초목을 차로 우려 마셔왔다. 도표를 참조해 원하는 의학적 효과를 나타내는 재료로 나만의 티센을 만들어보자.

루이보스
루이보스 티는 달임증이 있거나, 소화가 잘 안되거나, 감기증상이 있을 때나 마신다.

캐모마일과 라벤더
캐모마일과 라벤더는 모두 향기가 좋은 허브로 유명하다. 그런 까닭에 주로 건강 완화와 진정을 위한 티센에 사용된다.

출처: The Tea Book

하비스커스와 로즈힙
하비스커스는 고혈압을 조절하고 콜레스테롤 수치를 낮추는 데도 도움이 된다. 로즈힙은 비타민C, 항산화제, 카로티노이드가 풍부해 감기 관리에 이용하면 좋다.

우엉과 민들레 뿌리
우엉은 피를 맑게 하고 관절통을 완화한다. 민들레는 소변 활성이 있어서 붓기를 줄여주기에 효과적이며 흔히 디톡스 목적으로 사용된다.

(차트 카테고리)

- 기억력
- 심장 건강
- 피부와 모발 건강
- 시력
- 두통과 긴장 통증
- 불면증
- 자양강장
- 소화와 장 건강
- 기력
- 면역력

부부가 함께, 뱃살 빼기 성공!

차(Tea)한 잔으로

더, 날씬하게, 더욱, 아름답게, 더욱 더, 행복하게!

▎09 질병에 대한 생존 능력

인간의 몸은 하나님이 만들어 주신 위대한 걸작품이다 라고 「괴테」
가 말을 했다.. 건강한 신체를 가져야 오감을 만끽하며 더욱 즐겁게 살 수
가 있다. 건강은 가만히 있는 자에게 누가 거저 주지 않는다.

하나님은 인간들이 세상에서 살아가도록 자기 몸의 생존 능력을 가지
도록 창조하셨다.. 그것이 각종 질병을 이겨내는 면역력이다. 의학의 아
버지 '히포크라테스가 최고의 치료법' 은 스스로 인체가 지니고 있는 생
존의 힘, 즉 면역력의 능력이라고 했다. 인체는 몸 밖으로 부터 끊임없이
공격해 오는 병원체, 독소 등. 수많은 항원으로부터 스스로의 자기 몸을
지키는 방어체계를 갖고 있는데 여기에 관여하는 기관과 조직, 세포들을
망라해 면역계라고 한다. 내 몸은 내 몸 스스로 엄청난 생존능력을 지니
고 있어 나는 언제나 내 몸 스스로를 가장 사랑해야 한다.

1만여 년 전 구석기 시대에는 수렵되고 채집된 음식으로, 과일, 채소,
견과류, 달걀, 씨앗과 같은 견과류, 초원에서 잡은 고기 같은 자연식품만
섭취를 하였다. 그래서 질병이 없던 시대였다. 그러나 초 과학적의 문화
와 생활의 발달 속에 사는 현대인들은 고도의 첨가물로 가공되고, 달콤

한 탄수화물로 길들여 진 인간들의 음식물들, 과도한 스트레스, 환경오염, 등. 다국적 종자(種子) 기업인 몬산토회사 등 식량개발의 명분으로 각종 씨앗의 유전자를 조작한 GMO(유전자조작식품)식품을 나 자신도 모르게 먹게 되므로 면역계 질서를 깨트려 불임, 난임, 기형아, 각종 이름 모를 질병들이 발생하고 있어 인류의 미래가 더욱 불안하여 구석기시대의 식이요법 또는 지중해식 식단으로 돌아가자고 회귀하고 있는 것이다.

1. 각종 병원체들을 내 몸의 기전들이 방어를 해준다.

내 몸의 1차방어선의 방벽은 인체의 표면인 피부, 코나 입이나 위장과 비뇨생식기관의 점막, 호흡기관의 섬모, 눈물 그리고 위장의 위산이다. 세균, 바이러스, 곰팡이, 기생충 독성물질 등 이 체내로 잠입해 들면 이를 퇴치를 한다. 즉 콧구멍 속의 털은 공기 중의 이물질을 거르고, 코 점막의 면역세포는 감기 바이러스가 들어오면 재채기를 유발해 이를 몸 밖으로 몰아내기도 한다.

2. 위산, 점액, 눈물, 침과 같은 액체에 병원체가 걸려들면 효소가 이것들을 파괴한다.

입과 식도를 통하여 몸속으로 들어 온 각종의 음식물을 위에서의 분비되는 액체인 위산은 음식에 묻어온 각종 박테리아를 죽이고, 해로운 음식이 들어오면, 위점막 면역세포가 가동이 되어 구토를 유발함으로써 몸이 망가지는 것을 막는다. 위액은 기본적으로 강한 산성을 띠고 있어 위에 들어온 세균들은 박멸을 시킨다. 이처럼 면역계는 생각보다 인체를 보호하기 위한 광범위하게 활동하지만 이것도 건강이 정상일 때의 일이다. 면역기능이 약해진 인체는 질병의 공격에 너무나 쉽게 무너지기도 한다.

3. 내 몸도 면역력이 더욱 강해야 살아남는다.

아무리 튼튼한 돌로 성벽을 둘러쌓아도 때로는 뚫리기도 한다. 외상을 입어 장벽이 뚫린 경우, 적혈구와 혈소판, 피브린 등이 모여 환부를 막아버려 추가적인 침입을 막는다. 또한, 외상을 입어 파괴된 세포들은 염증반응을 일으켜 면역세포들이 모이도록 유도하며, 혈액 응고를 시켜 혈액이 응고되면 더 이상의 침입을 걱정하지 않아도 되지만, 점액을 뚫을 정도로 대량의 항원이 침입을 시도를 했다 던지, 아니면 체액을 통해 직접 침입한다던지 이러면 방어가 어려워진다. 만약 체액을 통한 직접적인 침입을 하면 침입한 항원은 이미 각종 세포들을 감염시켜 증식하게 된다. 이렇게 몸에서 항원들이 각종 질병을 일으키면 항원을 잡기 위해, 각종 면역 세포와 항생 단백질들이 혈액을 따라 온 몸을 순환하며 돌아다니다가, 내부로 침입해온 항원을 백혈구가 처리를 한다. 생체조직이 손상을 입었을 때 방어적 반응으로 발열, 통증, 염증, 반응이 나타난다.

─ 면역은 선천면역과 획득면역으로 나누어진다.

① 선천면역은 방어반응을 하는 인체의 1차 방어체계이다. 항원의 침입을 차단하는 피부와 점액조직, 강산성의 위산, 백혈구 등이 여기에 해당된다. 상처 부위에 고름이 생기는 것은 상처를 통해 침입한 병원균과 싸우다 죽은 백혈구의 잔해이다.

② 후천면역은 우리가 일반적으로 말하는 '면역'이다. 후천면역의 역할은 B림프구와 T림프구가 맡는다. B림프구는 항원에 맞서는 항체를 생산해 체액으로 공급하는데, 이 항체는 몸 곳곳에서 병원체인 항원을 제거하는 역할을 담당한다. 병이 나으면 대부분의 항체는 없어지지만 B림프구는 같은 병원체가 다시 침입하면 이를 기억해 신속한 방어체계를 가

동하기 때문에 '기억세포'라고도 부르기도 한다. T림프구는 자신이 항원을 직접 공격하여 파괴하는 역할을 맡으며, B림프구를 활성화하는 일도 한다.

③ 면역력이 떨어지는 것은,

과도한 스트레스, 영양실조 및 영양과다, 서구화된 식생활로 인한 체질의 산성화, 항생제 남용으로 병균의 내성 증가, 심각한 환경오염 등.을 들 수 가 있다.

④ 인체 내의 면역력이 약화되면,

면역력 약화를 가장 쉽게 확인 할 수 있는 질환은 감기, 독감, 폐렴, 대상포진 이다. 그만큼 세균이나 바이러스에 취약하다는 증거다. 또 활성산소를 제거하는 체내효소의 작용을 떨어뜨려 노화를 촉진하며, 질병이나 상처 치료를 더디게 한다. 장내의 유익한 세균이 줄어 배탈, 설사가 잦고 식중독에도 잘 걸린다. 면역력이 약한 사람이 암에 잘 걸리는 것, 역시 체내에 암세포를 사멸할 힘이 없기 때문이다.

4. 면역력은 음식과 운동, 생활습관으로 키운다.

면역력을 높이는 방법은 금주 금연, 규칙적인 유산소 운동과 충분한 수면을 취하는 것이다. 특히 면역력과 음식은 밀접한 상관성을 갖는다. 균형이 잡힌 식단 등. 올바른 생활습관을 유지하며 홍삼이나 버섯, 고등어, 석류, 등 면역력에 좋은 음식을 취하는 것이 효과적인데 그 중에 단연 뛰어 난 것이 홍삼이다. 또한 가장 대표적인 음식은 과일과 채소류, 여기에 많은 비타민A · C · E 등이 항산화작용과 함께 면역력을 키워준다.

특히 바나나는 백혈구를 구성하는 비타민B6와 면역 증강 및 항산화 성분인 비타민A, 베타 카틴 등이 많아 노화방지 및 면역력 향상에 도움을 준다. 돌나물, 참나물 등 나물류와 브로콜리 등도 면역력을 키워준다. 발효식품인 김치는 종합면역증강 음식이라고 할 만큼 면역력 증강에 좋다. 양념으로 음식에 넣는 마늘은 알리신 성분이 아주 뛰어나서 살균과 정장 효과가 뛰어나다. 된장과 청국장도 면역력 증강에 좋다. 콩의 발효물질 은 혈전을 분해하며, 암세포의 발생과 성장을 억제한다.

5. 내 몸에 대한 긍지와 자존감을 가지고 내 몸을 더 적극 사랑을 하여야 한다.

인간의 몸은 하나님이 만들어 주신 위대한 걸작 품이다 라고 괴태가 말을 했다.. 건강한 신체를 가져야 오감을 만끽하며 더욱 즐겁게 살 수 가 있다. 건강은 가만히 있는 나에게 누가 거저 주지 않는다. 내 몸 건강 은 내 스스로 건강하도록 노력을 하여야 건강한 몸으로 함께 행복을 향 유 할 수가 있다.

10 내 몸은 왜? 아프거나 고통스러워해야 하나!

국어사전에서 아픔은 육체적으로나 정신적으로 매우 괴로운 느낌의 상태를 말 한다. 고통은 몸이나 마음의 아픔이나 괴로움을 뜻 한다. 우리는 이 세상을 살아가면서 때로는 내 삶을 통하여 고통이나 아픔을 심하게 겪으면서 살아가기도 한다. 고통이나 아픔 속에서 나는 어떠한 삶의 자세를 가져야 할까?

우리는 이 세상을 살아가면서 때로는 내 삶을 통하여 고통이나 아픔을 심하게 겪으면서 살아가기도 한다. 고통이나 아픔 속에서 나는 어떠한 삶의 자세를 가져야 할까?

1. 아픔과 통증은 몸이 손상을 입었을 때 알려주고 대응을 하도록 돕는

신호망이다.

사람의 인체가 외부의 물리적 힘에 의하여 손상을 입었을 때에 통증수용기를 직접 자극을 하기 때문에 상처가 생기면 통증을 먼저 느끼게 된다. 피부세포가 다치면 손상된 세포는 프로스타글란딘이라는 화학물질을 방출하는데 이 물질은 근처에 있는 신경세포들을 민감하게 만든다. 이렇게 자극을 받은 신경세포들은 프로스타글란딘 반응을 해서 흥분된 통증정보를 신경세포의 축삭을 통해서, 둔하고 화근거리며 쑤시는 전신 통증의 C형은 늦은 속도로, 예리하고 한 곳에 깊게 집중되어 아픔이 국한된 A형은 빠른 전기신호로 전달을 한다. 전기신호로 뇌로 전달되어 온 통증이나 아픔을 뇌 속의 시상은 통증신호를 다양한 대뇌겉질에 배분 한다.

아픔과 통증이 온 몸이 인식이 되려면 감정과 주의 집중과 중요평가를 관여하는 대뇌겉질부위가 작용을 해야 한다. 중추신경계의 신경세포들이 만나는 척추의 뒤뿔을 통하여 온몸의 전달이 되므로 아픔이나 통증은 이와 관련된 감각들을 마음과 생각들을 통하여 응급상황을 처리를 한다. 결국은 아픔이나 통증은 내 몸이 아프고 위급하니 빨리 조치하여 주세요라는 내 몸 전체에게 알려주는 힐링의 통신망이다.

2. 아픔과 고통은 신체의 기관과 조직을 지키는 근위대 통신병의 역할을 한다.

아픔과 고통이 왜 사람의 신체의 필요한지는 한센병의 한 예를 통하여 쉽게 이해를 할 수가 있다. 한센병은 과거에는 나병(문둥병)이라고 불리었으며 나병균이 피부, 말초신경계, 상기도의 점막을 침범하여 조직을 변형시킨다. 또한 나병균은 신경계의 합병증으로 인해 사지의 무감각과 근육의 병적인 증상을 발생시킨다. 그래서 촉감, 통각, 온도 감각이 소

실되고 위치감각과 진동감각도 없어진다. 손가락과 발가락에 감각이 소실된 상태에서 지속적으로 외상을 입고 이로 인해여 이차 감염이 발생하면 손가락과 발가락의 말단 부위가 썩어서 떨어져 나가기도 한다.

실례로...우리나라 한센병 초기에, 한 한센병 환자가 사이다가 먹고 싶어서 사이다병을 열기 위하여 맨 손으로 사이다병마개를 돌리니 피부세포의 살덩어리가 짓이겨지면서... 살점이 뚝, 뚝 핏 덩어리가 되어 떨어지는 것에, 아픈줄도 모르는 것을 보고, 지켜보고 있던 옆 사람도 놀랐다는 것이다.

3. 우리 몸은 아픔과 고통을 통하여 더욱 행복하고 건강한 존재로 만들어 준다.

원하는 것을 얻고 소원하는 목적을 이루려면 고통의 계곡이나 아픔의 강을 건너야 할 때가 아주 많다. 마치 나치의 수용소에서 매일 인간 이하의 취급을 받으며 먹을 것, 마실 것, 입을 것은 물론 살아갈 이유조차도 찾을 수 없었던 포로 수용소에서, 세계적인 신경학자이자 정신의학자 빅터 프랭클이 그 고통의 계곡을 지나고 아픔의 강을 건너면서 견디며 살아남아서 아픔과 고통의 이야기를 할 수 있는 것은 삶의 갈망 때문이었다. 그는 수용소에서 인간의 추악함도 매일 보았지만 인간의 아름다움도 매일 발견하려 애썼다. 극한의 상황에서도 서로의 동료의 아픔과 고통을 생각하며 서로를 돕는 사람들, 유머와 지식과 예술의 아름다움을 잊지 않으려 분투하는 사람들을 보며 그는 계속 살아가야 할 삶의 생명의 의미

를 발견한다. 그는 수용소에 갇혀 견
디고 이겨내며 그 고통과 아픔이 훗
날 자신의 인생의 밑거름이되는 "죽
음의 수용소에서" 란 역작을 집필하
여 유명해 진다.

절망 출처 : 프랑스 국립박물관

아메리칸 인디언의 이야기 중 일
곱 번째 방향 이라는 전설이 있다.
신은 인간에게 동, 서, 남, 북, 아래,
위, 여섯 개의 방향을 주셨다. 신은
힘과 지혜를 담은 일곱 번째 방향을 더 주셨는데 이 방향은 인간이 쉽
게 발견하기 어려운 곳에 두었는데 그곳이 바로 아픔과 고통을 담아두
는 마음속이었다. 인간은 어느 방향이든이 내일을 위하여 앞으로 나아
가야 하는데 마음의 아픔과 고통을 이겨내는 사람들이 그 방향을 향하
여 갈수가 있다.

4. 아픔과 고통을 통하여 자신을 발견하며 알아 간다.

욕구가 즉각 충족되는 삶은 사람을 유약하게 만든다. 원하는 삶을 살
려면 때로는 원하는 삶으로부터 벗어나 있을 줄도 알아야 한다. 미국의
저술가 팀 페리스가 '지금 하지 않으면 언제 하겠는가' 란 책에 소개한
사진작가 브랜든 스탠튼의 말이다. 사람들은 욕망이 충족된 상태를 원하
지만 좋아하는 것을 쫓아가다 보면 오히려 점점 더 좋아하는 것에서 멀어
지는 역설에 부딪치기도 한다. 또한 몸은 편안하게 누워 입맛 돋우는 단
음식, 짠 음식을 먹으며 쇼파에 누어 앉아 TV 시청을 원하지만 이런 나
태함이 오래 계속되면 우리의 인체는 건강하지 않는 몸이 되어 쇄약 해진
다. 몸이 원하는 편안함을 충족시키는 생활이 오히려 몸이 피하고자 하

는 불편함을 초래한다. 식욕, 성욕, 물질 욕, 명예욕 등 인간의 온갖 욕망
은 야생마 같아서 원하는 대로 놔두면 어디로 튀어 어떤 문제를 일으킬지
알 수 없다. 이 욕망을 억제하는 것이 당장은 힘이 들고 고통스럽지만 이
고통이 궁극적으로 더 큰 평안을 가져다준다. 성과심리학자 짐 로허는 '
스포츠를 위한 강인한 정신 훈련'이란 책에서 "고통을 사랑하라"고 역설
한다. 아픔이나 고통은 우리의 심신을 한 단계 더 성장시켜주는 양약이
자 삶의 한계를 돌파하게 해주는 무기가 되기 때문이다.

5. 사람의 멘탈 능력은 아픔과 고통의 극한을 넘는다.

　　피트니트 센터에서는 퍼스널 트레닝을 한다. 신체발달운동은 신체극
한 운동이다. 신체능력에 따라 무거운 운동기구를 당기거나 들어 올리거
나 밀어내는 운동이다. 이때 흔히들 "아..나는 이제 진짜 못해요. 여기까
지가 제 한계예요. 이젠 죽을 거 같아요." 하며 트레이너에게 숨 넘어가
는 말을 한다. 그 때마다 트레이너가 하는 말은 한결같다. "한두 번 더 한
다고 안 죽습니다. 힘 아끼지 말고 다 쏟아 부으세요, 조금만 더,더, 더..
힘을 쓰세요" 60%의 신체 능력에서 70%의 신체능력으로 끌어 올리려면
자신의 한계의 60%의 고통을 참아내면서 70%의 힘든 무게를 들어 올리
면서 자신의 극한을, 아픔 고통을 참아내면서 이겨낸다. 운동학적으로 우
리들의 신체의 극한의 능력은 자신의 몸의 300%의 한계를 이겨 낼 수가
있다. 그래서 세계의 챔피언이 된다.

　성공전문가인 팀
페리스는 각 분야에
서 성공한 수많은 사
람들을 만나 얻은 결
론은 "인생의　25%

는 자신을 찾아내는데 써라. 남은 75%는 자신을 만들어 가는데 집중하라" "나를 찾아내지 못하면, 나를 만드는 일을 하지 않으면, 나는 나도 모르는 사이에 언젠가는 사라지기 때문이다". 사람이 한계를 넘어서 행복한 남 다른 삶을 살려고 하면 삶의 아픔, 고통을 이겨내는 멘탈 능력을 스스로 키워 가야 한다.

6. 사람은 누구에게나 삶의 멘탈 능력이 매우 중요하다.

근대의 골프의 아버지라고 불리우는 윌리엄 벤 호건은 1946년부터 미국 PGA(미국프로골프협회)선수권대회에서 우승한 뒤 통산 64회나 우승을 하고 두 번씩이나 그랜드슬램을 달성하였다. 그는 골프에 대하여 이렇게 말을 했다. "골프의 20%는 기술이고 80%는 멘탈이다".

골프는 자신과의 싸움이다. 평소에 스윙이 훌륭 하더라도 마음이 흔들리거나 자신감이 사라지면 스스로 무너질 수 있는 것이 게임이다. 그래서 골프에서 멘탈을 다루는 것은 클럽과 공을 잘 다루는 것만큼 중요하다. 많은 사람들은 건강한 자아상을 갖기 위해서 멘탈 능력을 트레닝으로 자신의 정신 능력을 키우것도 매우 중요하다. 또는 독서, 마인드컨트롤, 운동, 기독교의 신앙심으로 아픔과 고통을 이겨내는 건강한 자아상을 갖는다. 아픔과 고통은 결코 나쁜 것이 아니다. 동전의 양면처럼 자신만의 세계의 침전능력을 갖을 수 있기 때문이다. 아픔은 신체를 보호하고 그 고통은 자신을 돌아보게 하고 나 자신의 세계를 만들어 주는 것이기 때문이다. 그리고 나는 아픔과 고통을 이겨내고 미래의 나의 행복을 누리게 된다.

11 아주, 신비스러운 그 자체입니다.

신비한 내 몸의 신체에는 다양한 세포 유형으로 존재한다. 그리고 각 기관을 구성하는 조직은 체내에서 각자 위치나 형태, 기능을 구성하여서 각각 일정한 배열에 따라 생활기능과 계통으로 되어 있는 아주 신비의 조직과 기관들의 집합체이다.

1. 내 몸의 신체는 신비스러울 만큼 체계화된 시스템이다.

인간의 인체는 장기를 보호하고 몸의 구조를 지탱하는 206개의 뼈의 골격계, 등 으로 이루어져 있다. 위의 기관 등. 78개의 인체의 각 기관들, 0.001mm에 불과한 약10조개나 되는 아주 작은 세포들은 사람의 몸속의 신호분자를 이용하여 서로 정보를 소통하고 환경에 반응을 하며 생존한다. 세포에는 핵이 있서 그 핵은 유전자 데이터인 DNA가 포함되어 있는 세포가 중심이며 각 세포들은 에너지인 단백질을 만들며 노폐물을 배설하며 세포는 내 몸속에서의 모든 생명체의 기본 단위이기도 하다. 860억 개의 뇌의 신경 세포 수, 3000억 개의 허파의 혈관 수, 허파에는 폐포라는 3억 개의 작은 공기 주머니를 통하여 산소를 모으며 그리고 하루의

60-100개의 머리카락 개수가 빠지고 새
로 생성이 되고 내 몸의 피 한 방울 속에
는 37만 5000개의 면역세포가 내 몸의
건강을 지켜주고 있다.

또한 사람의 생명을 유지하기 위해
서는 우리가 먹는 음식을 통해서 필요한
영양소가 다양하게 얻어진다. 몸의 기능
을 위하여 음식에서 얻어야 하는 필수 영
양소는 여섯 가지이다. 이들은 지방, 단
백질, 탄수화물, 비타민, 무기질, 수분이
다. 예를 들어 무기질이 부족하면 뼈 조
직기관이 제대로 형성이 되지 않는다. 우
리 몸의 모든 조직은 이렇게 우리가 먹는
음식에서 얻는 영양소에 의해 유지된다.

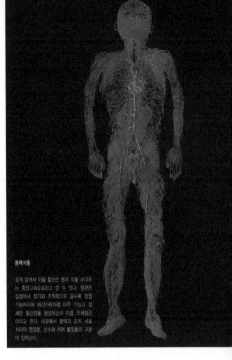

미세하게 몸 각 구석구석 퍼져있는 모세혈관들

2. 생존의 핵심은 호흡과 혈액순환이다.

1) 죽음은 내 몸의 숨이 멈추고 혈액 순환이 멈추는 것이다.

그래서 몸 안에서 더러워진 이산화탄소를 숨 쉬기를 통하여 몸 밖으
로 내어 버리고 숨을 들어 쉼으로 허파에서는 산소를 3억 개의 폐포 라
는 작은 공기 주머니에 채우고 있다가 혈액으로 확산된다. 혈관 중 가장
가느다란 모세혈관은(0.008mm) 우리 몸 전체의 퍼저 있는 세포들에게
까지 산소를 운반한다. 하루 사용하는 산소는 한 사람의 550mm 정도이
다. 각각의 세포들은 음식에서 얻은 탄수화물을 분해하는 화학반응에 산
소를 사용하여서 각 종 신진대사의 필요한 에너지를 얻는다. 탄수화물
은 탄소 · 수소 · 산소의 세 원소로 이루어져 있는 화합물인데 생물체의

구성성분이 되거나 에너지원으로 사용되는 생물체 등, 내 몸에 꼭 필요한 에너지원이다.

2) 혈액은 심장에서 시작하여 동맥, 모세혈관, 정맥을 거쳐 다시 심장까지 온몸을 돌고 돈다. 이렇게 혈액이 지나가는 길을 혈관이라고 하며, 우리 몸의 혈관을 모두 연결하면 12만 km로 이것은 고속도로를 타고 서울과 부산을 약 200번 정도 왕복하는 거리이다.

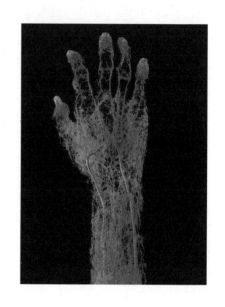

3) 혈액은 산소뿐 아니라 단백질, 비타민 등 내 몸 생존에 꼭 필요한 물질들을 온몸에 전달하는 역할을 뿐만 아니라 노폐물을 간이나 콩팥으로 보내 분해하거나 오줌 등을 통해 몸밖으로 배출을 하는 역할을 한다.

4) 혈액에 세균이나 바이러스 같은 침입자가 들어오면 혈액세포인 백혈구가 이들을 막는다. 백혈구는 식세포 작용으로 세균을 삼켜서 분해하고, 한 번 침입한 세균에 대해서는 대항하는 항체를 생산하여 같은 병에 다시 걸리지 않도록 한다.

5) 우리 몸의 여러 기관은 일을 할 때 열을 발생시키는데, 혈액은 우리 몸의 열이 한쪽에 치우치지 않도록 몸속을 돌며 열을 골고루 분배한다. 또 환경에 따라 우리 몸의 체온을 조절하기도 하는데, 주위 온도가 높아지면 피부 가까이로 흘러 공기 중에 열을 발산하고 낮아지면 몸 안쪽에 모여 체온을 보존하는 것도 혈액의 역할이다.

3. 생존의 에너지는 음식물을 통해 소화와 배설과정 에서 얻는다.

우리 몸은 음식물을 통하여 필수 6대 에너지를 얻는다.

① 물은 우리 몸의 65% 정도는 수분으로 이루어진다. 수분은 호흡과 땀을 통해 끊임 없이 배출되므로 신체의 신진대사를 위하여 절대 필요하다.

② 탄수화물은 뇌의 주요 에너지원이므로 곡물과 식이 섬유가 많은 과일, 채소는 탄수화물의 훌륭한 원천이다.

③ 단백질은 모든 세포의 구조를 이루는 주성분이다. 콩, 육류, 유제품, 달걀에는 좋은 단백질이 많다.

④ 지방은 에너지를 많이 내며 지용성비타민의 흡수를 도와주며, 지방은 유제품 견과류, 어류, 식물성 기름 등에서 얻는다.

⑤ 비타민은 에너지원이나 몸의 구성 성분은 아니지만 체내의 생리작용을 조절한다. 대부분 동물의 체내에서는 합성되지 않으므로 반드시 음식물로부터 섭취해야 한다. 아주 적은 양이 필요하지만 섭취량이 부족하면 괴혈병 등 각종 질병의 증상이 나타날 수가 있다.

⑥ 무기질은 뼈, 털, 피부, 혈구세포를 만드는데 필수적이다. 신경의 기능을 향상을 시키고 음식물을 에너지로 바꾸는데 기여도 한다. 이렇게 음식물은 구강에서 식도, 위, 소장, 대장을 거쳐 항문까지 각종 소화기관의 여정을 거치면서 에너지원을 만들며 그 찌꺼기는 대변이 되어 몸밖으로 버려진다.

4. 생존을 위한 에너지는 함께 한 몸이 되어 만든다.

우리의 몸 안에는 여러 기관들이 생존을 위하여 심지어는 기생충, 세균, 바이러스, 곰팡이 까지도 함께 공존하며 서로 도우며 조화를 이룬다.

음식물을 턱을 통하여 물 때 가하는 힘의 크기는 442kg 즉 20kg 짜리 쌀 22부대의 힘으로 입속에 들어온 왠만한 고체 음식은 다 잘게 씹어 기계처럼 부수어 타액을 썩어 화학적 분해를 해서 식도를 통하여 위 안으로 들어온 음식물은 위액과 섞어 미즙형태로, 작은창자에서는 미즙은 이자에서 분비하는 효소와 간에서 만들어지는 담즙에 의해 본격적인 소화가 된다. 각 소화기관들의 협동으로 창자벽을 이루는 수많은 용모에서 흡수된 영양소는 혈액으로 들어간다. 혈액을 통하여 온 몸에 전체에 퍼진다. 또한 흡수되고 남은 음식물의 미즙은 소화관 끝 부분 큰창자(대장)에 이르러 수분, 나트륨, 염소이온, 비타민B,K, 등 혈액으로 흡수된다. 그리고 인간이 소화 할 수 없는 식이섬유들은 세균에 의해 분해되어 배변으로 배출이 된다.

5. 몸은 생존을 위해 서로가 주고받으면서 함께 공존 한다.

우리 몸의 팔방미인인 혈액은 우리 몸의 구석구석을 돌아다니면서 산소, 영양분, 노폐물을 운반 하는 일을 한다. 더러운 노폐물은 우리 몸의 생명의 위협이 되기 때문에 혈액이 콩팥의 여과장치를 통과하는 동안 노폐물은 소변으로 빠져나간다. 또한 구강과 식도, 위, 창자를 지나면서 흡수가 된 혈액에 들어가면 곧장 간으로 운반이 된다. 간은 하나의 공장과도 같다 간에서는 탄수화물로부터 포도당을, 단백질을 지방산으로, 오염물질, 독소해독 음식물의 해독을 콩팥을 통해 몸 밖으로 버려진다. 소화액인 담즙, 조직의 구성 성분인 단백질, 화학전령인 호르몬을 생산을 하며 당원인 포도당, 비타민, 무기질을 저장하여 대사의 에너지로 사용이 된다.

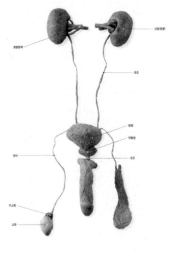
남자의 생식기

6. 생명의 연결고리는 태어나고, 늙고, 죽고 하는 것은 생의 생물학이다.

성행위를 할 때는 질에 발기한 음경이 삽입된다. 남성이 오르가 즘을 느끼는 순간 음경에서 정액이 분출되고 정자는 난자를 만나기 위해 18cm 여행을 한다. 정자와 난자가 수정을 하면 배아와 태아의 과정을 거쳐 세상에 사람의 모습을 갖추어 태어난다. 신생아는 생존을 위해 생후 1개월이면 미소를 짓고 3개월이면 뒤집기를 시도하고 6개월이면 옹아리를 시작한다. 9개월이면 일어나 앉기를 하고 10개월이 되면 일어서려는 자신감을 갖고, 12개월이 되면 자신의 이름을 알아듣고 18개월까지는 자신의 모습을 알아보기 시작을 하면서 소아기의 발달과정을 거친다. 아동기, 소년기, 청년기를 거쳐, 중년과 장년기, 노년기의 가소성의 시간을 거치면서 사람은 결국은 늙는다는 것이다. 노화는 느리지만 필연적인 과정이다. 더욱 확실한 것은 결국은 사람은 죽는다는 것이다.

7. 행복은 육체와 정신 기능과 마음의 정서가 아주 중요하다.

우리는 의식적으로 노력을 하지 않아도 끊임없이 학습이 일어난다. 보고 듣고 만지고 생각을 하며 느끼면서 무엇인가를 경험을 할 때마다 나의 뇌는 기억을 형성을 한다. 별 대수롭지 않은 순간으로부터 나의 인생

을 바꾸어 놓는 아주 중요한 사건 모두
가 나의 머리속의 기억으로 저장이 되
지만 얼마나 자주 회상을 하느냐에 따
라서 아주 잊혀 지며 추억으로 남기도
한다. 기억은 두 종류로 나누진다.

　첫째 단기기억은 어떠한 사물에 대
한 감각은 우리가 의식을 하지 않아도
일시 적으로 기억을 형성 한다. 촉각,
청각, 후각, 시각, 미각 등 을 통하여
위치나 방향 등의 기억을 필요 할 때
까지 저장을 하지만 주의를 다른 데로
돌리면 바로 잃어버리는 경우가 많다.

　둘째 장기기억에 저장을 할 수 있
는 정보의 양은 무한하다. 평생 기억으

출산을 앞둔 임산부

로는 결혼이나 배우자의 이름 등의 의미와 가치가 있는 큰 것들이 많다.
이런 기억들은 나의 뇌의 해마는 관자엽의 안쪽에 위치하면서 변연계 한
가운데 있으면서 학습과 기억에 관여하며 감정 행동 및 일부 운동을 조
절의 기능을 조절하는 역할을 한다. 그래서 사람은 가정사의 삶의 일들,
사랑하는 사람과의 테이트나 휴가, 즐거운 여행, 가족들의 생일, 여러 인
간관계들은 해마와 같은 뇌의 신경세포에 기억이 저장이 되어 지난날의
희로애락의 추억이 되기도 한다.

　◇　호르몬은 내 몸은 울고 웃는 감정의 희로애락의 아주 신비 스
로운 비밀의 행복의 열쇠를 가지고 있다.　◇

인간이라면 누구에게나 기본적으로 인지의 감정을 가지고 있다. 행

복감, 슬픔, 공포와 분노, 기쁨 등 은 표정이나 감정을 통하여 공통적으로 인식을 할 수가 있다. 이러한 희노애락(喜怒哀樂)의 감정을 조절과 전달을 하는 신경전달물은 호르몬의 사형제 도파민, 아드레날린, 엔도르핀, 세로토닌이 있다.

희(喜)의 도파민: 삶과 사랑의 묘약이라고 부르기도 하며 또는 인간 기쁨을 흥분시켜 인간이 살아갈 의욕과 흥미와 기쁨을 부여하는 이 도파민은 기쁨에 대한 흥분작용을 시켜 가슴을 두근, 두근 떨리게 하며 못 보면 미칠 것만 같은 흥분한 마음을 갖게 하는 것은 도파민의 작용이다. 그래서 기쁨을 만끽하게 하는 사랑의 감정 조미료이기도 하다

도파민은 이러한 감정을 샘솟게 해주는 신경전달물질이기 때문에, 분비되면 될수록 쾌락을 느끼며, 두뇌 활동이 증가하며 학습 속도, 정확도, 인내, 끈기, 작업 속도 등에 많은 영향을 준다.

노(怒)의 노르아드레날린: 서로의 관여하는 호르몬은 다를지라도 어떤 일들의 의하여 분노나 두려움이 오면 노르아드레날린 호르몬은 교감신경을 자극하여 뇌로 흐르는 혈액이 늘어나고 심방박동수가 증가되면서 몸이 위기, 불안, 두려움, 도피, 투쟁을 위해 자기 몸의 집중력을 높이여 응급상황의 반응을 주도하는 생존 호르몬이다.

애(哀)의 엔도르핀: 몸이 매우 아프고 슬픔에 잠겨 몸이 힘들고 괴로울 때 실컷 울고 나면 속이 좀 후련해지는 것도 엔도르핀이 작용이다. 정신적으로나 육체적으로 죽고 싶을 정도로 슬픔의 고통스러운 아픔을 잊게끔 뇌에서 엔도르핀 진통제 처방이 자동 방출이 되어 미소를 지으면서 내일의 희망을 갖는 것은 내 몸 안의 엔도르핀의 신비의 진통제 역할 때문이다.

락(樂)의 세로토닌: 수면, 통각, 식욕 등을 조절하고 숙면을 도와 잠을 잘 자게 수면의 주기를 조절하여 주며, 치매 예방에 도움을 주면서 세로토닌 분비가 많을수록 노화예방과 회춘을 만들어 준다. 세로토닌은 인

간의 본능인 마음을 진정시고 편안함을 느끼면서 내 몸의 나는 참 행복
하다 함을 가져 다 준다.

사람의 신체의 구성과 기능은 신비스러운 그 자체이다. 골격계, 근
육계, 심혈관계, 소화계, 호흡계, 비뇨기계, 내분기계, 신경계 그리고
기관과 세포에 이르기 까지 인간의 몸을 가르켜 독일 문학의 거장 괴태
(Goethe)는 「사람은 하나님의 걸작 품」 이다. 라고 말했다. 그래서 내
몸에 대한 자존감을 가지고 내 몸에 대한 나 스스로의 경외심을 갖자. 더
나아가, 나, 스스로 내 몸은 내가 가장 먼저, 나 스스로 가장 많이, 가
장 멋지게 내가 내 몸을 사랑을 해야 한다. 내 몸은 창조주 하나님이 부
모님을 통하여 나에게 주신 생명세계에서 「아주 신비스러운 걸작품」
이기 때문이다.

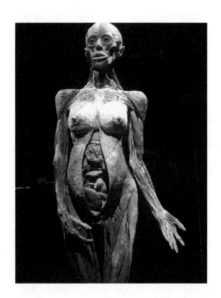

출처: 인체의 신비展 (주) 지.에프
인체의 수분과 지방 등, 을 모두 제거하는 프라스티네이션(Plastination) 화 한 여성 인체의 표본.

12 70%의 수분 중 0.9% 소금물

인체 속에 염도가 부족하면 몸이 썩는다. 즉 부패한다. 즉 부패하는 현상은 바로 각종 신체 내외 염증, 아토피, 무좀 등의 세균번식이다. 그래서 사람의 인체는 70% 중 그냥 수분이 아니라, 그 중 0.9%가 소금물이다. 바닷물의 염도는 3.5%이다. 수많은 강물이 흘러 바다로 흘러 들어 대양을 이루어도 썩지 않고 생물이 사는 이유가 여기에 있다.

인체 속에 염도가 부족하면 몸이 썩는다. 즉 부패한다. 즉 부패하는 현상은 바로 각종 신체 내외 염증, 아토피, 무좀 등의 세균번식이다. 대부분의 병은 세균성이다. 사람의 인체는 70%가 물이다. 그냥 물이 아니라. 그 중 0.9%가 소금물이다.

그래서 병원에 입원하자마자 꽂아주는 주사가 바로 링겔 즉 수액이다. 링겔은 이란 사람이 발견했다 해서 이름 붙여진 링겔이다. 이 링겔이 0.9%의 소금물인 것이다. 이 0.9%의 식염수가 혈관 속으로 바로 들어가면 우선 사람이 깨어나면서 혈관 속에 염증으로 인하여 막히고 변형되는 혈관을 건강하게 다시 깨워준다.

1. 소금은 우리 몸에서 방부제 역할을 한다.

생명의 세계의 부패를 방지하는 물질은 세 가지가 있다. 일반적으로 부패를 방지하는 물질이 소금과 설탕과 알콜이다. 인간의 몸은 이 세가지중에서 소금으로 몸을 절여 사람의 몸이 부패하지 않도록 창조되었다. 그래서 현대인의 모든 병이 심혈관계 질병이다. 다른 말로 하면 혈액이 문제라는 것이다.

좀 더 구체적을 말을 하면 일반적으로는 피가 탁하다고 한다. 그러나 사실상은 피가 탁하다는 말 이전에 피가 맑은 것이다. 그러니까 핏속에까지 오염이 되고 노폐물이 침전되어 뻑뻑한 오염물질로 변해 혈액순환이 안 되는 것이다.

우리가 섭취하는 음식물에는 우리 몸이 필요로 하는 충분한 나트륨이 들어 있다. 우리 몸은 염화나트륨보다는 염화칼륨을 더 필요로 한다. 아마도 그렇기 때문에 소금은 매우 건강에 해롭고 염화칼륨은 유익한 것처럼 선전이 되는 모양이다. 그런데, 나중에 설명하겠으나 독성 자체로 따지면 그 반대가 옳다.

2. 소금은 우리 몸에서 신진대사 역할을 한다.

우리가 섭취한 음식물은 장에서 처리가 된다. 장은 대표적인 면역기관으로, '제2의 뇌'라 불릴 정도로 중요하다. 우리 몸 면역체계의 70~80%를 차지하고 있는 장에서, 특히 소장과 대장이 음식물의 소화, 흡수, 배설이라는 기본적인 기능을 담당하고 있다. 장은 음식물을 통해 외부환경과 자주 접촉하게 되는 곳이므로 많은 외부 물질의 주된 침입경로가 된다. 장은 외부에서 침입한 유해 세균을 막고, 각종 질병에 대항하는 면역 작용을 소금이 대신 하여 준다.

우리가 섭취한 수분을 소금이 체내에서 오줌으로 배출한다. 피가 콩팥을 지나 걸러지고 오줌이 배설될 때 우리 몸의 세포 내 소금의 농도가 일정하게 유지될 수 있도록 조절되고 나머지 소금만 배출된다. 소변의 배설, 소금의 양 조절 등은 뇌에 전달되는 신호에 따라 필요한 호르몬이 생산되어 콩팥에게 적절한 명령을 내린다. 예컨대, 바소프레신은 콩팥에게 소변 배설 중지 명령을 내려 탈수를 방지한다. 반대로 목마름을 느껴 물을 더 마시게 하는 메신저도 있다. 세포 내에는 칼륨(포타슘)이온이 더 많이 존재하며, 세포 내 효소의 활동을 조절한다. 나트륨 이온은 세포막 밖에 존재하며, 세포 내외 체액의 수분 함량이 균형을 이루도록 한다.

3. 소금은 위액의 성분인 위염산을 만들어 소화를 시키는 중요한 역할을 한다.

나의 몸이 0.9%의 염도를 유지하게 되면 어떤 병균이 내 몸속에 들어와도 이길 수 있으며 소금의 주성분 중에 하나인 염소(CL)는 위액의 성분인(hydrochloric acid) HCI 의 재료가 되는 위 염산은 PH1-3의 강산성으로 음식을 잘게 부수고 소화를 시키는 역할을 한다.

나트륨 자체를 생산해내지 못하는 신체는 나트륨이 없으면 영양분이나 산소를 운반을 할 수가 없고 신경자극물질을 전달을 할 수가 없고 심장을 포함하여 근육을 움직 일수가 없다. 또한 염소가 부족하면 위액을 제대로 생성을 해내지 못하여 음식물 중에 있는 지방을 분해하여 내지 못한다. 그래서 소금물이 없으면 우리 몸의 신진대사를 원활하게 만들어 내지 못한다.

13 아픔은 나를 강하게 만든다.

한 그루의 느티나무를 좋은 재목으로 키울 때에는 100년을 기다리며 키우지만, 호박 하나를 키워 내는 데는 불과 한달 밖에 걸리지 않는다 .

아픔은 나 자신을 강하게 만든다. 유대인의 교육 유대인들의 육아법 가운데는 이런 것이 있다. 어린 자녀가 차츰 자아의식을 형성해 가면 아이들과 신나게 놀던 아빠가 어느 날 갑자기 그 아들을 홱 던져버리고 냉정하게 돌아선다. 꼬마는 평생 처음당하는 엄청난 쇼크에서 쉽게 헤어날 수가 없게 된다. 그들은 이런 경험을 통하여 인간에게는 까닭 없는 배신이 있다는 것과 인간은 이렇게 변화무쌍한 존재라는 것을 몸으로 체험하게 된다. 어린 아들로서는 실로 감당하기 어려운 이런 절망과 배신을 딛고 또 다시 아빠 품으로 돌아오면 그렇게 자기를 사랑하고 믿음직스러운 존재였던 아빠가 다시 한 번 호되게 밀쳐내 버린다.

1. 아픔이 교육의 시작이다

어린 아들에게 아빠는 사랑의 대상이요, 다정한 친구요, 자신의 삶은 몽땅 송두리 채 책임지고 있는 존재로서 이 아이에게만은 하나님조차도 방불한 실존인 것이다. 그러므로 그의 까닭 없는 배신의 아픔은 어린이가 재대로 소화하기에 힘겨운 과제임이 분명하다.이럴 때 아빠는 자기 아들에게 아들아! 사람을 믿지 말아야 한다. 심지어 이 아빠가지도 너를 배신할 수 있다는 사실을 명심해야 한다고 교훈한다. 그리고 인간이 영원히 믿을 수 있는 대상은 오직 하나님 한 분 뿐이라고 가르친다. 성경은 방백들을 의지하지 말며 도울 힘이 없는 인생도 의지하지 말지니 그 호흡히 끊어지면 흙으로 돌아가서 당일에 그 도모가 소멸 하리로다 야곱의 하나님으로 자기 도움을 삼으며 여호와 자기 하나님에게 그 소망을 두는 자는 복이 있도다(시146:3-5) 라고 한다. 한 눈에 매정해 보이는 유대인의 아비들은 이 진리를 아이들에게 바로 가르치기 위하여 애간장이 찢어지는 듯한 아픔을 참고 견디며 이런 방법으로 아픔을 겪으며 아이들에게 아픔을 경험하게 하면서 자녀들을 키우고 있는 것이다.

2. 아픔을 경험 할 때에 강해진다.

유대인들이 자기 나라 없이 온 세상을 부평초처럼 떠돌아다니면서도 2천년 동안 자기들의 민족성을 굳게 지키고 오늘의 세계를 이끌어 가는 힘의 상당 부분은 이와 같은 육아법에서 기인하고 있음을 알 수 있다. 우리나라 사람들은 어떠한가?

"사랑하는 아들아 너는 나만 굳게 믿어라 나는 너를 위하여 모든 것을 준비해 놓았단다 너는 아무 걱정 말고 편하게 살아라" 라는 식으로 아이들을 키우고 있지 않는지? 자녀들에게 유산을 물려주는 것, 시집가는 딸에게 엄청난 혼수를 장만해 주는 것 등이 바로 그 구체적인 예라고 할 수 있을 것이다. 그 뿐만 이겠는가? 엄마는 아이들의 학교 성적까지 책임질

작정으로 맹렬한 치맛바람을 날리고 다니지 않는가? 이런 식의 육아법은 결국 자녀들로 하여금 남을 의지하는 졸장부로 만들고 또 지극히 무기력한 인간으로 만들어 가는 것이다. 이렇게 성장한 사람들은 하늘 같이 믿었던 인간으로부터 배신을 당하면 그 엄청난 충격을 제대로 처리하지 못하고 결과 적으로 파탄의 인생을 살게 됨을 알아야 할 것이다. 인간은 결코 믿음의 대상이 아니라는 사실을 가르치고 오직 하나님 외에는 우리가 진정으로 믿을 수 있는 자가 없음을 가르쳐야 한다.

3. 실패의 아픔을 이겨 낼 때에는 아픔은 양약이 되여 더욱 강한 자를 만든다.

대학에서 경영학을 전공한 한 젊은이가 친구와 함께 백화점에 취직했다. 두 젊은이는 당연히 경영부서에 보직을 받을 줄 알았다. 그런데 친구와 함께 엘리베이터 안내직을 맡게 되었다. 한 친구는 크게 실망하고 백화점을 그만두었다. 그러나 페니의 생각은 달랐다. 엘리베이터를 안내하면 고객들과 쉽게 만날 수가 있어 그들의 구매 심리를 현장에서 파악할 수 있는 기회로 알고 즐겁게 그 일을 맡았다. 젊은이는 얼마 안 있어 부서 책임자가 되었고 나중에는 최고 경영자가 되었다. 생각의 차이점이 인생길을 갈라놓기도 한다. 이는 백화점 왕 페니의 이야기이다. 그는 말을 한다. "낙담과 실망을 이겨내는 아픔과 인내는 성공의 계단이다."

또한 미국의 20대 대통령인 가필드(James Abram Garfield)가 하이럼 전기공업 학교 교장으로 있을 때의 일이다. 그 학교 재단이사로 있는 사람이 그를 찾아와 건의를 한 가지 하였다. '제 아들이 이 학교에 다니고 있는데 내 아들이 공부하는 것을 보니 학교에서 공부를 너무 심하게 시키는 것 같다고, 교과 과정을 좀 단축하고 학생들이 좀 놀기도 하면서 쉽게 공부할 수 있게 하는 것이 좋지 않겠습니까?' 라고 했다. 이에 대한 가필드의 대답이 유명하다. "하나님께서 한 그루의 느티나무를 좋은 재목으로 만들어 쓰시고자 하실 때에도 100년을 두고 기다리며 키우십니다. 호박 하나를 키워 내는 데는 불과 한 달 밖에 걸리지 않습니다"고 했다. 이 말을 들은 재단이사는 불평하는 말문을 닫고 돌아갔다고 한다. 느티나무는 100년 동안의 봄, 여름, 가을, 겨울을 겪으면서 비바람, 눈보라, 태풍, 그 추운 영하의 겨울날씨와 산초고의 아픔을 이겨내며 재목이 된다.

동백꽃은 사랑과 자랑,겸손을 뜻하며 冬柏(동백)은 겨울의 꽃중에 으뜸을 뜻하며
말려서 차로 다려먹기로 하며 쓴맛과 매운 맛이 나며 어혈을 없애주는 한약재로 쓰인다.

Chapter 3.

서로 사랑하며 멋있게
즐겁게 신나게.
그리고 「행복」 하게

서로 사랑하며 멋있게 즐겁게 신나게.
그리고 「행복」 하게.

Chapter 3

01 행복을! 마시며 즐기자? (커피) / 156

02 맛과 향으로! 행복을 마셔볼까!(차,Tea) / 164

03 약용 (티젠)차로, 건강을 마셔볼까? / 169

04 「행복」의 열매 "취미생활" / 177

05 추장의 딸 결혼 교육은 옥수수 밭에서 / 183

06 행복을 위한 성(聖) 스러운 性(Sex) / 185

07 행복을 함께 "노래" 부르자! / 190

08 "산다는 것은 황홀하다" / 199

09 나를 절망으로 빠트리는 것들 / 203

10 실패도 하나의 원리(原理)다. / 211

11 위를 바라보는 존재다 / 215

| 01 행복을! 마시며 즐기자? (커피)

인류의 행복을 위한 커피! 커피의 향과 맛에 동물들도 춤을 추고, 수도
사들도 수도를 위하여 즐겨 마셨던 커피! 세계 모든 인류가 하루 20억 잔
마시는 커피! '내일의 커피'는 내 일(My Job), 그리고 내일(Tomorrow)의
행복을 위해 맛있게 행복을 느낄 수 있게 직접 핸드드립 하세요!

사람들은 음식을 먹는 습관에 따라서 물을 식사 전후 반드시 마시곤
한다. 그리고 식사의 풍미를 더 하기 위해서 과일이나 차 즉 음료를 마
신다. 행복함을 누리며 건강하게 오래 살려고 하면 무엇을 먹고 마시든

지 건강 중심으로 균형 맞춘 음식과 음료를 먹고 마셔야 한다. 식품 개발이 발달을 하면서 우리 주변에는 수많은 음료회사들이 건강을 유혹을 하는 음료와 마실 꺼리들로 우리들을 유혹을 하고 있다. 그러면 어떤 음료들이 있을까?

1) 마실수록 삶의 풍미를 더 해주는 커피다

매일 전 세계에서 20억 잔 이상의 커피가 소비 된다. 커피는 고유한 각성제 성분, 풍부한 풍미와 향과 맛으로 뭇 사람들에게 사랑을 받는 음료이다. 커피는 남위25° 북위25° 사이의 열대, 아열대 기후에서 자라며 해발 1000-3000m의 고산지대에서 자라나야 단단하고 맛있는 커피가 생산이 된다. 평지대에서 자라난 「로부스타」는 향이 약하고 쓴맛이 강하고, 보다 더 덥고 더 높은 고지대에서 재배된 「아라비카」 커피의 향과 맛이 우수하여 가격도 비싸고 명품커피로 취급을 한다.

2) 커피의 맛과 향에 동물들도 춤을 추었다.

커피 고유의 신맛, 단맛, 쓴맛, 입에 넣기 전에 코로 맡는 아로마의 향, 입 안에서 느껴지는 플레이버(풍미)는 커피의 그 자체이다.

아프리카의 에디오피아의 고원에서 양을 돌보는 목동 「칼디」 란 소년이 있었다. 어느 날, 양들이 이상한 열매를 먹더니 잠도 안자고 밤새 뛰

커피 생두

어 놀고 춤을 덩실덩실 추는 것을 보고 이를 이상히 여긴 「칼디」는 양들이 먹었던 빨간 열매를 입에 넣어보았다. 그런데 잠시 후 피곤이 풀리더니 정신이 맑아지며 기분이 좋아지는 것이었다.

3) 커피는 신의 선물이라고 수도사도 마셨다.

이 양치기 목동이 커피콩을 먹은 뒤 각성효과가 있음을 깨닫고, 인근 그리스 정교회 수도원의 수도사들에게 양들이 이 콩을 먹더니 밤새 뛰어 놀더라, 그래서 내가 먹어봤더니 각성효과가 있더라 라고 했는데, 수도 사들은 이 열매가 악마의 것일지도 모른다는 두려움 때문에 불속에 던져 버렸다. 그런데 그 불속에 타면서 나는 그 향기에 모두가 빠져서 커피를 볶아 먹게 되었던 정교회의 수도사들도 그 후 '신의 선물'이라고 여기며 먹으니 기도 시간에 졸려서 조는 수도사가 사라지고 피곤함이 물러가고 활력이 생겼다 는 것이다.

중추신경계의 자극을 통해 생리효과를 나타내는 카페인의 양이 많 이 들어 있는 것이 커피다. 그래서 커피는 뇌혈관 순환을 촉진시켜 두통

을 해소시키지만, 하루에 1~3잔의 커피는 심장 질환을 24% 가까이 줄여준 다. 하루에 커피를 두 잔 이 상 마시는 사람은 간암 발 생 확률이 50% 줄어든다.

또한 연구 결과에 따르면 여성이 유방암에 걸릴 확률을 크게 줄여준다고 커피를 마시는 습관은 치명적인 우울증을 막아주며 풍미의 기분을 좋게 해주는 정신활성물질이다.

그 동안 우리나라 커피문화는 원두커피, 인스턴트커피, 커피믹스, 에스프레소 커피 순으로 변해 왔다. 근래는 커피전문점에서 에스프레소머신으로 내려서 만드는 것이 대세이다. 그러나 다양하게 먹는 방법이 있지만 우유나 설탕 등 부재료를 넣지 않고 핸드드립의 커피가 가장 맛있는 커피의 기본 맛이다.

★ 행복하게 가장 맛있게 드립 커피를 만드는 기본 방법 ★

생산이 된지 1년 미만인 생두를 볶아 2주일이 지나지 않은 커피 원두 2인분(20g)을 준비한다. 그리고 분쇄하는 그라인더에 넣어 분쇄를 한다. 분쇄된 원두를 다음과 같은 그림의 순서에 방법으로 추출을 한다.

① 드리퍼를 서버위에 올려놓고 뜨거운 물을 부어 도구를 예열을 해 준다. 도구에 예열이 잘 되어 있으면 추출된 커피가 급격히 식어 맛이 떨어지는 것을 방지해 준다.

② 드리퍼에 필터를 접어 장착해준다. 필터를 끼운 드리퍼에 원두가루(20g)를 넣고 드립퍼를 좌우로 한두 번 좌우로 흔들어 평평하게 해준다.

③ 트립포트로 적당량의 물을 다소 빠른 속도로 2-3바퀴 돌려 부어 준 후 약 30초 기다린다 그리고 뜸 드리기 시간의 한 두 방울은 상관이 없으나 너무 많이 물방울이 흘러나오지 않도록 물의 양을 잘 조절을 해 준다.

④ 일정 시간이 지나면 표면에 크랙이 생기면서 뜸이 다 들었으면 물 줄기 중심에서부터 바깥쪽으로 촘촘히 나선형으로 돌려가며 물을 부어 준다. 필터에 물줄기가 닿지 않게 밖으로 원을 크게 그려나가다가 4-5 바퀴 정도 돌려 원이 다 그려지면 원을 작게 그려가며 반복을 한다. 목표 량의 40%(80㎖) 정도 커피가 추출되었다고 생각되면 1차 추출을 멈추고 고인 물이 어느 정도 빠져나가 원두가 수평이 될 때까지 잠시 기다린다.

⑤ 물줄기의 굵기는 3mm정도가 좋지만 일정한 물 줄기로 꼼꼼하게 내리는 것이 중요하다. 물 줄기의 세기는 드립포트에서 중력에 의해 부드럽게 수직으로 떨어지는 정도가 가장 좋다.

⑥ 2차 추출은 1차 추출과 같은 방법으로, 총 목표량 40%를 추가로 추출한다. 적정량이 추출되었으면 드립을 멈추고 고여 있는 물이 빠져 나가도록 잠시 멈추었다가 목표 추출량 즉 서버의 눈금160㎖ 정도 커피가 추출되도록 한다.

⑦ 3차 추출 역시 같은 방법으로 2인 분 목표량(200㎖)이 채워 질 때까지 물을 붙고 목표 량 만큼의 커피가 다 추출이 되었으면 드립퍼에 물이 남아 있어도 바로 드리퍼와 서버를 분리 한다.

(이미지 출처: 카페 뮤제오)

⑧ 추출이 다 끝나면 입맛에 맞게 물을 타서 조절을 해 준 후 따뜻하게 데운 커피 잔으로 옮겨 핸드드립 커피를 즐긴다. 이렇게 추출한 커피는 일반적으로 커피와 물과의 희석 비율은 1:1비율로 희석을 한다. 커피 애호가들은 그냥 원액을 마기도 하지만 희석을 할 때에는 서버에 물을 부은 후 반드시 서버를 가볍게 돌려 잘 섞이게 한다.

 '내일의 커피'는 내 일(My Job), 그리고 내일(Tomorrow)을 위해 존재는 행복과 함께, 맛있게 행복을 느낄 수 있게 직접 핸드 드립을 해본다.

 ※ 준비물: 드립퍼, 여과지, 드립포트, 서버, 계량스푼(계량저울), 원두20g, 온수 450㎖

 ※ 드립으로 추출한 커피가 에스프레소이며, 물을 타면 아메리카노가 되며, 우유를 타면 라떼커피가 됩니다. 드립커피는 모든 커피의 시작이며 기본이다.

┃02 맛과 향으로! 행복을 마셔볼까!(차, Tea)

　「카멜리아 시넨시스」란 한 그루의 차나무에서 차 나무의 잎을 우려 「녹차, 백차, 황차, 우롱차(청차), 홍차, 흑차」등의 차(Tea)를 빚어낸다. 푸른 차 잎을 땄을 때의 성숙도와 가공과정의 정도 및 기간에 따라 차 종류가 결정이 되기 때문이다.

　차(Tea)의 이야기는 세상을 바꾼 풀 한 포기 카멜리아 시넨시스의 이야기로 시작이 된다. 카멜리아 시넨시스 차(茶) 나무는 사시사철 푸른빛을 발하는 상록 관엽 수로 동백 나무 과에 속한다. 전 세계에 차의 맛을 알게 해준 카멜리아 시넨시스이다. 전 세계에는 100여 종의 차의 종류가 있지만 각 나라마다 제 각기 많은 종류의 차를 즐기며, 맛과 향이 각기 다르지만, 차나무는 카멜리아 시넨시스 한 가지이다. 차를 즐기지는

카멜리아 시넨스시 차(茶) 나무 밭

않는다 해도 대부분의 사람은 일상에서 녹차, 우롱차, 홍차, 보이차 등을
흔히 접한다. 카멜리아 시넨시스 란 한 그루의 차 나무에서 차나무의 잎
을 우려「녹차, 백차, 황차, 우롱차(청차), 홍차, 흑차」등 의 차를 빚어
낸다. 푸른 차 잎을 땄을 때의 성숙도와 가공과정의 정도 및 기간에 따라
차 종류가 결정이 되기 때문이다.

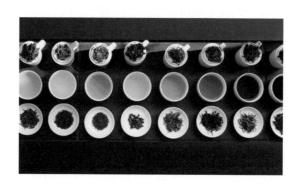

1. 차(茶)의 종류

녹차 : 성숙한 잎을 수증기로 찌거나 팬에 볶아 효소의 작용을 차단해
전혀 발효가 일어나지 않도록 한 뒤 잎을 비벼 건조 한다.

백차: 새순이나 어린잎을 따서 효소가 작용하지 않도록 수증기로 쩌
살짝만 발효되도록 한뒤 건조한다.

황차: 성숙한 잎을 팬에 볶아 가볍게 비벼 건조시킨 뒤 가열 후 부분
적으로 발효해 좀 더 건조를 한다.

홍차: 성숙한 잎을 시들게 한 뒤 비벼서 몇 시간 동안 발효(혹은 산화)
하도록 내버려 두었다가 불에 익혀 건조한 완전 발효 차.

우롱차: 절반 발효차라고 부르는 이 차는 성숙 한 잎을 찔어서 단시간
발효시킨 뒤 팬에 볶아 건조해서 만든다.

보이차: 흑 차라고 부르는 보이차는 황 차처럼 가열 및 비비기를 한

뒤에 2차 발효를 거치는데 그 시간이 더 길다.

2. 내가 마시는 차(茶) 한잔 속에는 건강을 위한 어떤 영양성분이 들어 있을까?

① 프라보노이드(항산화제로 면역력을 높임), ② 사포닌(항균제, 혈압을 낮추고 충치를 예방), ③ 테아닌(심신안정), ④ 커테킨(항암효과). ⑤ 무기질(칼륨, 칼슘, 인, 마그네슘 등), ⑥ 잔티파생물 (카페과 함께 각성제인 데오브로민 기타), 폴리페놀 등의 각각의 풍부한 영양소가 들어 있다.

3. 차가 내 몸 건강의 어디에 좋을까?

차(Tea)속에는 우리 몸이 필요로 하는 영양소가 골고루 풍부하게 들어 있다. 그래서 차(Tea)를 중국 사람들은 체온을 조절을 하고 정신을 깨우는 약으로 마셨다. 17세기에 유럽에 전해 진 뒤에는 차가 강장제와 소화제로 약국에서 팔았다. 차가 사교 모임에서 대접 받는 음료로 보급되기 시작을 한 것은 18세기 초에서부터다. 그러다가 건강에 좋다는 인식이 널리 퍼지면서 차는 세계인의 일상의 음료로 사람과 사람사이의 중심에 깊이 서게 되었다. 그러면 차는 우리 몸 어디에 무엇에 좋을까?

4. 차는 우리 몸 어디에 무엇에 좋을까?

① 두뇌기능: 폴리페놀은 모든 종류의 차의 다 들어 있다. 퇴행성 질환의 발병을 낮추고 뇌 에서 학습과 기억을 관장하는 부위를 보호한다.
② 스트레스 해소: 차는 강력한 자양강장식품이다. 특히 녹차에 많

은 L-테아닌이라는 아미노산이 뇌의 알파파를 증폭시켜 긴장을 풀어주고 카페인과 더불어 정신을 맑게 해준다.

③ 구강: 차는 항균 효과를 가지고 있다. 따라서 충치 예방을 하고 구취를 없애는 데 도움이 된다. 또한 차에 들어 있는 불소는 치아를 탄탄하게 해준다. 우롱차처럼 채엽 시기가 상대적으로 늦은 차에 불소함량이 더 높다.

④ 심장: 프리페놀은 플라보노이드 계열 항산화 성분을 많이 만들어 독성 활성산소가 세포 돌연 변이를 일으키지 않도록 막아 암 발생을 억제한다. 플라보노이드는 심혈관계 질환을 예방하는 효과가 있다. 녹차를 꾸준히 마시면 고혈압의 위험도 크게 낮춘다.

⑤ 피부: 항산화 성분의 해독 활성이 피부세포의 재생과 복원을 돕고 해로운 활성산소로부터 피부를 보호 한다. 카페인이 풍부하기는 하지만 차 성분의 대부분은 물이기 때문에 보습 효과가 역시 뛰어나다.

⑥ 소화기능: 우롱차는 식후에 마시면 소화가 잘되며, 보이차는 유산균이 살아 있어 장 건강에 좋기로 유명 할 뿐만 아니라 지방을 태우는 효과도 있다. 녹차 역시 신진대사를 활성화하는데 도움이 된다.

⑦ 뼈: 차를 즐겨 마시는 사람은 그렇지 않은 사람보다 골밀도가 높다는 연구 결과가 의학적인 근거가 아주 많다. 이것은 차의 불소 성분 때문이다.

차에는 카페인이 많이 들어 있다. 카페인은 신경계를 자극하는 흥분, 이뇨, 피로를 줄이고, 강심제로, 또는 쓴 맛의 화학성분으로, 뿌리에서 만들어진 후 줄기를 타고 위쪽으로 올려 보내져 잎눈이 시들지 않게 하고 해충을 쫓는 역할을 한다. 차의 대표적인 성분인 폴리페놀(탄닌)이 카페인이 천천히 방출이 되도록 조절하기 때문에 각성 효과가 커피보다 훨씬 오래 지속된다. 카페인 함량은 차의 종류, 물의 온도, 우리는 시간, 채엽을 한 연도에 따라 달라진다.

5. 차(Tea)를 잘 빚는 자가 서정적인 행복을 즐길 줄도 안다.

다양한 전문적인 지식을 가진 젊은 셰프(Chef)들이 독창적인 차의 형태를 응용을 하여 전통과 다도를 그 대로 존중을 하면서 다양한 차(Tea) 문화의 세계를 만들어 가고 있다

거품우유를 녹차에 넣어 라테 녹차를, 맛과 향을 잘 아는 바텐더들은 마티니와 차를 섞어 만든 티티니(Teatini), 디저트 차로, 독창적인 블렌딩을 하여 차에 과일, 초코렛, 향신료를 적절히 배합을 하여 눈, 코, 입을 즐겁게, 차이티로 마살라 스콘을, 녹차로 샐러드 드래싱을 하는 등 차(Tea)의 문화의 빠른 지식의 변화의 맞추어 빠르게 변화되어 가는 사람들의 눈, 귀, 코, 입 등의 행복 옷을 우리 몸에 입혀 주고 있다.

우엉은 알칼리성 식품으로 비타민 함유량은 적지만,
칼륨, 마그네슘, 아연 등이 풍부한 미네랄 식품의 대표주자입니다.
이뇨작용에 도움이되고, 혈액 속 콜레스테롤과
지방에 붙어 배출시켜줌으로써
몸 속의 해독, 혈액순환에도 큰 도움을 줍니다.

┃ 03 약용 (티젠)차로, 건강을 마셔볼까?

　오늘날에도 티젠 차의 치유의 효과는 아유르베다 즉 고대 인도의 5천 년의 전통의학이며 인도, 네팔과 스리랑카의 아유르베다 의학에 그 뿌리를 두고 있다.

　맛과 향으로 약용차를 만들어 마시어 건강한 몸으로 행복의 꽃을 피어 보는 것이 어떨까? 향이 있는 허브식물이나 약용식물로 만든 차를 티젠(Tisanes)이라고 한다. 한 예로, 들장미 열매인 로즈힙, 꽃잎인 라벤더, 하비스커즈가 한데 합쳐지면 비타민 C 덩어리가 되어 감기 기운을 떨어트려서 현대 의학이 발전되기 전엔 감기약처럼 사용이 되었다.

　이렇게 티젠을 마시는 목적은 치료의 효

과와 심신을 편안하게 해주고 활력을 불어 넣어 준다. 더욱 흥미로운 것은 다양한 식물의 각종 부위가 티젠의 재료가 된다. 뿌리, 나무껍질, 줄기, 꽃, 과실, 잎, 과실껍질. 등의 식물 자체를 버릴 것이 없는 카페인 대용 차로 지금까지 각광을 받고 있다.

1. 아로마테라피 차(茶) 티젠(Tisanes)의 약(Medicine) 차(Tea)를 마셔 볼까?

최근 서구에서 인기를 끌고 있는 아유르베다는 고대 인도의 5천년의 전통의학이다. 아유르베다(Ayurveda)란 말은 '생활의 과학'을 뜻하는 산스크리트어로, 아유(Ayu)는 「생명, 수명, 장수」, 와 베다(Veda)는 「지식, 앎」 이라는 뜻을 지니고 있다.

아유르베다는 현존하는 가장 오래된 의학 기록으로 베다(Veda)에 맨 처음 기록되었으며, 이 의학체계는 인도에서 5천년 동안 일상생활에서 활용되어 왔다. 한의대에서 교육을 받고, 일정한 자격을 갖춘 사람만이 한의사가 될 수 있듯이 아유르베다 요법사들도 정부의 인가를 받은 프로그램에 의해 양성된다. 이러한 치료사들 중 일부는 현재 미국에서 아유르베다 요법을 .오늘 날에도 티젠 차의 치유의 효과는 인도, 네팔과 스리랑카의 아유르베다 의학에 그 뿌리를 두고 있다. 이렇게 허브 차나 약용식물은 전통 중의학이나 아유르베다 의학의 의학 치료의 약재로 사용이 되어 왔기 때문에 차로 마시면 더욱 심신 힐링의 좋은 양약이 된다.

2. 티젠 약용 차(茶)의 종류를 알아보자.

1) 뿌리 차(茶)

식물의 뿌리는 흙에서 영양분을 빨아들여 잎과 꽃까지 운반하는 젖줄과도 같다. 몸에 좋은 유기물들이 많아 두껍고 질기지만 티젠을 만들기에 아주 좋은 자료들이다. 흙속에 있는 뿌리에는 온갖 미생물, 곤충, 유기물들이 뿌리를 요새삼아 상부상조하며 마치 보물 창고처럼 뿌리에 각종 영양분이 쌓이는 것이다. 잘 말린 뿌리를 볶으면 카페인이 없는 대용차로 즐감을 할 수가 있다.

① 우엉 뿌리: 장 유산균을 증식시키는 이눌린이 들어 있고 간이나 혈액을 맑게 하며 관절통의 치료제로 사용이 되어 왔다,

② 민들레 뿌리: 소염과 진통 효과와 붓기를 가라앉히는 효능이 있고 소화기능을 원활하게 해준다.

③ 치거리 뿌리: 이눌린이 풍부해 장 건강의 좋고 해독과 면역력 강화, 관절염 치료에 쓰인다.

④ 감초: 단맛을 내며 목과 폐 점막의 염증을 가라앉히며 호흡기 질환에 좋다.

⑤ 생강: 요리재료로 유명한 생강은 소염작용과 해독작용과 혈액순환을 돕고 림프계를 깨끗이 씻어내며, 소화기 질환, 구역질, 감기증상의 특효다.

2) 나무 껍질 차(茶)

뿌리와 마찬가지로 나무껍질도 식물의 영양분을 공급해 살찌우는 역할을 한다. 껍질은 나무의 보호를 위하여 각종, 해충, 바람과 태풍, 뜨거운 태양광선과 각종 조수로부터 나무 스스로를 보호하기 위하여 각종 화학물질을 만들어 내며 나무 스스로를 지키기 때문에 껍질에는 각종 영

양소가 들어 있어 약재 역할을 하는 것이다. 특히 나무껍질은 통증완화 효과가 있고 항산화 성분도 풍부해 감기특효약으로 사용이 된다.

① 육계나무: 감기증상을 다스리고 항균활성 가스를 없애고 식욕을 돋우며 소화를 돕는다.

② 양벗나무: 기침을 가라앉혀 감기약에도 많이 쓰인다. 감염과 염증을 억제하는 효능이 있다.

③ 버드나무: 버드나무는 약용식물로 사용을 한지 가장 오래된 허브나무 중 하나이다. 버드 나무껍질에 들어 있는 살리신 성분이 살리실산으로 바뀌면 진통작용을 하는데 그 유명한 진통제 아스피린 주성분 살리실산이다. 감기기운, 투통, 통증, 열이 있을 때 티젠으로 만들어 먹으면 좋다.

④ 느릅나무: 느릅나무 껍질 안쪽의 점액 즉 액체가 진정 효과를 낸다. 입, 목, 위장을 보호하고 염증을 억제하고 소화기관을 편안하게 한다.

3) 꽃 차(茶)

꽃은 색깔과 향이 좋기 때문에 생화 그대로 꽃과 꽃잎을 말려 티젠에 많이 사용을 한다. 꽃에 따라서 소염과 해독, 혈압, 불면증, 소화기능, 관절, 발열, 콜레스테롤, 기침과 감기 등 건강의 많은 유익을 준다.

① 캐모마일: 불면증과 불안 증세에 편안을 주며 면역력강화를 시켜 준다.

② 엘더플라워: 소염 활성이 있어서 꽃을 말려 티젠으로 사용을 하는

데 뜨거운 물에 우려 독소배
출과 감기치료 목적으로 마
시면 아주 좋다.

③ 히비스커스: 혈압과
콜레스테의 수치를 조절해
주고 소화 기능을 돕고 관절
염 증상을 완화 시켜준다.

④ 라벤더: 마음을 편안하게 하는 향이 일품이며 두통에 좋고 불면
증, 발열, 불안, 스트레스, 감기증상 소화불량 등의 민간요법으로 널리
사용이 되고 있다.

⑤ 레드클로버: 꿀 같은 단맛이 나는게 특징이며 나쁜 콜레스테롤인
LDL의 수치를 낮추고 착한 콜레스테롤인 HDL의 수치를 높여 심신 건
강에 도움을 준다.

⑥ 라임 꽃: 항이스타민 성분이 알레르기 반응을 가라앉히고 DNA를
망가뜨리는 활성산소를 없앤다. 감기와 기침에 민간요법으로 사용되어
온 허브다. 매우 향기롭고 단맛이 있어 티젠에 잘 어울린다.

4) 잎 차(茶)

허브식물, 약용식물 잎
에는 건강의 이로운 다양한
영양소인 당분과 단백질, 효
소들이 총 집합 해 있다. 허
브 잎은 심신안정의 활기를
불어 넣는 효능의 향기와 생약성분들이 약재로 쓰이는 잎이기 때문에 티
젠 차 잎으로는 아주 훌륭 하다.

① 레몬버베나: 열이 나거나 감기 증상이 있을 때 신경이 예민할 때

속이 더부룩 할 때 티젠 으로 만들어 마시면 좋다.

② 레몬밤: 레몬과 비슷한 향과 맛이 나며 진정 효과가 있어 불안과 긴장을 가라앉힐 때 자주마시면 감기 증상을 떨어뜨리데 도움이 된다.

③ 민트: 페퍼민트와 스피아민트를 포함해 민트계열의 허브 잎은 수백 년 전부터 진통제와 소화제로 사용되어 왔다. 단 위식도 역류 염을 앓는 사람은 상태가 나빠 질수 있으므로 민트가 들어간 티젠은 마시지 않는 것이 좋다.

④ 멀베리 잎: 단 맛이 뛰어나 마시기에 좋으며 기침과 감기 증상, 발열, 인후 통, 두통 등 의 효과 적이다.

⑤ 루이보스: 항산화 성분이 들어 있으며 불면증 해소, 소화 촉진, 혈액순환 개선의 도움이 된다. 남아프리카 공화국의 웨스턴케이프 주에서만 자란다.

⑥ 툴시: 툴시에는 강력한 항산화 효과가 있으며 단 맛이 나고 매우 향기롭다. 두통, 감기 증상, 불안 증세를 다스리는 효과가 있고 집중력과 기억력을 높이는 것으로도 알려져 있다. 툴시는 토양에 있는 유해한 크롬 중금속을 흡수하는 경향이 있으므로 유기농 제품을 구매 하는 것이 좋다.

⑦ 바질: 강력한 소염 효과가 있고 항산화 성분이 풍부하며 감기 증상 치료에 효과적이다. 감초와 비슷한 달콤함과 감칠맛 덕분에 다양한 혼합 티젠에 좋은 재료로 많이 쓰인다.

⑧ 예르바 마테: 카페인 함량이 매우 높은 편이며 담배 향과 녹차 풍미가 희미하게 나며 집중력을 높이고 기분이 좋아지게 하는 효과가 있다.

5) 과실과 씨앗 차(茶)

건강을 위한 비타민과 무기질이 풍부해 씨앗과 과실을 티젠에 첨가하면 맛 뿐 만 아니라 인체 치유 능력에도 한 층 더 배가 된다.

① 블루베리: 안토시안이 풍부하며 안토시안은 신체조직 세포와 심혈관계를 건강하게 머리를 맑게 한다. 블루베리에는 카르티노이드의 일종인 루테인이 들어 있어 시력보호 효과가 뛰어나다.

② 엘더베리: 강력한 항산화 성분인 안토시아닌과 면역력을 강화 하는 퀘르세틴이 들어 있다. 엘더베리는 감기 증상을 치료하는데 사용되어 왔으며 눈과 심장 건강에 좋다.

③ 시트러스계 과일 껍질: 소화기와 호흡기에 좋다고 하여 인후 통이나 감기, 관절염 증상을 완화 할 목적으로 자주 활용을 한다. 과일 껍질에 농약 잔류물질로 인해 유기농 재배한 과일로만 사용을 해야 한다.

④ 로즈 힙: 야생 장미에서 수확을 한 로즈힙은 비타민 C와 항산화제, 카로티노이드의 함량이 높고 감기증상, 두통, 소화불량의 완화에 쓰이고 항산화 성분과 바이오플라보노이드가 풍부해 피부에 영양을 공급하는 작용을 한다. 소염 활성이 있어 관절염으로 인한 붓기 빼는 데도 탁월하다.

⑤ 소두구: 소화를 촉진하고 감기증상을 완화하는 효과가 있고 천연 이뇨제이자 항산화제이기도 하며 해독과 소염 작용도 한다. 활용 시 반드시 으깨어야 한다.

⑥ 펜넬: 프라보노이드 계열 항산화 성분인 퀘르세틴이 들어 있어 면역력을 높인다. 소염과 관절염을 완화시키며 감초와

비슷한 향미가 나서 소화기능을 돕기 때문에 저녁식사 후 차로 마시기에 아주 좋다.

　　오늘날에도 티젠(Tisanes)차를 통한 치유의 효과는 아유르베다 즉 고대 인도의 5천년의 전통의학이며 인도, 네팔과 스리랑카의 아유르베다 의학에 그 뿌리를 두고 있다. 이렇게 허브차나 약용식물은 전통 중의학이나 아유르베다 의학의 의학 치료의 약재로 사용이 되어 왔기 때문에 자연을 티젠차로 마시면 심신 힐링의 좋은 양약이 된다. 향이 있는 허브식물, 약용식물로 만든 티젠 차로 내 몸의 내일의 건강과 행복을 마시어 보자.

　　"허브차나 약용식물 차는 치료의 약재로 사용이 되어 왔기 때문에
　　차로 마시면 심신 약이 된다". 그러나 질병이 있는 사람들은
　　전문의사와 반드시 상의해야 한다.

┃04 「행복」의 열매 "취미생활"

「옹야편」 공자의 말이다. 「지지자불여호지자」, 「호지자불여락지자」 어떤 일에 대해 "아는 사람이, 좋아하는 사람보다 못하고, 좋아하는 사람이, 즐기는 사람 보다 못한다" 는 뜻이다.

취미라는 말은 어학사전의 전문적으로 하는 것이 아니라 즐기기 위하여 하는 일 또는 아름다운 대상을 감상하고 이해하는 힘 그리고 감흥을 느끼어 마음이 당기는 멋 이라고 했다.

직장 생활을 잘 하면서 취미생활을 즐기는 사람들을 보면 괜히 아름답고 멋져 보인다. 그래서 옛 논어의 「옹야편」 공자의 말이다. 「지지자불여호지자」, 「호지자불여락지자」(知之者不如好之者, 好之者不如樂之者) 어떤 일에 대해 아는 사람이, 좋아하는 사람보다 못하고, 좋아하는 사람이, 즐기는 사람 보다 못한다는 뜻이다. 즉, 즐기는 일 혹은 하고 싶어 하는 일이 내가 가장 잘 할 수 있는 일이라는 뜻이다. 자신이 맡은 일을 가장 잘하며 즐겁게 엔조이 하며 사는 취미 생활을 함께 찾아 한번 밖에 못사는 인생길 참 행복을 느껴 가며 더욱 즐기며 살아보자.

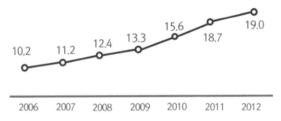

취미가 없는 사람의 비율(단위=%, 전국 시 단위 이상 도시에 사는 11~64세 남녀 만 명 조사)

10.2 11.2 12.4 13.3 15.6 18.7 19.0

2006 2007 2008 2009 2010 2011 2012

1. 취미생활은 자기가 하는 일의 감흥을 느끼며 그 일로 매우 즐겁게 사는 일이다.

통계청 세바통 [세·바·통 : 세상을 바꾸는 통계] 에 따르면 대한민국 국민이 어떻게 취미생활을 하고 있는지 다소 알 수가 있다.

최근 11~64세 남녀 만 명을 대상으로 실시한 조사에 따르면 전체 응답자의 19.0%, 즉 10명 중 2명이 '취미가 없다' 라 고 답했다.(한국리서치, 2012). 처음 만나는 사람에게 자신을 소개할 때나 자기소개서를 작성할 때 '취미'란에서 무엇을 적어야 할지 고민했던 경험은 다들 한 번쯤 가지고 계실 것이다. 생활의 활력소이자 제2의 직업이 될 수도 있는 취미! 당신의 취미는 안녕하신 것인가?

위에서 말했듯이 조사결과 취미가 없는 사람의 비율이 2012년 19.0%로 나타났다. 이는 2006년 10.2%보다 약 두 배 정도가 증가한 수치이다.

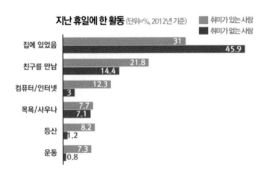

지난 휴일에 한 활동(단위=%, 2012년 기준) ■ 취미가 있는 사람 ■ 취미가 없는 사람

활동	취미가 있는 사람	취미가 없는 사람
집에 있었음	31	45.9
친구를 만남	21.8	14.4
컴퓨터/인터넷	12.3	3
목욕/사우나	7.7	7.1
등산	8.2	1.2
운동	7.3	0.8

취미를 즐기지 못하는 가장 큰 이유로는 2013 통계청 사회조사 결과 여가시간은 늘어났지만 경제적 부담으로 여가에 대한 만족도는 오히려 하락했기 때문이라고 한다.

그러다보니 대부분의 여가시간을 집에서 보내고 있었다. 취미가 있는 사람에 비해 취미가 없는 사람의 경우 집에 있었다는 응답률이 14.9%가 더 높게 나타났다. 취미의 사전적 의미는 "즐거움을 얻기 위해 좋아하는 일을 지속적으로 하는 것"이다. 그렇다면 결국 취미의 목적은 인생을 보다 더 즐겁게 살자! 는 즐거움인 셈이다.

2. 각종 여가의 취미생활의 종류들 이다.

1) 대중성 취미: 등산, 낚시, 수영, 골프, 자전거 타기, 마라톤, 스케이트, 스킨스쿠버, 패러글라이딩, 승마, 서핑, 당구, 줄넘기, 댄스, 등은 흥미를 불러일으키며 재미와 즐거움으로 신체적으로 건강을 가져오며 정신건강 증진의 양약이 된다.

2) 창작성 취미: 그림그리기, 조각 만들기, 서예, 도예, 만화, UCC, 뜨개질 자수, 바둑, 장기, 글쓰기, 등은 신체 운동 보다 정신운동과 두뇌회

전으로 치매 예방의 효과가 있으며 정신건강에 아주 좋다.

3) 쾌락성 취미: 도박, 마약, 게임, 등은 돈을 소비하는 것과 육체와 정신을 습관으로 중독화 시켜 사람을 위기 속으로 몰아서 삶을 피폐하게 하거나 위험으로 몰아가므로 특히 조심을 해야 한다.

4) 수집성 취미: 우표, 화폐, 수석, 레고, 곤충, 음반, 분재, 악기, 텀블러와 머그, 커피, 무선모형, 등은 그 취미에 따라서 많은 비용이 들어간다. 그러나 반대로 시간이 지날수록 잘 관리만 하면 많은 자산 가치가 늘어난다.

5) 콜렉션 성 취미: 도자기, 골동품, 그림수집, 미니어쳐, 오디오, 각종악기 등은 고가의 물품들이므로 많은 투자가 필요하며 시간이 지나면서 잘 관리만 한다면 재산 가치들이 있는 것들이다.

6) 종교성 취미(QT:Quiet-Time): 기도하기, 찬양하기, 성경읽기, 성경구절 암송하기, 성경말씀 묵상하기, 성경필사하기, 등.

위와 같은 각종 취미생활은 한국사회가 각 가정의 소득의 증가가 뒷받침이 되면서 근로 시간의 단축되고, 여가 활동 시간이 많아지므로 그 활용성이 다양해지고 여가 활동 참여 인구가 급증하고 있다. 이에 상응하여 다양한 여가 산업도 발전하고 있고 정부나 지방자체단체에서도 여가 활동을 즐기는 시민을 위해 각종 체육 공간, 산책로, 등산로 정비 등을 위해 노력하고 있고, 여가 활동을 다양하게 즐기려는 사람들을 위해 각종 레포츠 등 취미 산업이 많이 발전해 가고 있다.

3. 행복을 위한 취미생활에는 『워라벨』 생활이 반드시 필요 하다.

「워라벨」 생활이란? '일과 삶의 균형' 이라는 의미인 'Work-life balance' 의 줄임말이다! 직장은 일터이고 삶은 취미처럼 삶 자체를 즐겁게 살아야 한다. 그래서 일도 중요하지만 공자의 말처럼 「지지자불여호지자, 호지자불여락지자」(知之者不如好之者, 好之者不如樂之者) 즉 어떤 일에 대해 아는 사람이, 좋아하는 사람보다 못하고, 좋아하는 사람이, 즐기는 사람 보다 못한다는 즉, 즐기는 일이 혹은 하고 싶어 하는 일이 내가 가장 잘 할 수 있는 일의 사람으로 더욱 즐기면서 더욱 더 행복하게 살아가자는 한 방법인 것이다.

시간의 흐름의 따라 사람은 그 누구나 신체가 노화가 된다. 외부 자극에 대한 반응이 저하되고 항상성을 유지하는 능력이 감퇴되며 질병으로 이완될 가능성이 높아지는 과정이다. 더구나 만성질환을 가지고 있으면 더욱 쉽게 신체의 노화의 가소성이 빨라진다. 그러나 자기 신체 균형에 맞은 식생활과 신체운동 그리고 자신의 취미생활을 더욱 더 잘 해간다면 신체가 자연의 세월의 흐름을 쫓아 늙어 가는 것을 어쩔 수 없이 막지는 못하지만 내 몸의 노화는 내가 늦출 수가 있다. 즉 신체 나이를 겉보기보다도 더욱 젊은 동안의 아름다운 몸매와 체형 그리고 건강한 멋 스러움의 몸을 지니며 우리는 살 수가 있는 것이다.

여자를 재는 세가지 잣대가 있다. 요리, 복장, 남편 이 세가지는 그녀가 스스로 만드는 것이다.

4. 행복한 취미생활이 내 몸의 행복한 항산화 작용을 해준다.

특히 흥미로운 취미생활을 즐겁게 하면 우리 신체내의 대사가 잘 되어서 뇌에서는 행복 신경전달물질이 온 몸의 퍼저 있는 신경망을 통하여 항산화 작용을 한다. 세로토닌은 수면, 통각, 식욕 등을 조절하고 숙면을 도와 잠을 잘 자게 주면의 주기를 조절하여 주며 치매 예방에 도움을 주면서 세로토닌 분비가 많을수록 노화예방과 회춘을 만들어 준다.

또한 도파민도 생성이 되어 행복한 감정을 조절해 준다. 도파민은 뇌 사랑의 묘약이다 라고 부르기도 하며 또는 인간을 흥분시켜 인간이 살아갈 의욕과 흥미를 부여하는 사랑의 신경전달물질이라고 부른다. 이 도파민은 혈액 운동을 활성화시켜 욕망을 일깨우고 사랑에 대한 흥분작용을 시켜 달콤한 사랑을 만드는 희망과 사랑의 감정 조미료이다 결국 취미생활은 육체적, 정신적인 회춘을 가져다주며 노화를 막아주며 행복의 비타민을 온 몸의 퍼트려준다. 그래서 나는 언제나 내 몸에 대하여 생각만 해도 행복하다.

┃ 05 추장의 딸 결혼 교육은 옥수수 밭에서

"다음에는 더 좋은 옥수수가 나타나겠지!" 더 좋은 것을 바라는 욕심 때문에 ... 선택권의 기회를 잃어버린다.

미국의 인디언 부족들은 추장의 딸들이 성숙해지면 옥수수밭으로 데리고 가서 결혼에 대한 인생의 결혼 교육을 받게 한다고 한다. 추장의 딸들은 지정된 밭고랑에 서서 가장 좋은 옥수수를 하나만 따오라는 지시를 받게 되는데, 그것도 한번 지나친 옥수수는 다시 쳐다 볼수 없고 단 한번 내디딘 걸음은 후퇴할 수 없는 계속 앞을 향해 나가면서 마음의 드는 제일 좋은 옥수수를 고르는 일이다.

그런데 대부분의 추장 딸들은 옥수수를 따지 못한 채 밭고랑 끝에 와 버리는 경우가 많다고 한다. 그 이유는 좋은 옥수수가 눈에 띌 때마다 "다음에는 더 좋은 옥수수가 나타나겠지!" 하는 기대 심리로 더 좋은 것을 바라는 욕심 때문에 따지 않고 지나치다 보니 어느 새 밭고랑 끝에 와 있다.

그러나 그 때 눈에 띤 옥수수는 고랑을 지나오면서 지나쳐 버린 것보다 좋지 못하고 마음의 차지 않아 따지 않았기 때문에 결국은 빈 바

구니로 결국 옥수수 밭 끝에 이르는데, 대분의 추장의 딸들이 그러 했다. 그것은 추장의 딸로서 모든 남자를 자기 마음대로 고를 수 있는 특권이 있지만 막상 고르려니 그것이 쉽지는 않다는 말이다.

결혼 적령기의 처녀들이 배후자 감으로 제일 좋은 사람을 고르겠다는 생각으로 이 사람 저 사람, 이 조건 저 조건 따지다 보면 웬만한 사람은 다 지나쳐 버리고 나중에는 혼기까지 놓치기 쉽다.

그리고 혼기를 놓치고 나이가 많아 아무나 하고 결혼하자니 전에 지나쳤던 사람이 생각이 나고 자존심도 상하고 선을 보면 본 것만큼 눈높이만 높아지고 그리 쉽지 않다 는 것을 경고해 주는 이야기다.

때를 놓친 감은 홍시라도 되지만 혼기를 놓친 젊은 처녀는 미래의 노쇠함만 기다리므로 아름답고 향기로울 때 꽃은 꿀벌들을 불러들여 자신의 아름다움의 종(種)을 수정을 한다고 하는 탈무드의 가르침을 기억을 하여야 할 것이다.

I 06 행복을 위한 성(聖) 스러운 性(Sex)

개나 나비 또는 모기는 수 킬로미터 떨어진 곳에서 수컷의 냄새를 맡거나 암컷의 질 분비선에서 발산시키는 질 분비액의 냄새를 맡고서 수 킬로미터 떨어진 곳에서도 미친 듯이 찾아 온다. 그리고 동물들의 발정기는 매우 공격적이고 적극적이다.

1. 동물들은 본능적이다.

동물들의 수컷들은 본능적으로 자신의 종의 번식을 위하여 항상 새로운 암컷들을 향하여 교미하기를 원한다. 황소나 개, 닭들이 특히 더욱 더하다. 동물들은 발정기가 되면 암컷들이 질 분비선에서 수컷들에

게 질 분비액의 냄새를 풍기어 끌어당기는 특유의 냄새를 풍긴다. 모든 동물들이 이 특유의 냄새를 통하여 성적충동을 일으키며 성적인 본능의 행동을 한다. 개나 나비 또는 모기는 수 킬로미터 덜어진 곳에서 수컷의 냄새를 맡거나 암컷의 질 분비선에서 발산시키는 질 분비액의 냄새를 맡고서 수 킬로미터 떨어진 곳에서도 미친 듯이 찾아온다. 그리고 동물들의 발정기는 매우 공격적이고 적극적이다.

2. 새로운것을 항상 찾는다.

미국의 제30대 대통령 캘빈 쿠울릿지(Calvin Coolidge 1923-1933) 내외가 시골 농장으로 여름휴가를 즐기려 한 농장을 여행을 하게 되었다. 그들은 농장을 각각 따로 돌아보게 되었다. 영부인은 닭장 옆을 지나갈 때 수탉이 수선을 피우며 활기차게 암탉과 교미하는 것을 보고 영부인이 안내자에게 "수탉이 암탉과 이 일을 얼마나 자주 치르느냐" 고 물었다. "하루에 수십 번은 될 겁니다." 라고 안내자가 대답했다. 그러자 영부인은 비서에게 "이 사실을 대통령께 꼭 말씀 드려주세요"하면서 영부인이 동행했던 비서에게 부탁을 했다. 비서는 나중에 틈나는 것을 보고를 드리겠습니다 라고 답변을 했다.

비서는 틈을 엿보다가 어느 날 대통령에게 이 말을 전했다. 이 말을 들은 쿠울릿지 대통령은 빙그시 웃으면서 하는 말이 "그 수탉 참 대단하군요. 그런데 항상 매번 교미를 같은 암탉만 하던가? 라고 묻으니..." "아! 아닙니다. 각하! 그 일을 할 때마다 매번 다른 암탉이죠." 안내자가 대답하자. 대통령은 그러면 "이 사실을 우리 영부인에게 꼭 좀 말해 주시오."

수탉에 대한 대통령의 말이 하도 걸작이라 후일 비서가 친구에게 말한 것이 세상에 널리 퍼지자 일명 쿠울릿지효과(Coolige effect)라고 불러졌다.

3. 본능적으로 탐을 하는 것은 동물이나 사람이나 동일하다.

이 이야기에서 유래하여 동물이나 사람들은 본능적으로 성적으로 매력을 느낄 수 있는 이성이 나타나면 다시 흥분하게 되고 특히 동물들은 여러 번의 성적 접촉을 하고자 하는 강한 충동을 느끼는 성향을 언급할

때 '쿠울릿지 효과' 라고 부르게 되었다는 것이다. 또한 '쿠울릿지 효과' 가 포유동물에게 더욱 광범위하게 나타난다는 사실이 기록에 의해 여러 번 증명되고 있다. 성에 대한 동물들의 대부분의 습성은 닭장에 새로운 암탉을 넣어주면 수탉은 새로운 암탉과 교미를 하고 먼저 교미를 하던 암탉은 거들떠보지도 않는 습성을 지니고 있다. 그래서 그 다음에 또 다른 암탉을 넣어주면 어제의 교미 하던 암탉은 헌신짝처럼 버리고 새로운 암탉과 새로운 교미를 한다. 그렇게 동물들의 이성은 항상 새로운 것을 향하며 탐 한다는 것이다.

4. 서로를 위하여 노력하며 변하여야 한다.

그후 미국의 한 연구소에서 원숭이 한 마리를 원숭이의 우리에다 넣

어주고 교미가 끝난 다음 다른 암놈 원숭이를 교체해서 우리에다 다시 넣어 주었더니 원숭이의 성적인 반응이 새로운 암놈이 바뀔 때 마다 줄어 들지 않고 계속하여 그 성교 횟수가 계속 증가 한 것으로 나타났다. 그러나 같은 암놈을 다시 우리에 넣었을 때에는 원숭이에 성적인 횟수의 반응이 급격히 줄어 들었다는 것이다. 그리고 수놈들은 한번 경험을 했던 암놈을 다시는 쳐다보지를 않았다. 마법의 성이란 책의 저자인 미리엄 스토퍼즈 박사는 사람이나 동물은 항상 새로운 변화를 찾으며 그 새로운 변화 속에서 새로운 성에 대한 행동들을 본능적으로 찾는다 고 했다.

그렇다고 인간은 사랑하는 아내를 두고 새로운 파트너를 찾아 날마다 바꿀 수는 더욱이 없는 노릇이다.

5. 우리는 짐승과 다른 만물의 영장들이다.

성(性)은 창조주가 남녀 부부에게 주신 부부의 아름다운 선물이다. 희랍어로 결혼한 부부가 함께 잠을 자거나 성행위를 하는 곳을 침소(코이테, 케이마이: 눕다. 에서 파생이 된말) 침대, 등, 성관계를 하는 장소를 칭한다. 결혼한 부부가 같은 침소에서 타인과 나눌 때는 침소를 더럽힌다고 했다. 본능적인 동물들처럼 아내를 두고 새로운 파트너로 바꿀 수는 없지만 바꿀 수 있는 것들이 있다 사람은 못 바꾸어도 환경과 장소, 분위기는 바꿀 수 가 있다. 그리고 자세, 형태도 얼마든지 바꿀 수 가 있다. 일상적인 언어보다는 아름답고 사랑스러운 언어로 통상적인 자세보다도 적극적인 자세로! 좀 더 동물적인 감각을 발휘를 하면서. 성스러운 성, 성공적인 아름다운 성이 되도록! 아담과 그 아내 두 사람이 벌거벗었으나 부끄러워 아니하느니라는 말처럼, 서로가 벌거벗어도 부끄러움을 느끼지 않는 부부만이 기쁨과 환희를 평생 나누며 삶을 향유하는 성스러우며 성공적인 성이 되도록 좀 더 적극적, 공격적, 좀 더 능동적으로 서로가 향하여야 할 것이다.

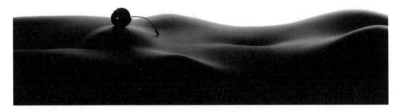

여인의 신체는 아름다움 그 자체입니다.

07 행복을 함께 "노래" 부르자!

"도레미파솔라시도" 란? 수도사이자 음악가인 '구이도 다레쵸'가 〈세례자 요한 탄생 축일의 저녁기도〉라는 곡의 가사에서 첫 머리 글자를 따왔다. 각각의 머리 글자들에는

Do : Dominus. 하나님. Re : Resonance. 하나님의 음성

Mi : Miracle. 기적. Fa : Famille. 가족.제자

Sol : Solution 구원. 사랑. La : Labii. 입술. 사도

Si : Sanctus.거룩함. Do : Dominus. 하나님

"도" 로 시작해서 "도" 로 끝나는데. 으뜸화음. 도. 미. 솔은 '하나님의 기적 같은 사랑' 이라는 뜻이다.

'율리우스력' 력을 1천년 넘게 사용을 하여 오다 오류가 있다고 하여 525년 당시, 로마 교황 그레고리우스 13세가, 신학, 수학, 천문학에 아주 뛰어난 당대 최고의 연대사가(年代史家)이며 수도사 이였던 디오니시우스 엑시구스에게 새로운 연대(年代)를 제정하게 하여 그 표시의 연력 기준이 B.C (before Chris 예수 탄생 전) 와 A.D. (Anno Domini 우리 주님의 해)로 제정하게 하여 사용하게 되어, 오늘 날까지 그레고리력은 시

간 개념의 시(時) 일(日) 월(月) 년(年)으로 당시 농정과 인류생활의 패턴 변화를 크게 가져 오게 했다. 약 900년이 지나자, 구이도 다레초(Guido d' Arezzo, 991경)를 통한 도레미파솔라시도의 계명 창노래의 새 법칙을 만들면서 서양음악사에는 위대한 변화의 업적을 남겼고 그의 명성은 중세에 과히 전설적이었던 인물이었다.

구이도의 손 악보

1. 계음의 시작 즉 Do음은 하나님으로 부터 시작하여 하나님으로 끝난다.

Do는 Dominus라는 라틴어로 당시 로마어의 단어의 앞말인 "주인" 또는 "하나님" 을 뜻하는데 음계 에서 '도'로 표시한다. 도는 소리의 출발점이자 도레미파솔라시도의 음악의 기초인 출발의 단초가 되었다.

Re는 Resonare에서 왔는데 울림 즉, 하나님의 음성을 뜻 한다 음계에서 '레'로 표시한다.

Mi는 Miragestorum 즉 '하나님의 기적'의 단어의 약자로 음계에서는 '미'로 표시한다.

Fa는 Familituorum 즉 '하나님의 가족들, 제자들' 의 약자로 음계에서는 '파'로 표시한다.

Sol은 Solvepolluti 즉 '구원' '하나님의 사랑'의 약자이다. 음계에서는 '솔'로 표시한다.

La는 Lavii 즉 '하나님의 입술 또는 사도들'의 약자이다. 음계에서는
'라'로 표시한다.

Si는 Sanctus 즉 '성 요한'의 약어 거룩함이다. 음계에서는 '시'로
표시한다.

Do는 Dominus라는 라틴어로 당시 단어의 앞 두 말로 "하나님"을 뜻
하는데 음계에서 '도(Do)' 로 시작을 해서 마지막의 음계인 "도(Do)"
로 끝난다.

즉 하나님으로 시작을 해서 하나님으로 끝이 난다. 당시의 폼포사의
수도원의 성당학교에서 수도사들과 성가대 소년들은 계음대로 그렇게 노
래를 불렀다. 노래는 하나님의 음성으로, 하나님의 노래는 하나님의 기적
을 이루며, 하나님의 제자들이 하나님의 사랑을, 하나님의 입술로, 사랑
하는 아들 요한처럼, 노래는 하나님을 노래한다는 뜻이다.

2. 인간은 하나님을 경배하기 위하여 노래를 한다.

구이도다레쵸는 어느 날 〈당신의 종들이 마음껏(Ut Queant Laxis)〉
이라는 성 요한 찬미가 여섯 악절의 첫 한음씩 상행하는 사실을 발견을
한다. 여기에 착안해 구이도는 노래 각 절의 첫 음에 해당하는 음절. 즉,
우트(Ut).레(Re). 미(Mi). 파(Fa). 솔(Sol). 라(La) 를 창안하여 음악 이
론을 정립을 한다.

또한 토스카나의 아레초의 출신으로 베네딕도회의 수도사가 되었으
나 후에 아레초의 주교좌대성당(主敎座大聖堂)에서 음악을 가르쳤으며,
로마 교황에게도 초대되어 음악 이론을 강의를 하기도 하였다. 인생말년
에는 아레초 부근의 아베라나에 있는 산타크로체 수도원원장을 지냈다.

로마시대에는 교황이
국왕을 다스리던 시
대였다. 교황은 나라
별로 교구를 두어서
신앙을 다스렸다. 각
교구내의 수도원에서
는 성무일과는 하루
에 8회씩이나 예배를
드리는데 이 당시 예배에는 하나님을 찬양하는 노래가 기도와 함께 많은
수도사들이 드렸다. 그래서 교회나 수도원을 통하여 노래가 많이 발전을
했다. 예배에서의 기도나 찬양 즉 노래는 하나님을 위함뿐이다. 그래서
먹든지 마시든지 하나님께 영광을 그들은 돌린다.

3. 으뜸화음 도, 미, 솔 은 "하나님의 기적 같은 사랑"이라는 뜻이
다.

온음계의 첫 번째 음인 으뜸음을 근음으로 하여 이루어진 도,미,솔,
음을 으뜸화음이라고 한다 이 뜻 역시 으뜸화음 '도. 미. 솔'은 "하나님
의 기적 같은 사랑"이라는 뜻으로 노래가 있는 곳은 어디나 하나님의 기
적 같은 사랑이 전달이 된다. 이렇게 노래하는 음악은 하나님과 관련되
어 소리의 계음 기초가 만들어 졌다.

4. 음악이 질병을 치료하며 건강한 신체를 만들어 주기도 한다.

음악은 수천 년 동안 역사가 흐르면서 치료에 사용돼 오기도 했다.
고대 그리스 철학자들은 음악이 육체와 영혼을 치료할 수 있다고 믿었으

며, 그리스 신화를 보면 태양신 아폴로는 음악과 약을 다루는 신이기도 하였다. 또한 기록상 가장 오래된 음악의 치료적 쓰임새는 구약 성경에 나온다. 목동 다윗과 사울왕의 이야기가 그것인데, 목동 다윗은 훌륭한 음악가이기도 했다. 다윗이 우울증에 걸린 사울왕을 위하여 하프를 연주하자 악신이 떠나고 사울왕이 제정신이 드는 것이 성경에 묘사되어 있다.

이것은 인간의 질병이 신의 노여움이나 마술에 의해 생기는 것이라고 생각하던 시기의 대처방법으로, 음악은 주로 인간과 신의 세계를 연결해 주는 매개체 역할을 하고 있다. 우리나라의 경우도 '무속음악'에서 이러한 역할을 찾아

볼 수 있다.

고대 그리스시대에는 심신의 부조화가 병을 일으킨다고 믿던 시기로, 음악이 육체와 정신의

균형을 되찾는데 도움이 된다고 생각하였다. 특히 플라톤이나 아리스토텔레스 같은 철학자들은 고대 그리스 선율의 특성이 심신에 미치는 영향을 분류하여 각 특성별로 잘 사용하여야 한다고 주장하였다. 고대 이집트 문헌에는 음악이 진통과 진정에 효과가 있다고 나오고, 고대 이집트벽화에는 음악이 약의 처방과 함께 행해지는 그림이 아직까지도 남아 있다.

1) 음악을 들으면 마음의 평안으로 업무 능력의 향상을 시켜준다.

음악을 들으면 스트레스가 줄고 정신이 차분해져 아음이 편안해 진다. 는 사실은 수많은 음악연구가들의 결과가 뒷받침하고 있다. 부드럽고 느리고 조용한 음악을 들으면 혈압이 내려가고 심박동과 맥박이 느려지며 스트레스 아드레날린 호르몬이 줄어든다. 또한 음악은 뇌의 신

경전달물질의 생성을 촉진해 기분을 좋게 만들고 생산성을 향상시킨다.

음악을 들으면 뇌에서 즐거움과 보상을 담당하는 도파민 호르몬이 생성돼, 좋아하는 음악을 들으면 좋아하는 음식을 먹을 때와 마찬가지로 기분이 좋아진다. 또한 지루하던 시간에 좋아하는 음악을 들으면 기분이 좋아지면서 생산성이 향상된다.

일명 행복 호르몬 옥시토신도 생성된다. 캘리포니아대학교 음악 연구팀에 따르면, 음악은 사회적 연결을 강화시킨다. 라이브 연주를 함께 듣거나 함께 음악을 연주하면 옥시토신이 증가한다. 30분 동안 함께 노래를 부른 참가자들은 이 경험을 좋아하든 좋아하지 않든 관계없이 모두 뇌신경 행복 호르몬인 옥시토신의 수치가 상승했다.

콘서트나 합창과 같은 음악 활동은 사회적 협력에도 영향을 미친다. 다른 사람들과 같은 음악 활동을 할 때, 설상 같은 공간에 있지 않더라도 같은 노래를 들으면 긍정적인 사회적 감정이 생성되는 것으로 나타났다. 이러한 경험을 통해 호르몬 엔도르핀이 생성돼 흥분, 즐거움, 만족감을 느끼게 된다.

음악은 또한 동정심과 공감 능력을 강화시킨다. 영국의 서식스대학 연구팀은 참가자들이 음악을 듣는 동안 MRI로 뇌 활동을 촬영했다. 이후 참가자들에게 들은 음악을 사람과 컴퓨터 중 누가 작곡했다고 생각하느냐고 물었다. 사람이 작곡했다고 믿은 참가자들은 대뇌 피질 네트워크가 활성화된 반면 컴퓨터가 작곡했다고 믿은 참가자들의 네트워크는 활성화되지 않았다.

이는 사람이 음악을 통해 소통하려는 경향이 있다는 의미다.

도파민
뇌에서 즐거움과 보상을 담당

옥시토신
공감과 너그러움 등 사회적 상호 작용을 관장

음악은 뇌의 신경전달물질의 생성을 촉진해 기분을 좋게 만들고 생산성을 향상

2) 음악효과는 '모차르트 효과' '바로크 효과'가 있다.

가장 유명한 음악 효과는 모차르트 효과다. 모차르트 음악을 들으면 뇌의 인지 처리 능력이 강화된다는 것이다.

영국 캠브리지대학 연구팀은 모차르트 효과를 확인하기 위해 45명의 참가자들을 대상으로 테스트를 실시했다. 참가자를 세 그룹으로 나눠 첫 번째 그룹은 모차르트 음악을 듣게 하고 두 번째 그룹은 록 음악을 듣게 하고 세 번째 그룹에게는 조용한 환경을 조성해 주고, 컴퓨터 기반 기억력 측정 테스트를 실시했다.

테스트 결과, 클래식 음악을 들은 그룹이 록 음악을 들은 그룹보다 훨씬 뛰어난 성적을 기록했다. 하지만 음악의 긍정적 효과는 볼륨, 템포, 장르 등에 따라 달라질 수 있기 때문에, 좋아하는 장르나 곡 등 다른 요소에 따라 결과는 얼마든지 달라질 수 있다.

캘리포니아대학교 연구진이 2003년 음악에 대한 실험 결과를 학계에 보고한 뒤 관심을 끌고 있는 개념이 '모차르트 효과'인데, 당시 모차르트의 '두대의 피아노를 위한 소나타 K.448' 이 공간 지각력을 높여준다는 것이었다. '모차르트 효과' 이후 에도 '바로크 효과' 가 등장했고 바흐, 헨델, 알비노니 등의 음악도 기능성 음반시장에서 인기를 끌고 있다. 바로크 음악의 특징인 동일음 반복과 베이스 음역을 통해 심장 박동 수와 비슷한 템포를 유지함으로써 뇌 활동에 안정을 줄 수 있다는 이론이었다.

5. 음악은 두뇌를 깨우고 지혜와 행복지수를 높혀 준다.

최근에 점점 보편화되어 유행하고 있는 종류는 '서브리미널 이펙트'를 바탕으로 제작된 음반들이 많다. 서브리미널 이펙트(subliminal effect)란 인간이 의식하지 못한 미세한 노래 소리의 자극도 무한한 잠재의식을 이용해 인간의 행동이나 사고에 긍정적인 변화를 유도한다는 이론이다. 사람이 감지할 수 없는 빠르고 작은 음을 통해 듣는 이의 재능과 능력을 발휘할 수 있도록 유도하는 기법을 말한다. 최초로 서브리미널 효과를 활용한 것은 1969년. 달에 착륙한 아폴로 11호 우주선 비행사의 정신 강화 훈련에도 사용됐고 이 실험에 성공한 이후 다방면에서 개발이 시작되었다. 그후 미국, 캐나다, 일본을 비롯한 선진국에서 올림픽 스포츠 선수의 정신 강화, 집중력 강화 훈련, 학습 향상, 성격 개조 등 분야에 광범위하게 사용되고 있다.

서브리미널 음반은 이전의 기능성 음반보다 그 효과가 실용적이고 구체적이다. 미용, 피로회복, 학력 향상, 다이어트, 집중력 향상, 기억력 향상, 숙면, 자신감 증강 등의 효과에 따라서 기종별로 출시가 돼 있다. "예"를 들자면 ① 다이어트 음반의 경우 파도소리와 함께 중간 템포의 연주음악으로 구성돼 있는데요 이 음악을 들으면 잠재의식 속에 자리잡고 있는 불필요한 식욕이 억제되고 스스로에 대한 자신감과 강한 의지가 생긴다는 것. ② 피부가 좋아지는 음반은 음악을 들으면서 숙면을 취할 수 있게 만들어 피부 트러블을 방지하고 아침에 화장을 잘 받게 한다는 것이다.

구체적인 예로, 일본에서는 2년간의 제작기간과 임상실험을 통해 실험자 80% 이상이 효과를 얻었으며 국내 음악치료 교육기관에서도 서브리미널 음악에 대한 의뢰가 늘어나고 있다. 음악이 사람에게 미치는 영향이 제각각일 수 있으나, 하나의 공식에 끼워 맞추어 줄 수는 없지만 음악의 아름다움이 인간에게 어떤 해를 끼쳤다는 얘기를 들어 본적이 없다. 그러므로 음악의 영향은 우리들의 삶속에서 참으로 절대적인 영향을 끼치고 있는 것이다. 노래 불러서 좋고, 들어서 기분 좋고, 함께 연주해서 더욱 좋다. 그래서 우리의 행복 지수를 더욱 더 높혀 주어서 좋다.

비산교회 가을 음악회

▌08 "산다는 것은 황홀하다"

"사람은 누구나 돈을 목적을 삼고 이 땅에 태어나지는 않는다. 돈은 사람이 이 땅에서 살아가는데, 다소 필요의 방법일 뿐이지 절대적 가치는 결코 아니다"

인생의 삶을 남긴 "산다는 것이 황홀하다"라는 책의 저자 "다하라 요네코"의 의 일대기이다. 일본의 다하라 요네코는 그녀의 나이 18세 때에 갑자기 어머니를 잃고 삶의 깊은 좌절을 이기지 못해 자살을 결심하고 1955. 2월 겨울, 신주쿠발 객차 가운데 제1차량이 4번 플랫폼에 들어오던 순간 갑자기 한 소녀가 달려오는 기차에 몸을 던졌다. 그런데 자신이 원하던 대로 죽었으면 좋으련만 죽는 대신 두 발 과 왼손과 왼팔, 그리고 오른쪽 손가락 두 개를 잃었다.

1. 절망의 정답은 희망이다.

의사와 간호사가 나의 몸을 치료를 할 때마다 나의 눈을 가리는 바람에 나는 나의 몸을 볼 수 있는 기회가 없었다. 그러나 그 가운데에서도 나의 신경은 여전히 수족은 물론 모든 지체가 그대로 있는 것처럼 느껴졌다. 오른손의 2개의 손가락과 왼팔이 어깨로 부터 15cm 남기고 절단되고 말았다는 것을 알게 되었을 때 말 할 수 없는 충격을 받았지만, 다리에 대해선 어느 정도 자신이 있어 이 정도라면 "이제부터라도 어떻게 되겠지"하고 생각했다.

사고가 난 날로부터 한 달 정도 지난 어느 화창한 봄날, 회진하러 온 의사는 처음으로 나에게 침대 위에서 상반신을 일으켜 보라고 했다. 아무런 생각 없이 상체를 일으켰을 때에 현기증을 느끼며 상체가 그대로 앞으로 꼬꾸라지려 했다. 나의 눈에서는 눈물이 봇물 터지 듯 흘러 내렸다. 두 다리가 없어졌다는 사실을 그때에 비로서 알게 되었다.

그녀의 신체 중에 남은 것이라고는 오른쪽 팔과 오른쪽의 손가락 세 개뿐이었다. 마치 짤막한 나무토막의 짤막한 곁가지 하나 붙어 있는 통나무 같은 나의 모습. 처음보다 더 절망적인 좌절의 상황이 찾아 온 것이다. 살고 싶은 의욕도, 살아야 할 이유도 없었다. 그후 갖가지 방법으로 계속 자살을 시도했지만 남아 있는 세 손가락으로 자살을 할 수 있는 방법이 없었다.

나는 다시 한 번 더 깊은 다짐을 했다. '죽는 길 밖에 없다. 조금이라도 빨리 이제는 절대로 실수하는 일 없이 정확하게 죽는 방법을 택해야 겠다 고 수면제를 모으기 시작했고 충분한 치사량이 모아지기를 기다렸다.

2. 절망도 곧 또 하나의 기회이다.

그 무렵 병원에 복음을 전하러온 크리스천, 맥클로이 라는 미국인 선교사를 만나게 되었다. 때마침 선교사 통역을 위해 따라 온 일본인 하키도시 청년을 알게 된다. 저들은 복음 전도를 위하여 수시로 나에게 찾아왔다. 그리고 하키도시가 청년이 자상하게 이야기를 해오므로 나는 그 청년에게 점점 마음의 문을 열기 시작했다. 따뜻하고 부드러운 태도는 어디서 우러나오는 것일까? 자상한 심성은 본래의 마음일까? 그때에 그녀는 선교사 지망생이던 젊은 청년 하키도시를 만나 예수 그리스도를 영접하고 새 생명을 얻게 된다. 더욱 놀라운 일은 그 하키도시가 얼마 시간이 지나자 요네코에게 청혼을 한 것이다. 그 청혼을 받고 그와 결혼을 한다, 꿈에서조차 상상 못할 새 가정을 이루었다.

3. 절망의 삶은 모든 사람들을 황홀하게 한다.

그 이후 요네코는 평생 작은 자를 섬김으로 평생토록 주님을 섬기며 남을 섬기리라 결심을 했다. 그리고 부유하지만 예수를 모르는 자들, 힘은 있지만 진리에 눈먼 자들, 건강하나 참 생명을 지니지 못한 자들을 섬기며 살기 시작했다. 그리고 그들에게 예수를 증거를 했다. 수많은 사람들이 그런 요네코의 헌신과 섬김에 감동을 받아 예수를 믿고 회심해 오는 역사가 일어났다. 그런 자신의 삶을 통해 일어나는 일들을 목격하면서 요네꼬 여사는 주님을 향해 고백했다.

"하나님, 제게는 아직 손가락이 세 개나 남아 있습니다." 한 팔과 두 발, 일곱 개의 손가락과 열 개의 발가락을 잃었기에 자신에겐 아무것도 없다고 생각했다. 그러나 그런 그녀는 좌절과 근심에서 벗어나 예수를 만났을 때 그녀의 입에서는 자신에게 무려 세 개의 손가락이 있습니다.. 그 세 손가락으로 죽어가는 영혼, 깊은 좌절과 근심 속에 빠진 이들을 구하는 하나님의 사람이 되겠습니다. 그래서 요네코 여사는 자신의 일생을 정리하는 수기의 책 제목을 이렇게 달았다. 『산다는 것은 황홀하다』 그리고 이 책이 150만부가 팔리는 베스트셀러가 되었다. 다하라 요네코는 지금도 여전이 절망의 삶을 넘어서 황홀하게 그의 삶은 지금도 살고 있는 것이다.

톨스토이의 작품 중에 , 사람에게는 얼마만큼의 땅이 필요한가? 라는 소설이 있다. 바흠이라는 농부가 늘 땅을 많이 가지고 싶은 욕심을 가지고 사는데, 하루는 어느 상인의 소개로 값싸고도 좋은 땅을 사려고 했다. 그 땅의 주인은 빠시키르라는 인디언 부족이 사는 땅이었는데 그는 그곳 추장과 계약을 했다. 계약 내용은 천루우블만 내면 하루 종일 바흠이 발바닥으로 밟으며 걸어 다니며 발이 닷은 모든 땅은 모두 바흠에게 준다는 것이며 반드시 해가 지기 전에 원점으로 돌아와야 한다는 내용이었다.

바흠은 아침 일찍 추장이 있는 곳을 출발하여 넓은 초원을 걸어갔다. 뛰고 달리며 날씨는 덥고 몸은 피로했지만 바흠은 땅에 대한 욕심으로 쉬지 않고 걸어가며 이곳저곳에 자신의 이름을 써서 소유권 표시를 했다. 아직도 원점까지 돌아가려면 아득한데 해는 벌써 지평선에 가까운 것을 보고 그는 죽을힘을 다하여 원점으로 달렸다. 사력을 다해 원점에 돌아온 바흠은 입에서 피를 토하며 쓰러지고 말았다. 하인이 바흠의 시신을 묻으려고 땅을 파서 묻었는데 그가 차지한 땅은 겨우 무덤 한 평의 땅 뿐이었다.

사람은 누구나 돈을 목적을 삼고 이 땅에 태어나지는 않는다. 돈은 사람이 이 땅에서 살아가는데 다소 필요의 방법일 뿐이지 절대적 가치는 결코 아니다. 맘몬(mammon)신은 부(富)를 뜻하는 아람어 맘모나(mammona)에서 파생된 용어로 전지전능(錢知錢能)의 재물의 신 또는 탐욕의 신이란 뜻으로 돈, 재산, 소유, 물질을 절대시 하는 것을 맘모니즘(mammonism)이라고 한다. 맘몬주의 적 삶을 살것이냐 아니면 주변의 많은 사람들에게 희망과 황홀한 인생을 깨워주는 카이로스(Kairos)적 삶을 살 것인가? 결국 내 인생은 내가 주인공이다. 나는 좀 더...곰곰이 어떤 시간의 황홀하고 행복한 삶을 살 것인가를 더욱더 적극 생각을 해봐야 할 것이다.

▌09 나를 절망으로 빠트리는 것들

사람은 삶을 살다보면 의식적이든 무의식적이든, 불안과 근심, 두려움, 실망, 절망에 빠질 때가 많다. 이러한 마음이 방치되어 발전을 하면 내 안에서는 불안과 두려움으로 인식한 우리 몸의 생리는 자동적으로 생존 위협 알람을 켠다. 생각과 감정, 그리고 신체의 생리는 서로 상호작용을 한다. 아이러니하게도, 긴장을 하면 안 된다는 그 생각 자체로, '무언가가 잘못되거나, 잘못될 가능성이 있다'고 인식을 한다. 이러한 신호는 내 몸의 교감신경을 흥분시킨다.

1. 불안이 과도하면 근심에 매이게 된다.

우리의 인체는 학교에서 시험을 보거나, 자격증 시험, 입사시험을 치루고 나면 긴장했던 마음이 풀리면서 시험 결과에 대한 불안한 마음을 갖게 된다. 자녀나 남편이 밤이 늦도록 귀가치 않으면 왠지 불안 해 한다.

사람의 인체는 불안을 느끼면 혈액 속의 신경 전달물질인 노르아드레날린의 수치가 급상승하면서 각성이나 흥분에 관계하고 있는 뇌의 청반핵에 있는 노르아드레날린이 분비되어 자율신경의 교감 신경을 활성화를 시켜준다. 그래서 교감신경이 자극되면 심장의 운동이 활성화되므로 심박 수, 체온, 혈압이 급상승하기 때문에 얼굴이 붉어지게 되거나, 체온을 내리기 위해서는 땀이 나고, 발성기관의 근육이 경직되기 때문에 음성이 떨리게 된다.. 그리고 소화관 운동과 소화액분비가 억제되어 식욕도 감소하게 된다. 그렇게 노르아드레날린은 몸을 긴장상태로 만들어서 목적을 이루는데 집중력을 높여 준다. 그러나 한켠으로는 마음이 불안하면 온 몸이 불안해 움직이며 행동이 부자연스러워진다.

2. 걱정은 불안이 발전하는 다음 단계로 마음의 단계로 가는 과정이다.

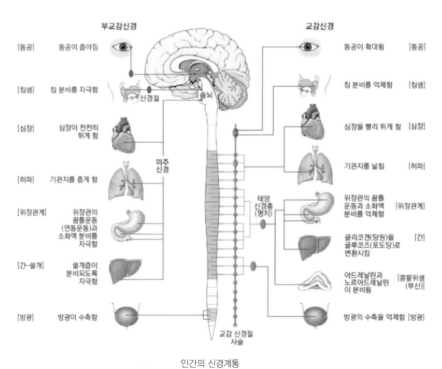

인간의 신경계통

걱정은 여러 가지로 마음이 쓰이는 감정을 의미하며, 불안의 일종으로 볼 수도 있다. 비슷한 말로 심려(心慮), 염려(念慮), 근심 등이 있다. 매우 심하면 마음의 병이 되어 내 마음의 더 큰 병으로 도화가 된다. 내 몸은 내 몸 스스로 자가 치유 능력을 지녔기 때문에 내 몸의 호르몬 방어기재가 교감신경을 통하여 방어를 할 준비를 한다.

즉 노르아드레날린의 신경호르몬 기능은 몸이 위기, 불안, 두려움, 도피, 투쟁 이라는 전투태세에 진입준비를 하는 것이다. 예를 들어 동물은 외적으로 자신의 몸이 위협을 느끼게 되면 주위의 움직임에 집중하므로 털을 곤두세우고 귀를 쫑긋하게 세우며 임전태세에 들어가므로 전신을 경직시키고, 행동이 빨라지면서 본능적으로 대응을 하게 된다. 이 본능이 없으면 모든 동물은 동물들의 적수에서 살아남을 수가 없는 것이다. 사람도 불안이 심한 상태가 되면 교감신경이 우위가 되어 집중력, 신체능력이 높아지기 때문에 신체에 각종 영향들이 나타나게 된다. 심장이 빨리 뛰고 호흡이 빨라지게 되고 입이 바짝 말라서 갈증을 느낀다 그리고 말도 어눌해지고 덜덜 떤다. 그리고 충동적이고 적극적이지만 때로는 방어적 공격을 하는 역할을 돕는다. 그래서 노르아드레날린은 승부의 물질이자 용기의 물질이라 고 부르기도 한다.

3. 그 어떤 일들의 불안은 두려움과 좌절을 가져온다.

'전 셋 값을 올려달라고 하면 어떡하지?', '인사고과에서 좋은 점수를 받을까?', 불안해 하다가 사실대로 이루지면 거봐! 내 말이 맞지? 하면서 실망을 한다. 그리고 우리는 미래의 다가 올 일에 대하여 불안 해 한

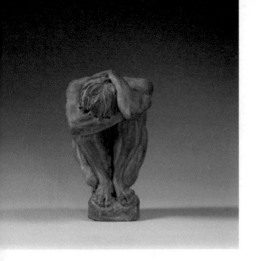

절망 출처 : 프랑스 국립박물관

다. 우리는 하루에도 수십 번씩 걱정을 하며 살아간다. 걱정의 대상도 다양하다. 건강 문제나 재정 상태, 양육 방식 등 현실적이고 실질적인 것부터, 천재지변이나 교통사고와 같이 예기치 않게 닥치는 것들까지 걱정의 대상은 넓고도 다양하다. 속담의 "밭에 누워 하늘이 무너질 것을 걱정을 한다" 며 괜한 걱정의 어리석음을 강조한 우리 속담도 있지만, 실제로 요즘 같이 예측불가의 시대에는 쓸데없는 걱정이라 타박할 수만은 없다. 당장 내일 사두었던 주식이 반토막이 될 수도 있고 퇴근길에 교통사고를 당해서 멀쩡했던 몸이 다칠 수도 있으며, 잘 나가던 내 직장이 어려움에 처해 일자리를 잃게 될 수도 있는 것이 요즘의 삶이다. 걱정과 두려움은 고통스럽고 힘든 것이지만 꼭 부정적이지만은 않다.

4. 불안은 날씨 변화의 기후와도 같다.

기압의 변화의 따라 날씨는 흐렸다 맑았다. 환경의 변화를 주도 한다. 그러하듯 불안은 마치 여러 가지로 마음이 쓰이는 감정처럼 비슷하다 즉 불안의 동의어로 심려(心慮), 염려(念慮), 근심 등은 하나의 감정의 세계다. 즉 감정의 세계는 마치 기압골처럼 생겼다가도 없어지고 없다가도 생겨나기도 한다. 기압이라는 것은 공기(氣)가 누르는(壓) 힘을 말 하는데, 기압은 공기의 무게에 의해 나타나는 압력이다. 기압과 같은 불안, 걱정의 마음이 짓눌려 살 때가 많다. 대기의 기압은 위로 올라갈수록 공기의 양이 적어지므로, 기압도 감소한다. 따뜻한 공기는 가볍고 찬 공기는 무거우므로 온도 차이가 생기면 공기의 움직임에 의해 기압 차이도 생기게 된다. 조금 전 까지도 맑았던 날씨도 열대성 저 기압이 접근을 하면 날씨가 갑자기 날씨가 흐려지고 폭우가 내린다. 이는 기압골의 변화 때문이다. 불안이나 근심은 보이지 아니하는 기압과도 같은 감정의 세계이다.

　환경이 변하면 기압도 따라서 변하듯, 사람의 감정의 세계는 수시로 변한다. 마치 기압골이 수시로 변하듯 그 편차는 수시로 환경과 일에 따라서 변한다. 저기압이 되어 온도의 편차가 생기면 온도가 낮아 대기 속 수증기가 응결되어 나중에 비가 되어 내린다. 그러하듯 일과 환경에 따라 좋은 일은 기쁨이 되기도 하고 나쁜 일은 불안을 몰고 오고 두려움을 가져오기도 한다. 그래서 때로는 불안과 근심도 심하면 두려움이 되어 마음의 병이 된다. 즉 잘 조절되지 못한 감정은 우울증이나 충동조절장애와 같은 정신적인 장애의 문제를 불러온다. 그리고 심하면 자살을 부르기도 한다

5. 불안과 근심, 두려움, 그리고 절망에서 더욱 강해져야 할 이유?

1) 줄은 꼬아야 튼튼해진다.
즉 누에고치에서 뽑은 생사인 천연섬유 가운데 아주 가느다란 견(絹 Silk)사의 털은 몇 가닥을 꼬고, 꼬아 한 줄의 실을 만든다. 또한 두 올의 털을 한데 꼬아 한 가닥으로 만들면 한 올 강도의 두 배보다도, 더욱 강한 강도를 나타낸다. 따라서 대부분의 실이나 로프는 여러 가닥의 올을 모아 한데 꼬아서 만들게 된다. 인생의 줄도 삶의 경험과 고난의 꼬아짐을 경험한 인생이 튼튼해진다. 마치 방적과정을 통하여 실용적인 우리들의 옷이 되듯

이 말이다. 결국 삶이라는 것은? 도가니는 은을, 풀무는 금을, 연단하지만 마음의 세계인 불안, 걱정, 두려움, 절망은 더욱 강하고 튼튼한 마음을 더욱 연단하여 던지거나 부딪쳐도 깨지지 않는 행복을 담아주는 건강한 마음의 그릇을 만든다. 이세상은 내적으로는 벨벳처럼 부드럽고 외적으로는 강철처럼 강한 자들이 세상을 이끌어 간다. 그래서 두려움 절망 정도는 쉽게 털어 낼 수 있는 강한 심성을 가져보자.

2) 강한자만이 살아남는다.
자연의 식물과 동물들은 모든 풍파를 이겨내며 종(種)을 위하여 열매를 맺는다.

수많은 동, 식물들은 등뼈가 있는 척추동물, 등뼈가 없는 무척추동물들이 있다. 식물들은 정수식물, 침수식물, 부엽식물, 부유식물 들이 있다. 창조론의 의하면 동식물들은 모두 사람을 위하여 창조 되었지만 동식물들의 목적은 세상의 자기의 종(種)을 남기기 위해서이다.

조림이 잘 조성된 식물군락 숲일지라도 숲이 지나치게 우거질 땐 숲은 숲 자신의 자생능력으로 숲의 생존력을 조절하는데 식물군락 속에 생존력이 약한 것부터 숲의 개체인 식물이나 나무들이 죽는다. 약자의 살은 강자의 먹이가 된다. 강한 자가 약한 자를 희생시켜서 번영하거나 또는 약한 자는 강한 자에게 먹이가 된다. 약육강식의 원리가 철저하게 적용되는 것이 자연의 질서이다. 사람도 세계80억의 인구 속에서 살아남으려면 불안과 근심, 두려움, 좌절쯤은, 기압골의 날씨 변화라고 생각을 하면서 절망으로 끌려가는 길목에서 스스로 훨훨털고 벗어 날줄을 알아야 한다.

6. 불안과 근심, 두려움, 그리고 절망의 때, 내 몸이 어떻게 이겨내야 할까?

1) 음악을 듣자.

음악을 들으면 마음의 평안으로 업무 능력의 향상을 시켜주며 스트레스가 줄고 정신이 차분해져 마음이 편안해 진다. 는 사실은 수많은 음악 연구가들의 결과가 뒷받침하고 있다. 부드럽고 느리고 조용한 음악을 들으면 혈압이 내려가고 심박동과 맥박이 느려지며 스트레스 호르몬이 줄어든다. 또한 음악은 뇌의 신경전달물질의 생성을 촉진해 기분을 좋게 만들고 생산성을 향상시킨다.

음악을 들으면 뇌에서 즐거움과 보상을 담당하는 도파민이 생성돼, 좋아하는 음악을 들으면 좋아하는 음식을 먹을 때와 마찬가지로 기분이 좋아진다. 또한 지루하던 시간에 좋아하는 음악을 들으면 기분이 좋아지면서 불안한 마음이 사라진다.

2) 운동을 한다.

마음이 불안 할 때에 운동을 하면 뇌로 가는 혈액, 산소, 영양소 공급도 늘어난다. 이것은 뇌 세포사이에 새로운 연결이 생기도록 자극함으로써 전체적 정신 능력이 향상된다. 또 운동을 하면 뇌에서 세로토닌과 같은 신경전달물질이 늘어나 기분이 좋아지며 인지 능력이 향상되면서 근심 걱정을 떨쳐 버릴 수가 있다.

3) 등산을 한다.

산을 오르는 일은 유산소 운동과 근육운동을 함께 할 수가 있다. 사계절의 자연은 등산하는 사람에게 많은 교훈을 얻을 수가 있다. 자연 순환의 법칙에 따라서 봄이 되면 산 계곡과 능선에 생명의 새싹과 이름 모를 야생 꽃들, 여름이 되면 푸른 신록, 가을이 되면 곱고 아름다운 오색 단풍들, 겨울이오면 하얀 백색의 산하, 산을 오르며 계절에 따라 변하는 자연과 함께, 신선한 공기를 마시며, 영하10℃ 이하에 산을 힘들게 오르면서 흘린 땀이 온 몸의 범벅이 되어 다시 하산을 한 후 따뜻한 물로 얼었던 몸을 녹이며 샤워를 하노라면 하늘이 무너질 듯한 근심에서도 이것이 참 행복이구나 하며, 근심, 두려움, 절망을 털어내게 된다. 아주 힘이 들게 산에 올랐던 것처럼 내 인생의 길을 다시 오르자! 하며 삶의 한 방법의 길을 우리는 또 가게 된다.

4) 벗들과 함께 하자.

근심, 걱정, 두려움의 짓눌려서 깊은 늪에 빠져들어 가듯, 힘이 들 때에 친한 벗과 그 근심 걱정 이야기를 하면서 함께 공유를 하고 나면 아! 이 사람은 나보다 더 험하고 힘든 일을 겪었구나 하면서 위로를 받기도 하며 쉽게 털어 버릴 수가 있다. 비바람 폭풍우가 분다 고 아름다운 꽃은 그 꽃 스스로가 그 아름다운 꽃임을 포기하지 않는다. 참고 인내하며 기다리노라면 자연은 더 아름다운 내일의 꽃을 피운다. 자연의 아름다운 꽃들은 뜨거운 태양, 비바람, 눈보라, 폭풍우 속에서 견디고 이겨내며 더욱 더 아름다운 꽃을 오늘도 더욱 더 꽃 피운다.

▌10 실패도 하나의 원리(原理)다.

"넘어져 봐야" 일어서는 방법을 터득한다. "의인은 일곱 번 넘어져도
여덟 번 일어선다" 그래서

토마스 에디슨(Thomas Alva Edison)은 전구, 축음기 발전기, 영사
기를 비롯하여 무려 1092개의 발명특허를 얻어 인류발전의 큰 공헌을
하였다. 그래서 그를 가르켜서 흔히들 "세기의 발명왕"이라고 한다. 하
지만 그 사람만큼 많은 실패를 했던 사람도 없을 것이다. 아마 실패한 부
분의 세계기록이 있었다면 그가 세운 기록은 아직 까지는 갱신되지 못했
을 것이다. 그는 전구 하나를 만드는 데만도 무려 1만 번의 실패를 했다.
전구를 제외한 특허품 1092개를 만드는데 10번씩 실패를 했다고 가정을
해도 그는 총 2만 번이 넘는 실패를 한 셈이다. 이렇듯 그는 보통 사람이
상상도 하지 못할 만큼 많은 실패를 경험을 한 사람이다.

1. 때로는 실패는 성공의 원리가 된다.

그럼에도 불구하고 그의 인생을 실패자로 보는 사람은 아무도 없다.

그것은 그 자신이 스스로 실패자라고 낙인을 찍지 않았기 때문이다 그는 이런 고백을 했다. "전구를 발명하기 위해 나는 9999번의 실험을 했는데 성공을 하지 못했다. 얼마나 실패를 되풀이 할 셈이냐고? 고 묻는 친구의 물음의 나는 다음과 같이 대답을 했다. 나는 9999번의 실패를 한 게 아니고 다만 전구를 만들 수 있는 9999가지의 이치를 발견을 했을 뿐이다." 이처럼 그는 계속되는 실패에도 좌절하지 않았다. 한번은 이런 사건이 있었다 많은 발명품으로 마련을 한 돈을 가지고 그는 공업용 실험실을 세웠다. 이 실험실은 제품 생산까지 할 수 있는 공장으로 발전이 되었다. 그런데 그가 67세 되던 해에 공장의 큰 화재가 일어났다.

진화작업의 나섰지만 각 종 화공약품과 실험기구들이 많았기에 타오르는 불길을 잡을 수가 없었다. 이때 에디슨과 함께 그 광경을 목격을 하던 그의 아들은 연로하신 아버지가 받을 충격의 위로의 말도 제대로 할 수가 없었다. 그러나 그 공장이 타는 모습을 묵묵히 지켜보고 있던 에디슨은 아들에게 다음과 같은 말을 했다. "애야 어서 가서 엄마를 모시고 오너라" 평생을 가도 이와 같은 장관은 아마 다시는 구경을 할 수가 없을 게다. 결국 그는 모든 사람들의 우려에도 불구하고 재기의 성공을 했다. 그리고 80세로 사망을 할 때까지 왕성한 발명 활동을 계속하여 세상 사람들의 부러움과 존경을 받는 세기적인 인물이 되었다.

2. 넘어져봐야 일어서는 방법을 터득한다.

스코틀랜드는 원래 잉글랜드와 상극이 되어 악착스럽게 서로가 싸운 나라들이다. 이런 까닭에 그 지역엔 자기네들의 독립영웅에 관한 이야기가 전래되어 내려오고 있다. 그 중에 하나가 흔히 스코트랜드의 해방자요 불세출의 영웅으로 존경을 받는 로버트1세라는 왕이 있다. 본명이 로버트부르스 라고 하는 그에게 다음과 같은 일화가 있다. 당시 잉글랜드1세의 침입을 받아 그들의 통치 아래 있던 그들은 부르스 중심으로 굳게 뭉쳐 격렬한 항쟁을 했다. 그런대 그들은 이 전쟁의 무려 6번이나 패전을 했고 그 결과 군사들마저 뿔뿔이 달아났다. 나중엔 왕 한사람만 남아 자신의 목숨을 걱정 할 지경에 이르렀다. 심신이 모두 파김치가 된 왕은 깊은 산속을 헤메이다가 다 쓰러져가는 움막을 하나 발견을 하고 거기에 들어갔다.

그곳에서 천정을 향하여 누운 채로 찢어지고 상하고 지친 자신의 마음을 추수리며 재정비를 하고 있을 때였다. 한 마리의 거미가 나타나서 왕이 누어있는 움막의 구멍이 뚫린 천정에서 부지런히 무언가 작업을 하고 있었다. 거미는 지붕 밑 석까래에 자기 나름대로 기초를 두고 거미줄을 늘어뜨리더니 그 줄을 타고 움막 중간쯤 되는 공간까지 타고 내려와 거기서부터 몸을 흔들기 시작을 했다. 왕은 본의 아니게 거미의 공중 곡예를 구경을 하게 되었다.

저 녀석은 지금 무엇을 하고 있을까? 호기심이 일자... 왕은 그의 행동 하나 하나를 주의 깊게 관찰을 하기 시작을 했다. 거미는 한껏 넓은 진폭을 형성을 하더니 건너편 서까래에 순간적으로 몸을 날리는 것이 아닌가? 그러나 그것이 기술적으로 얼마나 어려운 일인가? 거미는 실패를 하고 야 말았다.

3. 의인은 일곱 번 넘어져도 여덟 번 일어선다.

결국의 거미는 줄이 끊어져 땅바닥에 펄썩... 떨어지고 말았다. 그 순간 왕은 "우리는 실패에 대해서는 똑같은 동창생 이야!" 하면서, 실패의 동질감을 느끼면서 똑같은 실패의 동료를 만났다는 생각에 실소를 금할 수가 없었다. 이젠 모든 것이 끝이 났다고 생각을 했는데 거미는 원래의 처음의 자기 자리로 돌아가더니 그 작업을 계속하는 것이 아닌가? 이

때부터 왕은 숨을 죽이고 거미의 거동을 살피기 시작을 하였다. 두 번째 시도도 실패로 끝나고 말았다. 그러나 거미는 다시 일어나 그 작업을 반복한다. 그렇게 거미는 무려 여섯 번이나 실패를 하는 것이다. 이제는 포기를 하겠지? 했는데 일곱 번째 다시 시도를 하더니 드디어 멋지게 목표 지점에 몸을 착 붙이더니 아주 멋있는 집을 짓기 시작하는 것이 아닌가?

왕은 자기 자신도 모르게 벌떡 일어나 거미를 향하여 최대의 『경의』를 표했다. 그리고 그는 산을 내려와서 자신도 일곱 번째 전열을 가다듬어 다시 싸워서 큰 승리를 거두게 되었다. 결국은, 그는 보잘 것 없는 거미를 스승으로 삼고 배운 진리를 통해 스코틀랜드를 다시 찾는 승리를 거둔 것이다. 아무리 미물이라 할지라도 깨닫는 바를 실천해 옮기는 그 사람은 분명히 『겸손한 대 승리자』 였다. 그러나 그 인간이 못나면 그 대상이 하나님이라 할지라도 전혀 배울 생각을 하지 않는 다면 단 한번 일지라도 결국은 실패로 인하여 쓰러지고 만다. 는 교훈이다. 때로는, 인생을 살아가는 데는 실패도 『성공의 원리』 가 되기도 한다.

┃11 위를 바라보는 존재다

희랍어로 인간을 "안드로포스 (ανδροπος)"라고 하는데 그 뜻은 「위를 바라보는 존재」라는 말이다.

세계 2차 대전 시 유대인 한 랍비가 아들과 함께 집단 수용소에서 지냈다. 1944년의 추운 겨울 어느 날, 아버지가 아들을 데리고 수용소 건물 한 구석으로 갔다. 아버지는 어렵게 구한 버터 한 조각을 진흙으로 만든 주발에 넣고 거기에 심지를 꽂은 뒤 불을 붙였다. 촛불을 구할 수 없어 버터 불을 켠 것이다. 아버지가 아들에게 말했다.

「사람은 밥을 먹지 않아도 3주간을 살 수 있다. 물을 마시지 않고도 3일을 버틸 수 있다. 그러나 희망이 없으면 단 하루도 살 수 없단다. 어둠을 밝히는 이 불이 곧 희망이다. 우리는 살아계신 여호와에 대한 희망을 가져야 한다」. 아들이 고개를 끄덕였다. 희랍어로 사람을 "안드로 포스 (ανδροποσ)" 라고 하는데 그 뜻은 「위를 바라보는 존재」라는 말이다. 인간이 인간됨은 언제나 희망을 가지고 '위" 라 는 "하늘" 을 바라보며 내일을 살기 때문이다. 모든 동물들은 땅을 보며 살지만 동물과에 속한 인간만이 하늘을 바라보며, 심지어는 잠을 잘 때도 하늘을 바라보면 잠을 잔다. 반대로 절망은 죽음에 이르는 병이다. 결국은 희망이 있어야 내일의 길을 걸을 수가 있다.

1. 희망은 절망을 딛고 일어선다.

미국 사상 유일한 4선 대통령인 프랭클린 루스벨트가 갑자기 폴리오 (소아마비)에 걸려 하체를 쓰지 못하게 된 것은 1921년 여행 중의 일로 당시 40세 였다. 1920년의 미국선거에서 민주당 부통령 후보로 지명되었다가 패배의 쓰라림이 채 가시지도 않은 때로 정계 복귀를 노리고 있었는데 절망적인 꼴을 당하고 만 것이다. 장애인(병신)이 된 사실이 신문에 보도되거나 그 때문에 동정받기 싫은 그는 사람들에게 보이지 않게 모터보트와 기차편을 이용, 뉴욕의 프레스페리 안병원에 입원을 했다.

그리고 지팡이에 의지하여 겨우 발을 뗄 수 있게 된 것은 입원한지 3년 후의 일이었다. 그 동안 그는 그를 보다 많이 사랑하는 사람일수록 그의 정치 야망과 육체 결손과는 양립할 수 없다고 권고했다. 그렇게 갈등을 겪고 있을 때 루즈벨트의 아내 엘레나는 보지도 듣지도 말하지도 못하는 헬렌 켈러의 수필 한 편을 읽어보도록 보내 왔다. 그 글에서 헬렌 켈러는 만약 사흘 동안만 시한적으로 시력이 주어진다면 어떻게 그 시력을 쓰겠는가고 자문하고 내일이면 시력이 없어질지 모른다는 생각으로 그대들은 눈을 유효하게 쓸 것을 권유하고 있다. 는 그 책의 내용 중에서 루즈벨트는 용기를 얻은 것이다.

2. 장애는 고통을 딛고 일어선다.

육체의 결손에 급급하지 말고 결손되지 않은 잔여 육체를 최대로 활용한다는 생각과 사고의 전환과 도마뱀의 꼬리가 짤리어도 또 다시 돋아나듯이 육체의 결손이 생기면 헬렌 켈러처럼 탁월한 다른 능력으로 보상됐듯이 지체 결손은 자신의 정치역량을 조장시키는 신의 은총과 배려로 감사하기에 이른 것이다.

이를테면 헬렌 켈러는 아직 잎이 돋아나지도 않았는데 가지의 냄새를 맡고 무슨 나무인가를 알아맞히고 거리를 걷다가 골목을 돌면 교회가 나온다는 것을 후각으로 알아맞혔는데, 그것이 가톨릭교회인지 프로테스탄트 교회인지까지 식별할 정도였다.

세계의 고전 [좌전]은 좌구명이 장님이 아니었던들 탄생되지 않았을 것이요 [사기]는 사마천이 거세당하지 않았던들 탄생되지 않았을 것이라는 것은 역사의 상식이다. 한비자에게 그토록 냉철한 인간 관찰을 가능하게 했던 것도, 서머셋 몸이 그토록 흉금을 울리는 문장을 쓸 수 있었던 것도 그들이 벙어리에 가까운 극심한 말더듬이었기 때문이다.

그러하듯이 루스벨트가 미국의 대 불황을 극복하고 뉴딜 정책 등 개혁을 추진하며 2차 대전을 승리로 이끈 의지와 통치능력은 휠체어를 타야 했던 것과 밀접한 함수관계가 있는 것이다. 장애자 복지향상을 위해 제정된 국제장애자상을 루즈벨트가 수상을 하게 된 것은 복지를 잘 했다고 준 것이 아니라 루스벨트로 구현된 정신력의 장애자에게 준 것이다.

3. 하나님은 침묵을 하시나 나는 믿는다.

세계 제2차 대전 때 영국과 미국의 포로 20,000명이 수용되었던 일본군 포로수용소에서 무려 8,000명의 포로가 죽었는데 그 사인이 영양실조나, 질병이나, 과로가 아니라 오히려 〈절망〉때문이었다는 기록을 보았다. 또한 나치독일의 포로수용소에 600만명의 유태인들이 학살되었을 때, 그들이 수감되었던 지하 감옥 벽에 손톱으로 그린 [다윗의 별]이 발견 된 사실이 있었다. 그 그림 밑에는 아래와 같은 글이 새겨져 있었다.

비록 태양이 우리에게 비쳐오지 않지만, 저기 태양이 있는 것을 믿노라. 비록 사랑이 내게 느껴지지 않지만, 저기 진실된 사랑이 있는 것을 나는 믿노라. 비록 하나님이 침묵 가운데 계시지만, 나는 하나님이 살아 계심을 믿노라. 죽음의 나치스 포로수용소에서의 유대인들은 다윗의 별을 가슴에 달고 하나님은 침묵을 하시나 나는 믿는다 이는 인간은 언제나 위(하늘)를 바라보는 존재로의 희망을 먹고 살았기 때문이다

비행기는 이륙을 할때 바람의 힘을 뒤에서 받지 않고 바람의 역풍을 타고 뜬다. - 헨리포드

Chapter 4.

너랑 나랑 「행복」을 함께 나누자.

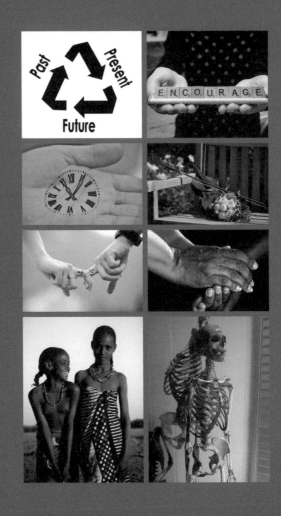

너랑 나랑 「행복」을 함께 나누자.

Chapter 4

01 시간을 어떻게? / 221

02 인생의 세월의 속도 / 226

03 시간이 곧 기회다. / 231

04 생사(生死)의 온도 / 235

05 이젠, 격려의 말 한마디를... / 239

06 웃자, 웃자, 함께 웃어 보자! / 243

07 길을 바꾸렵니까? / 248

08 인간은 행복을 누려야 하는 영적 존재들 / 251

09 1도 차이 1점 차이 그리고 마지막 하나가... / 258

┃01 시간을 어떻게?

시간은 카이로스(Kairos)의 시간과 크로노스(Kronos)의 시간이 있다. 카이로스의 시간은 "기회, 시각"을 뜻하는 말로서, 또는 특별한 시간을 의미하는 그리스어로, 기회의 신을 뜻한다. 즉 나에게 아주 특별 한 시간을 의미하는 것이다.

이 땅에 인류가 시작이 되면서 우리들이 현재 당연하게 생각하는 시간과 날짜, 계절의 개념. 이런 편리한 법칙들이 어느 날 갑자기 하늘에서 뚝 떨어진 것은 아니다. 물론 성경 창세기에서는 하나님이 세상을 창조

하시면서 일곱 날 동안 세상을 창조 하셨지만, 그후, 고대의 인간들은 해가 뜨고 지는 것을 수십 수백 번 보고 겪으며 하루(日)의 개념을 구상 해내면서, 봄, 여름, 가을, 겨울로 이어지는 계절의 변화를 통하여 한 해의 1년의 년 수를 알기까지는 수십 수백 수천 년을 실제 거쳤다.

1. 시간은 흐르지만 계산된다..

인류의 원시 시대의 산과 들에서의 불확실한 수렵생활에서 안정적인 농경생활로 넘어갈 수 있었던 데는 다른 무엇보다도 시간 개념의 시(時) 일(日) 월(月) 년(年)의 '패턴의 발견'이 인류생활에 큰 기여를 했다. 특히 피부로 계절의 변화를 측정하는 원시적인 시대에서의 방법에서부터 주기적으로 모습이 변하는 달, 그리고 지구의 자전과 공전을 통한 별들의 천문학 관찰을 통해 사람들은 달을 기반으로 한 태음력 체계를 만들어냈다. 고대 문명에서는 1년을 360일로 계산했다.

율리우스 카이사르는 폼페이우스를 쫓아내고 이집트 정벌을 나갔다가 운명의 여인 클레오파트라7세를 만나 사랑을 하게 되고 또한 이집트 나일강의 범람이 심해서 농사를 망치는 것을 보고 나일강의 범람을 예측해서 농사를 지어야 하는 이집트의 특성상 달력의 정확성이 곧 농사의 흥망성쇠를 좌우를 한다는 것을 알고. 이집트 원정에서 이집트식 달력을 알게 된 율리우스 카이사르는 로마로 귀환을 하자마자 달력 개혁에 나서게 된다. 율리우스 카이사르를 통해 만들어진 새로운 달력은 그의 이름을 따 '율리우스력'이라 불리게 되고 상당한 정밀성을 가지고 있기에 율리우스력은 이후 1천 년이 넘게 사용되었다.

율리우스력은 1천 년이 넘어가면서 10일의 시간 오차 문제점을 드러내자 당시 기독교가 지배하던 중세 로마사회에서 가장 중요한 기념일인 부활절 기념일조차 열흘이나 오차를 가지게 된다는 것은 너무나도 불경스러운 일이라 하여 이때까지만 하여도 시간의 연도 표기는 로마 황제의 연호를 따서 표기되었다.

2. 시간의 기준을 사람이 만들다.

성경 창세기 1장1절에 태초의 단어는,,,히브리어로 「베네쉬트」 시간의 기원, 출발을 의미한다. 요한복음 1장1절 태초에...희랍어로 「아르케」 시간적 차원의 만물의 시초를 말한다. 창세기 1장5절에 하나님은 빛을 낮이라 어두움을 밤이라 부르시니라 저녁이 되고 아침이 되니 이는 첫째 날이니라. 이렇게 하나님의 창조 시 세상의 시간이 만들어졌다. 그 후 역사의 세월은 많은 흘러서, 525년도에 황제는 신학·수학·천문학에 아주 뛰어나며 당대 최고의 연대사가(年代史家)인 디오니시우스 엑시구스에(Dionysius Exiguus)게 그레고리우스 13세 교황이 명을 내려 저술한 〈부활제의 서(書)〉에서 비롯하여 연대(年代) 표시의 기준이 "예수 탄생 전"(before Christ)과 A.D. 그리고 "우리 주님의 해"(Anno Domini)로. 사용하게 되었으며, 9세기 샤를마뉴대제 시대에 일반화하여 오늘에 이르렀다. 지금 우리들이 쓰고 있는 시간의 달력은 이런 인고의 과정을 거쳐 만들어진 그레고리력 이다.

또한 이 용어는 특정 종교에 기반을 한 연대 표기라 하여 B.C.E.("기원전" (before the common era))와 C.E.("서기"(common era))를 일부 영어권 학교들은 지금도 사용을 별도로 하고 있다. 현재 대한민국은 1948년 정부수립 후 단군기원(檀君紀元)을 사용하도록 하였으나 1962년 1월 1일을 기해서 서력기원으로 고쳐 쓰고 있다.

3. 나는 카이로스(Kairos)의 시간을 쓴다.

희랍 어원에 의하면 시간은 카이로스(Kairos)의 시간과 크로노스(Kronos)의 시간이 있다.

카이로스의 시간은 "기회, 시각" 을 뜻하는 말로서, 또는 특별한 시간을 의미하는 그리스어로, 기회의 신을 뜻한다. 즉 나에게 아주 특별한 시간을 의미하는 것이다. 기회의 신인 카이로스의 모습은 앞쪽 머리카락은 길지만, 뒤쪽 머리카락은 없는 남성 신으로 묘사한 것으로, 기회는 재빨리 앞에 왔을 때 내가 잡지 않으면 놓치고 마는 기회의 성격을 신화에 투영화한 것이다. 준비된 사람만이 기회가 왔을 때에 언제든지 기회를 내가 잡을 수가 있다 는 것이다. 무디어진 철연장은 미리 갈아 놔야지 일터에서 날을 가는 것이 아니다. 라는 말이다.

기회의 신 카이로스의 뒷 모습

이는 그 일이 힘들고 어렵지만 내 인생의 얼마만큼의 축복의 시간이 었느냐 는 것이다. 아니면 타인의 영혼을 위하여 보람과 가치를 심어주는 의미가 있는 시간이었느냐 는 것이다.

　크로노스(Kronos)의 시간은 과거의 시간으로 부터 미래로, 일정 속도, 일정 방향으로 기계적으로 흐르는 연속한 시간을 표현을 하는 초(秒) 분(分) 시(時) 일(日) 월(月) 년(年) 의 시간 으로서, 내 자아가 주관이 아닌 가치와 의미 없이 흘러 보내는 시간을 말 한다. 그래서 지금도 히브리 사람들은 그 사람을 판단하거나 이해하려면 그 사람과의 함께 시간을 보내 보면서 그 사람이 시간을 과거, 현재, 미래의 시간을 어떻게 사용을 하는가? 를 보면서 사람을 판단을 한다.

미래를 예측하는 최선의 방법은 미래를 창조하는 것이다. −알렌케이

I 02 인생의 세월의 속도

　역사문헌에 따르면 청동기 시대에는 평균연령 18년을 살았고 중세에
와서는 31세로 증가했고 18세기에는 37세를 살게 되었고 1900년도에는
그 수명이 50세 였고 2000 년대에는 70-80세, 요즘은 상수(上壽) 즉 100
세 시대이다.

　지구의 자전과 공전을 통한 별들의 천문학 관찰을 통해 사람들은 달
을 기반으로 한 태음력 체계를 만들어냈다. 고대 문명에서는 1년을 360
일로 계산했다. 로마의 율리우스황제가 카이사르를 통해 만들어진 달력
은 그의 이름을 따 '율리우스력' 이라 불리게 약1천 년이 넘게 사용되어
오다가 당시 로마 황제는 525년도에, 신학, 수학, 천문학에 아주 뛰어
나며 당대 최고의 연대사가(年代史家)인 디오니시우스 엑시구스에게 그
레고리우스 13세 교황이 명을 내려 저술한 부활제의 서(書)에서 비롯하
여 연대(年代) 표시의 기준이 "B.C(before Chris"예수 탄생 전)와 A.D.
(Anno Domini "우리 주님의 해)" 로. 사용하게 되었으며, 9세기 샤를
마뉴대제 시대에 일반화하여 오늘 날까지 시간의 달력은 이런 인고의 과
정을 거처 만들어진 그레고리력 이다. 시간 개념의 시(時) 일(日) 월(月)

년(年)의 '패턴의 발견'이 당시 인류생활에 농사와 생활패턴에 큰 기여를 했다 그리고 우리는 그 시간 속에서 지금 내 인생의 시간의 속도를 타고 살아가고 있다.

1. 인생의 세월의 속도는 그 나이의 반비례되어 흐른다.

10세의 어린이는 그의 인생의 세월의 속도는 10km의 속도로 달린다 그래서 인생의 나이와 세월의 그 속도는 나이와 반비례가 된다 예를 들어 30세의 젊은이는 그 달리는 인생의 속도는 30km로 달리고 50세의 장년은 그 세월의 속도는 50km로 달린다. 그러나 80세가 되면 자동차 전용도로 80km로 달리는 그 속도는 빠르게 세월이 흐른다. 자동차 전용도로의 속도의 그 가속성은 도로 옆 가로수가 순식간의 지나가는 가속성이다. 그 나이만큼의 속도의 가속성이 붙기 때문에 노인들은 자고 나서 눈을 껌벅껌벅 몇 번하고 나니 나이 한 살 더 먹었다. 고 들 한다 그 흐르는 세월이 마치 유수와 베틀째와 같다는 것이다.

우리는 사람의 출생과 그 죽음의 한 과정이 인생의 한 삶의 생애라고 한다. 아침저녁으로 출퇴근하는 내 승용차의 속도는 내 마음대로 그 주행 속도를 높이고 낮추고 조정을 하지만 인생의 노화의 가소성은 내 의지와 상관없이 시간의 속도가 자연의 세계의 맞추어 내 몸은 늙어 오감 즉 청력, 시력, 후각, 촉각, 미각과 기동력이 쇄하여 점점 잃어간다

2. 세월의 속도에도 인생 안전이 제일이다.

인생 운전의 제일 법칙은 안전이다. 인생의 안전이라 함은 즉 건강이다. 도로나 속도가 감당치 못하는 것을 사고라고 한다. 대부분의 사고는 7-80%가 과속에서 발생을 한다. 속도 제한이 없는 독일의 자동차 전용

도로인 12,000km의 라이히스 아우토반 고속도로는 고속 운전자들의 최후의 피난처로 불리기로 세계적으로도 유명한 고속도로이다. 그 속도의 제한이 없는 도로는 매우 위험하다.

그래서 2009년 7월 20일, 속도 무제한으로 유명한 독일의 아우토반에서 260중 연쇄 추돌사고 사건으로 독일 언론들의 '역사상 최악의 세기 교통사고'라고 전해지고 있다. 자동차 260대가 연쇄 충돌을 했으니 말이다. 사고의 원인은 과 속도였다. 스릴과 속도에는 절제와 인내가 해답 이다. 사람의 인체도 이와 같은 일례는 마찬가지다. 즉 세월의 속도 속에서 살아가는 인생은 건강이 제일의 안전이다. 인생의 안전을 위해서는 절제와 인내가 반드시 필수이다. 절제와 인내는 반복되는 자기의 훈련으로 갖추어 진다.

3. 인생에는 건강 속도가 제일 이다.

사람은 나이가 들어 늙어 갈수록 일명 쓰리고라고 하는 노인 만성 질환인 고협압, 고혈당, 고지혈증, 등이 노인 3명 중 1명이 이에 해당이 된다.

① 비만은 혈압과 당뇨의 어머니이자 죽음의 아버지다.
모든 음식은 그 나름대로의 소중한 영양소들이 들어 있다. 6.25 전후 세대는 생존을 위하여 굶주린 배를 채우려고 뭐든지 먹었고 1960년대에 태어나 1980년대 대학에 다니면서 학생운동과 민주화 투쟁을 주도 했던 386세대는 투쟁을 위하여 튼튼한 몸을 만들기 위해 먹었다. 세태는 그동안 아주 많이 진화가 되어 여성들은 아름다운 몸매, 남성은 근육질 체형, 건강장수를 위하여 골라 먹는 음식 사회가 되었다. 특히, 음식문화는 이

러한 것에 잘 반영한다. 예를 들어, 현미밥이 좋다고 어떤 텔레비전 방송에 유명인이 나오면 그 다음날부터 현미밥 열풍이 일은 적이 있다. 이런 특정 음식을 찾는 것보다는 자신의 체질의 맞는 음식을 골고루 균형 잡힌 식단의 식사를 하는 것이 건강과 비만예방에 더 도움이 된다는 것은 아주 기본적인 상식이다.

사람이 자신의 입맛에 맞는 음식만 골라 먹으면 과도한 칼로리를 섭취하므로 오히려 비만의 더욱 나쁠 수 있다. 적당량의 칼로리를 섭취해야 한다. 어떤 특정 음식만을 고집할 경우에는 섭취 에너지와 소비에너지의 균형을 무너지고, 식욕조절에 악영향을 미쳐 비만을 악화시키고, 심지어는 건강에 해가 된다. 입맛에 좋다는 음식을 우선적으로 찾는 것보다는 어떻게 내가 균형 잡히고 건강한 식사를 할 것인가를 고민하고 실천하는 것이 건강의 지름길이다.

② 흡연과 음주

흡연자는 흡연을 통하여 심혈관계 질환과 암 등 현대인에게 치명적인 질병의 위험을 높이기 때문에 건강하게 살려고 하면 반드시 금연을 해야 한다.

폐(肺)는 우리 몸에서 신진 대사를 위한 산소를 받아들이고 대사 결과 발생한 이산화탄소를 배출해 내는 장기로 폐가 제 기능을 하지 못할 경우 숨이 찬 증상이 발생하기 때문에 흡연자에서의 폐암 발생률은 비흡연자에 비해 흡연 량에 비례하여 15~60배 정도가 높으며 담배 연기 속에는 약 3천 800여종의 유해물질이 존재하는데 여기에는 벤조피렌이나 비소 같은 발암 물질 이외에 니켈, 나프탈렌, 니코틴 등이 포함되어 있다. 이중 니코틴은 담배 중독을 일으키는 주요 물질이다.

또한 음주는 비만의 위험을 높인다. 알코올은 체내에 들어와서 지방으로 바뀌진 않는다. 일부가 간에서 지방으로 바뀌어 축적이 되긴 하지만 소량일 뿐이다. 알코올이 비만을 일으키는 기전은 지방이 풍부한 음식에 대한 식욕을 자극하고 체내에서 지방의 분해를 방해하기 때문이다. 흡연은 혈관질환의 유해 원인자이며 음주는 비만을 조장하기 때문에 비만의 예방과 조절을 위해 나이가 들어 갈수록 인생의 세월의 속도 속에서 안전한 건강을 위하여 절제와 인내의 습관이 누구에게나 절대로 필요하다.

자동차운전은 운전에 따라, 앞으로 가고 뒤로 가고 서기도 하며 때로는 회전을 하기도 한다 그러나 인생의 운전은 세월을 쫓아서 앞으로만 직진뿐이다 내 자신의 의사와 상관없이 세월의 흐름의 쫓아 나 자신은 세월 앞으로 지금도 나의 신체는 나 자신도 모르게 늙어 가고 있다.

역사문헌에 따르면 청동기 시대에는 평균연령 18년을 살았고 중세에 와서는 31세로 증가했고 18세기에는 37세를 살게 되었고 1900년도에는 그 수명이 50세 였고 2000 년대에는 70-80세, 요즘은 상수(上壽) 즉 100세 시대이다. 신체가 늙고 나이를 먹는 것은 막을 수 가 없지만 노화와 세월의 속도는 얼마든지 늦출 수는 있다. 그 것이 「음식, 운동, 긍정적 생각, 희망은 건강의 4대 본질이다.」 이라고 미셸푸고가 말을 했다. 그러므로 그 다음의 자신의 절제와 인내 그리고 자기 자신의 관리이다.

┃03 시간이 곧 기회다.

시간이 곧 기회이다. 그러나 항상 있는것은 아니다.

어떤 농부가 어느 날 아침 일찍 일어나 창문을 활짝 열어보고는 너무나 깜짝 놀랐다. 왜냐하면 담장 가득 메운 나팔꽃들이 화려하게 피어나 있었기 때문이다. 전에 보지 못했던 황홀한 꽃을 바라보면서 혼자 중얼거렸다. "밖으로 나가 나팔꽃들을 바라보면서 하루를 즐겼으면 좋으련만 오늘은 밀밭을 갈아 놓아야 하니 빨리 밭을 갈고 돌아와 저 꽃을 즐기리라"

그가 저녁 늦게 밭에서 돌아와 보니 꽃은 시들어 낙화되고 없어져 있었다. 다음 날 아침 농부는 창문 밖 나뭇가지에서 귀여운 새들이 아름다운 소리로 지저귀는 것을 보고는 다음과 같이 마음속으로 생각했다. "빨리 젖소들의 우유를 짜 놓고 저 아름다운 새 소리를 즐기리라" 농부가 일을 마치고 돌아와 보니 새들은 다른 곳으로 날아가 버리고 없었다.

1. 시간이 기회이지만 항상 있는 것은 아니다.

또 다음 날 아침 농부는 집 밖에서 말발굽 소리를 듣고 일어나 문을 열고 보니 지금까지 보지 못하던 백마 한 마리가 늘씬한 몸매를 자

랑하면서 농부를 향하여 이리 뛰고 저리 뛰며 마치 농부에게 어서 빨리 와서 승마를 즐기라고 손짓하는 듯 했다. 농부는 오늘은 빨리 나가 동편에 있는 울타리를 수리해 놓고 "저 훌륭한 백마를 타며 즐겨보자" 하고는 급히 일하러 나갔다. 일을 마치고 황급히 돌아와 보니 그 아름다운 백마는 어디론가 가버리고 없었다. 농부는 이렇게 매일 아침마다 신기한 일들을 즐기기 위해 다른 일들을 멈추고 시간을 내지 않았기 때문에 한 번도 실천하여 즐겨보지 못한 채, 어느 날 한 생을 마치고 말았다. 일에 쫓기며 취하여 살다가 할 일을 등한히 한 결과 결국은 크게 진작할껄! 하며 나이가 들은후 사람들은 꼭 후회를 한다..

2. 기회는 지나가면 다시는 붙잡을 수가 없다.

올림포스 신전에는 시간의 신 크로노스(Chronos)의 신상이 있었다. 이 신상은 벌거숭이 젊은이가 달리는 모습을 하고 있는데 발에는 날개가 달려있고 오른손에는 날카로운 칼이 들려있으며 이마에는 곱슬곱슬한 머리카락이 늘어뜨려져 있지만 뒷머리와 목덜미는 민숭민숭한 모습이었다. 이 신상을 본시인 포세이디프(Poseidipp)는 이렇게 노래를 했다.

시간은 쉼 없이 달려야 하니 발에 날개가 있고 시간은 창끝보다 날카

롭기에 오른손에 칼을 잡았고 시간은 만나는 사람이 잡을 수 있도록 앞이마에 머리칼이 있으나 시간은 지난 후에는 누구도 잡을 수 없도록 뒷머리가 없다. 그래서 시간은 곧 기회이다.

한 번 놓친 기회는 다시는 그 앞이마를 우리에게 보여주지 않는다. 시간과 기회의 이야기를 하면서 두 사람이 길을 가고 있었다. 한 사람이 물었다. "아주 아름다운 모습을 하고 있군요. 이름이 무엇입니까?" "내 이름은 '기회'입니다." "누가 그렇게 아름답게 만들었나요?" "리시푸스라는 고대 그리스 조각가가 만들었답니다." "그런데 왜 그렇게 빨리 갑니까?" "저는 빨리 지나쳐버리지요." "앞머리는 왜 그렇게 길지요?"

"내가 '기회'임을 사람들이 알아보지 못하게 하기 위해서죠." "그런데 뒷머리는 왜 그렇게 말끔히 벗겨졌나요?" "내가 한 번 지나가면 다시 붙잡을 수 없다는 것을 보여주기 위해서죠." '기회'는 누구에게나 있다. 지금 당신 옆으로 기회가 지나가고 있다. 기회를 놓치느냐? 잡느냐? 결국은 주어진 기회를 놓치고 나면 후회만 남는다

3. 지금도 당신 곁으로 기회가 지나가고 있다.

어떤 배가 폭풍을 만나 항로를 이탈하여 높은 파도와 싸우다가 겨우 어떤 무인도에 도착하였다. 배는 제 기능을 할 수 없게 된 뒤여서 할 수 없이 승객들은 이 섬에 정착하게 되었다. 다행히 무인도에서 몇 달 동안 살 수 있는 식량이 남아 있었다. 게다가 그 땅은 비옥해서 씨앗을 심기만 하면 몇 달 후에는 풍성한 식량을 추수할 수 있었다.

그들은 씨앗을 심기 위해 땅을 파기 시작을 했다. 그런데 놀라운 일이 생겼다. 그 땅에 황금 덩어리가 묻혀 있는 것을 발견한 것이다. 사람들은 흥분하기 시작했고, 다른 곳에도 황금이 있는가 하면서 황금을 찾기의 흥미에 시간이 가는 줄 모르고 동분서주했다. 몇 달 후에 황금은 산

더미처럼 쌓였다. 그런데 그
즈음 그들의 식량은 거의 바
닥을 드러내고 말았다. 그때
서야 사람들은 밭에 나가 땅
을 일구어 씨를 뿌렸지만 이
미 때가 늦었다.

파종할 시기를 놓쳐버린
것이다. 그들은 산더미처럼 쌓인 황금을 바라보며 굶어 죽고 말았다. 사
람들은 천국에 그다지 관심이 없다. 이 세상에서 좋은 집을 사서 이사 갈
준비는 잘 하면서도 인생의 마지막 이사지인 내세의 사후에 대한 준비는
하지 않는다. 사후의 생활을 위한 준비는 종교생활이다. 노후의 종교생
활은 반드시 필요하다. 그러나 사람들은 이생만을 위해 산다. 인간의 사
후의 세계인 천국이나 지옥을 아무리 부인해도 창조주이신 하나님께서
준비하신 지옥을 피할 수 없는 것이 우리 인생이다.

┃04 생사(生死)와 고통의 온도

　물맛은 섭씨 13도 일 때가 가장 맛있다고 한다. 깊은 우물의 물이 시원하고 맛있게 느껴지는 이유 역시 그 온도가 13도에서 15도 사이이기 때문이다.

　음식에는 종류에 따라 각자 맛있게 느껴지는 온도라는 것이 있다. 예를 들면 물맛은 섭씨 13도 일 때가 가장 맛이 있다. 깊은 우물의 물이 시원하고 맛있게 느껴지는 이유 역시 그 온도가 13도에서 15도 사이이기 때문이다.

　물이 가장 맛이 없는 온도는 35도에서 40도 사이다. 사람의 체온(37도)을 중심으로 하는 온도일 때 가장 맛이 없다는 것이다. 또 커피의 온도는 63도에서 64도가 될 때 가장 맛이 있다고 한다. 그러면 인간이 가장 삶의 희망을 가지고 살 수 있는 온도는 몇도 일까요?

1. 고난은 인생의 온도를 높여 준다.

　풍성한 물질과 좋은 환경은 좋은 온도일까? 아니다. 인간이 희망을 가지고 살 수 있는 가장 좋은 때는 "고난"을 받을 때이다. 고난 때문에 삶을 자신 스스로 절규할 때에 인간은 삶에 대한 절대적 희망을 찾는다.

너무 평안하면 잘 살 수 있을 것 같은데 그렇지 않다. 오히려 너무 평안하면 사는 것이 아니라 스스로 죽는다 는 것이다. 그래서 우리 주위에는 그렇게 고생하면서 살던 사람이 좀 살만하면 죽는 것을 볼수 있다. 대서양 연안에서 잡은 고기를 대륙으로 옮길 때에 건강하고 신선도가 아주 좋은 고기로 옮길 때에 수조차를 좋은 환경을 만들어주고 고급스러운 배를 만들고 먹을 것을 넉넉히 주고 그러는 것이 아니라? 고기들이 있는 곳에 메기를 같이 넣어준다. 그러면 이 메기란 놈은 다른 고기를 잡아먹는 습성이 있다. 그러니 다른 고기들은 잡혀 먹히지 않을려고 이리피하고 저리 도망을 다니고 긴장의 연속가운데 편한 시간이 없는 것이다. 그렇습니다. 그 고기를 살리는 방법은 좋은 환경도 풍성한 먹거리도 아닌 바로 "고난" 그 자체인 것이다. 고난은 인간이 희망을 가지고 살 수 있는 가장 적절한 온도이다. 절망이나 고난은 삶의 유일한 희망 온도이다.

2. 절망 속에서 희망은 인생의 온도를 높이는 장작불이다.

베토벤(Ludwig van Beethoven, 1770~1827)의 집안은 할아버지 그리고 그의 아버지 요한 모두 음악가 집안이 였고 그의 아버지는 제2의 베토벤을 만들기 위하여 17세 때에 음악의 중심지인 빈으로 간다. 22세 때에 그가 빈에서 작곡가라기보다는 먼저 베토벤은 궁정 오르간 연주자를 거쳐 피아니스트로 데뷔하며 뛰어난 실력으로 그의 이름을 얻기 시작한다.1번 교향곡과 6곡의 현악 4중주곡들을 발표해 큰 성공을 거두며 성공의 길을 달리 시작을 한다. 그러나 그에게는 너무나 많은 역경과 고난이 겹쳐 들었다. 생활은 곤란했고 사랑은 실패했으며 음악가로서는 치명적인 귀병을 앓고 있었다. 1814년 이래 그는 완전한 귀머거리가 된다

유서를 쓸 정도로 힘들어 하던 베토벤을 다시 일으켜 세운 것은 음악에 대한 열정이었어요. 음악적 재능을 충분히 발휘하기 전에는 죽을 수 없다고 결심한 베토벤은 이후 걸작들을 쏟아 내기 시작한다. 3번 교향곡 '영웅'을 비롯해서 5번 교향곡 '운명', 6번 교향곡 '전원'과 피아노 협주곡 제5번 '황제' 등 다양한 작품을 발표한다. 9번 교향곡 '합창'의 초연 당시 베토벤은 귀가 완전히 멀어 청중들의 우레와 같은 박수 소리를 듣지 못했고, 알토 가수 웅거가 그를 부축해 돌려세움으로써 청중들의 엄청난 환호를 보며 눈물을 흘렸다. 멜로디를 만들어내는 작곡가가 귀먹어리가 되어도 베토벤은 "나는 음악가다. 들리지 않아도 충분히 음악 활동을 할 수 있어!" 베토벤은 다시 꿈을 가졌다. 병과 싸우면서도 용기를 잃지 않고 음악 활동을 열심히 했다. 결국 불멸의 멜로디의 성인이 되었다. 절망 속에서 희망은 그의 인생의 온도를 높이는 장작불이 되었다.

3.생(生)과 사(死)의 온도는 희망이다.

두 부자가 불덩이 같은 태양이 작열하는 사막을 여행하고 있었다. 아들은 너무 고통스러워 여행을 포기하고 싶었다. 그러나 아버지는 지친 아들을 위로 하며 여행을 계속했다. 얼마 아니 가서 눈앞에 펼쳐진 것은 무덤 뿐 이었다. 아들은 생각을 하기를... 「이제 야 올 것이 왔군. 저 사람들도 우리처럼 지쳐서 죽었을 거야」 곧 나도 죽을 거야, 아들은 너무나 절망적이 였다 아들은 아버지에게 "아버지" 우리도 죽어서 저 무덤들처럼 무덤 속에 묻히는 것이 아니야? 아버지는 아들에게 애야! 「무덤이 여기에 있다는 것은 멀지 않은 곳에 마을이 있다는 희망의 징표란다」 과연 조금 더 가니 쉬어갈 마을이 나타났다. 그렇다 사람들은 동일한 환경을 놓고도 「희망」 과 「절망」 사이를 오간다. 그래서 어떠한 생각을 갖느냐가 매우 중요하다. 그래서 절망에서 희망을 생각을 하면 희망의 사람이 된다. 희망의 사람이 되어야 희망이 보이며 희망의 문은 결국 희망을 갖은 사람이 그 문을 연다. 결국은 행복은 희망을 먹고 자란다.

밟아 다져진 길이 가장 안전하다. 그리고 가본 길은 더욱 안전하다

┃**05** 이젠, 격려의 말 한마디를...

사랑은 끊임없는 격려이다. "넌 잘 될 거야.""걱정하지 마.""너라면 잘 할 수 있을 거야." 내가 가장 힘들었을 때 그대가 나에게 해 준 격려의 말 한마디가 지금은 큰 용기와 힘이 되어...

세계적인 소프라노 가수의 귀국 독창회가 열리는 날이었다. 수많은 청중들이 그의 노래를 듣고자 공연장으로 몰려들었다. 공연 시작 직전, 사회자가 당황한 표정으로 무대 위에 올라와 비행기가 연착되는 바람에 가수가 좀 늦을 거 같다 며 그를 대신해 촉망 받는 신인가수 한 명을 소개 했다. 청중들은 크게 실망하며, 냉 담한 반응을 보였다. 그러나 그러한 분위기 속에서도 신인가수는 최선을 다해 노래를 불렀다. 노래가 끝 났지만, 누구 하나 박수치는 사람은 없었다. 그때, 청중들 사이에서 한 아이가 큰 소리로 외쳤다. "아빠! 정말 최고였어요!" 순간, 공연장 안

성악가 : 루치아노 바바로티

에는 따스한 미소가 번지기 시작했고, 청중들은 하나 둘 자리에서 일어서서 박수를 쳤다. 이 신인가수가 바로 지금의 세계적인 테너가수 '루치아노 파바로티'이다. 아들이 외친 격려의 한마디가 훗날 그를 세계적인 유명한 성악가로 만든 것이다.

1. 서로를 격려 해주자.

　　브루스　라슨은 「바람과　불꽃」이라는 책에서 격려의 위력을 참으로 훌륭하게 썼다. 그는 캐나다 두루미라는 새에 대해 이렇게 말했다."대륙을　가로지르는 머나먼 거리를 날아 여행하는 이 커다란 새에게는 세 가지 눈에 띄는 특성이 있다. 첫째, 한 마리가 항상 앞장서는 것이 아니라 서로 돌아가며 지도자 노릇을 한다는 점이다. 둘째, 그들은 난기류를 헤쳐 나갈 수 있는 역량 있는 지도자를 고른다는 점이다. 셋째, 한 마리가 앞장선 동안 나머지들은 그 지도자를 격려해 주기 위해 함께 울어댄다는 점이다."

　　여러분이 지금 세상을 향하여 울어대고 있다면, 그것은 지도자를 격려하기 위함입니까, 아니면 지도자를 더 어렵게 하기 위함입니까? 기왕이면 함께 더불어 사는 세상 서로 수용과 이해하면서 격려하는 사람이 되자.

2. 절망의 목적 『자살』은 거꾸로 하면 『살자』가 된다.

영화 슈퍼맨의 크리스토퍼 리브는 1995년 낙마 사고로 척추를 다쳐 전신마비 장애인이 되었다. 그는 산소 호흡기를 통해 숨을 쉬고, 튜브로 음식물을 겨우 섭취했다. 아들의 사고 소식을 듣고 중환자실로 찾아온 어머니에게 그는 말했다. "이제 제 인생에서 남은 것은 없습니다. 그러니 내 몸에 부착된 모든 의료장비를 제거해 주세요." 한참을 침묵하던 어머니는 아들의 말에 동의를 해 주었다. 그러나 아내 데이나가 단호하게 말을 했다. "당신은 아직도 제 남편입니다. 나는 지금 당신의 모습 그대로를 사랑해요."

크리스토퍼 리브는 아내의 말에 감동해 용기를 냈다. 그는 영화배우로서의 인생은 끝났지만 행복한 가장으로서의 삶은 남아있다고 믿었다. 칭찬은 고래도 춤추게 한다. 격려는 절망의 늪에 빠진 사람을 구해낸다. 지혜로운 아내의 격려 한 마디가 '자살'을 결심한 남편에게 '살자'는 용기를 심어주었다. 사랑은 관심이다. 사랑은 끊임없는 격려이다. "잘될 거야." "걱정하지 마." "너라면 잘할 수 있을 거야." 내가 가장 힘들었을 때 그대가 나에게 해 준 격려의 말 한마디가 큰 용기가 되어 지금의 나를 있게 해주었음을 그대, 알고 있는지요? 그때 그 말을 해준 당신이 없었다면 그 힘겨운 시간을 어떻게 보냈을까요.

3. 이젠, 돌아보며 격려하자.

동물학자 E.마레이즈는 아프리카 개미에 대하여 흥미 있는 실험을 했다. 그 개미집 둘레에다 둥그렇게 홈을 파 물을 대놓음으로써 개미집과 외부를 차단시켰다. 물론 개미집에는 개미가 들어있었고 그 일부는 먹이를 찾으러 밖에 나가기도 했다. 마레이즈는 그 차단한 홈의 한 군데에 가느다란 짚으로 외다리를 걸어 놓았다. 그리고서 관찰을 한 것이다. 집에 있던 개미는 밖에 나가기 위해 외다리를 건널 생각을 않고 예외 없이 되돌아가는 것을 볼수 있었다.

외다리라는 위험부담을 안고 밖에 나갈 필요를 느끼지 않은 것 같았다. 한데 먹이를 마련해 갖고 돌아온 밖의 개미들은 위험을 무릅쓰고 이 외나무다리를 건너서 집으로 찾아 들었던 것이다. 나가는 개미에게는 찾아볼 수 없던 용기와 모험을, 들어오는 개미는 서슴없는 용기를 볼 수가 있었던 것이다. 마레이즈는 이 실험 결과를 예시하고 동물이 집에 돌아오는 귀소본능과 먹거리가 집에 있어야 다른 가족들이 먹고 살 수 있다는 생존을 위하여 서로를 위하는 개미들의 배려와 용기, 사람들도 본을 받고 서로가 격려하여야 할 우리들의 문제이다.

"격려는 사랑이다. 사랑은 서로를 한 매듭으로 묶는다."

┃06 웃자, 웃자, 함께 웃어 보자!

5분간 웃을 때 5백만 원 상당의 엔도르핀이 몸에서 생산된다. 10분 동안 배꼽을 잡고 깔깔 웃으면 3분 동안 힘차게 노를 젓는 것과 같은 운동 효과가 있다.

1. 서로 서로 웃어 보자.

미국의 작가 호퍼(Edward Popper)는 미국의 대공황시대에 활동했는데 한 때 작품이 팔리지 않아 돈을 벌기 위해 매일 새벽 인력시장에 나갔다. 그러나 경기가 안 좋아 많은 사람들이 일을 구하러 나왔기에 일자리를 얻는 것은 바늘구멍에 들어가는 것보다 어려웠다. 아무리 일찍 나와도 사람들이 벌써 수 백 명이 기다리고 있었고, 생기는 일자리는 몇 개뿐이었다. 며칠간 허탕을 친 호퍼는 '사람을 뽑는 기준' 이 무엇인지 궁금했다. 그래서 계획을 세워 하루는 엄청 호들갑을 떨어보고, 하루는 화를 내보기도 하고, 하루는 슬픈 표정을 하고, 하루는 밤을 새고 맨 앞줄에서 기다려보기도 했다. 그러나 상황이 만만치 않았다. 그런데 활짝 웃기로 한 날 갑자기 사람을 구하는 한 남자가 호퍼를 보고 외쳤다.

"오늘, 페인트칠 할 사람 두 명 구해요. 그리고... 일단 저기 웃고 있는 사람!" 하며 소리를 지르며 호퍼를 지명 했다. 호퍼는 매일 웃는 표정으로 일자리를 거의 매일 구할 수 있었고 어려운 시기를 웃음의 지혜로 지혜롭게 극복하고 훗날 미국의 1960-1970년대 팝아트와 사실주의에 가장 큰 영향을 미친 대표적인 유명한 사실주의인 리얼리즘(Realism)화가 중 한 명이 되었다.

2. 웃다. 보면 건강해진다.

5분간 웃을 때 5백만 원 상당의 엔도르핀이 몸에서 생산된다. 10분 동안 배꼽을 잡고 깔깔 웃으면 3분 동안 힘차게 노를 젓는 것과 같은 운동효과가 있다. 웃음은 15개의 안면 근육을 동시에 수축시키고 몸속에 있는 650개의 근육 가운데 203개를 움직이는 최고의 뇌운동이다. 뇌는 우스운 소리만 들어도 10억조개의 신경세포들은 웃을 준비를  한다. 웃음의 실행단계는 뇌의 '웃음보'에서 그 일을 맡고 있다.

1988년 3월 미국 캘리포니아 대학의 이차크 프리트 박사는 고단위 단백질과 도파민으로 형성된 4cm^2 크기의 웃음보를 발견했다. 이것은 변연계와 전두엽 사이에 있는 뇌에서 웃음을 유발하며 좋은 호르몬 21가지가 방출되는 효과를 나타낸다. 그 웃음보를 자극하자 우습지 않은 상태인데도 웃음을 터트렸고, 또 웃음보가 뺨의 근육을 움직이며 즐거운 생각을 촉발해 웃음동기를 부여했다. 사람의 뇌의 변연계도 웃음에서 빼놓을 수 없는 부위다. 변연계에 속한 시상하부의 가운데 부분은 크고 조절할 수 없이 터져 나오게 웃음을 만드는 데 중요한 역할을 한다. 이 외에도 뇌의 여러 영역이 함께 작용하여 웃음을 만든다. 그래서 웃음은 뇌 곳곳에서 벌어지는 종합 작품이라고 할 수 있다.

사람들은 흔히 행복 기준의 하나를 '웃음'으로 꼽는다. 웃음을 연구한 학자들은 인간은 일생 동안 50만 번 이상 웃는다고 한다. 성인은 하루 평균 8번 이상 웃고, 어린이는 평균 400번쯤 웃는다. 성인이 되면서 웃음이 점점 사라지는 것이다. 웃음은 강한 전염성이 있다. 남이 웃으면 따라 웃고, 다른 사람의 웃음에 내 마음이 덩달아 즐거워지니, 웃음은 아름다운 얼굴을 만드는 최고의 화장품이라 할 수 있다.

3. 웃으면 삶의 미래의 길도 열린다.

'어린 왕자' 라는 아름다운 책을 쓴 안톤 드 생떽쥐베리(Antoine Marie-Roger de Saint-Exupery: 1900-1944)는 나치 독일에 대항해서 전투기 조종사로 전투에 참가했다가 목숨을 잃었다. 그는 체험을 바탕으로 한 "미소(Le Sourire)"라는 단편소설을 썼다. 그 소설에 다음과 같은 이야기가 있다. 전투 중에 적에게 포로가 되어서 감방에 갇혔다. 간수들의 경멸적인 시선과 거친 태도로 보아 다음 날 처형될 것이 분명하였다. 나는 극도로 신경이 곤두섰으며 고통을 참기 어려웠다. 나는 담배를 찾아 주머니를 뒤졌다. 다행히 한 개비를 발견했다. 손이 떨려서 그것을 겨우 입으로 가져갔다. 하지만 성냥이 없었다. 그들에게 모두 빼앗겨 버리었기 때문이다. 나는 창살 사이로 간수를 바라보았으나 나에게 곁눈질

도 주지 않았다. 이미 죽은 거
나 다름없는 나와 눈을 마주치
려고 할 사람이 어디 있을 것
인가?

나는 그를 불렀다 그리고 "
혹시 불이 있으면 좀 빌려 주
십시오" 하고 말했다. 그러나
간수는 나를 쳐다보고는 어깨를 으쓱 하고는 가까이 다가와 담뱃불을 붙
여 주려 하였다. 성냥을 켜는 사이 나와 그의 시선이 마주쳤다. 왜 그랬
는지 모르지만 무심코 그에게 무언의 미소를 지워보았다.

내가 미소를 짓는 그 순간, 우리 두 사람의 가슴속에 불꽃이 점화된
것이다! 나의 미소가 창살을 넘어가 그의 입술에도 미소를 머금게 했다.
그는 담배에 불을 붙여준 후에도 자리를 떠나지 않고 내 눈을 바라보면
서 미소를 지었다. 나 또한 그에게 미소를 지으면서 그가 단지 간수가 아
니라 하나의 살아 있는 인간임을 깨달았다. 그가 나를 바라보는 시선 속
에도 그러한 의미가 깃들어 있다은 것을 눈치 챌 수 있었다. 그가 나에게
물었다. "당신에게도 자식이 있소?" "그럼요. 있구 말구요." 나는 대답
하면서 얼른 지갑을 꺼내 나의 가족사진을 보여주었다.

그 사람 역시 자기 아이들의 사진을 꺼내 보여주면서 앞으로의 계획
과 자식들에 대한 희망 등을 얘기했다. 나는 눈물을 머금으며 다시는 가
족을 만나지 못하게 될 것과 내 자식들이 성장해가는 모습을 지켜보지
못하게 될 것이 두렵다고 말했다. 그의 눈에도 눈물이 어른거리기 시작
했다. 그는 갑자기 아무런 말도 없이 일어나 감옥 문을 열었다. 그러고는
조용히 나를 밖으로 끌어내었다. 말없이 함께 감옥을 빠져나와 뒷길로
해서 마을 밖에까지 그는 나를 안내해 주었다. 그리고는 한 마디 말도 남
기지 안은 채 뒤돌아서서 빙그래 웃으며 마을로 급히 가버렸다. 한 번의

무음의 미소가 그를 통하여 내 목숨을 구해준 것이었다. 웃으면 길도 열리고 죽음에서 살길도 열리고 모두가 다 함께 행복해지는 길도 열린다.

일소일소일로일로 (一笑一少 一怒一老) 한번 웃으면
한번 젊어지고, 한번 노하면 한번 늙는다.

|07 길을 바꾸렵니까?

길을 바꾸렵니까? 프레임(frame)을 바꾸시겠습니까?

서양 동화에 나오는 '핑크대왕 퍼시' 왕은 핑크색을 광적으로 좋아했다. 그래서 그는 자신이 입고 있는 옷부터 궁전의 모든 것을 핑크색으로 칠을 하게 했다. 하지만 여전히 만족스럽지는 못했다. 왜냐하면 궁전 밖으로 나가면 핑크색 아닌 것이 너무 많았기 때문이다.

그는 왕의 권력을 이용해서 백성들의 눈에 보이는 것마다 핑크색을 칠해서 모두 핑크색으로 바꾸라고 명령했다. 도로와 집과 동물들의 모습은 핑크색으로 모두 바꾸어졌다.

주위의 모든 것이 핑크색으로 바꿔지니까? 왕은 기분이 매우 좋았다. 그런데 절대 핑크색으로 바꿀 수 없는 것이 있었다. 그것은 푸른 하늘이었다. 그는 푸른 하늘을 볼 때마다 화가 났다. 불평하면서 어떻게 하늘까지도 핑크색으로 칠할지 조언을 얻으려고 스승을 찾아갔다.

그랬더니 스승이 해결책 하나를 주었는데 그것은 핑크색 안경이었다. 스승의 말대로 핑크 대왕이 핑크색 안경을 끼고 자신이 다스리는 온 세상을 보니까 하늘도 핑크색이 되었고, 푸른 들판도 신기하게도 모든 것이 다 신기하게 핑크색으로 바뀌었다.

　이러한 구조를 바꾸는 행위를, 우리는 영어로 프레임(frame)이라고 한다. 그 뜻은 "창틀 혹은 틀 또는 구조" 라고 한다. 그래서 사물을 보고 생각하고 판단하는 제1차적인 프레임은 나 자신이다. 자 자신을 바꾼다는 것은 그리 쉬운 일이 아니다. 늘 일상생활을 통하여 길들여진 습관이나 고정관념을 가지고 있기 때문이다.

　달구지의 바퀴는 맨 처음 나무로 되어 있었다. 그러나 나무바퀴는 구르면서 너무 쉽게 고장이 나고 닳았다. 그래서 단단한 쇠로 만들었다. 그런데 이번에는 쿠션이 없어서 엉덩이가 너무 아펐다. 그래서 쇠바퀴가 굴러가는 길바닥에 고무를 깔아 보았다. 그랬더니 너무 편하고 좋았다. 문제는 그 넓고 긴 길바닥에 고무를 까는 일이 문제였다. 너무 많은 비용과 노동력이 소모되었다. 그때 이 모습을 보고 있던 어떤 사람이 말했다.

　"길바닥하고 바퀴를 서로 바꾸어 보면 어떨까?" "에이, 그건 말도 안돼. 단단한 쇠 바퀴도 차의 무게를 견디기 힘든데, 고무는 무거운 것을 올려놓기에는 너무 물렁물렁해서 적합하지 않아. 그건 절대로 불가능한 일이야"

　그러나 이 사람은 생각을 하기를 그래... 그게 가능 한가? 그는 방법을 찾기를 시작을 했다. 연구와 실패를 반복을 했다. 발명가들의 집중력은 아주 끈질긴 것이 특징이다. 많은 실패는 했지만 결국은 연구, 실패를 거듭해서 고무 속에 바람을 넣은 타이어를

개발을 해냈다. 순식간에 고무 길바닥과 쇠바퀴가 바뀐 것이다. 우리가 무심코 바라보며 또는 걷는 저 딱딱한 길바닥과 고무타이어는 그런 사연을 간직하고 있다.

나무 바퀴였을 때나, 쇠 바퀴였을 때는 세상은 나를 실패하게 만드는 요인이었지만 내 바퀴인 나무 바퀴나, 쇠바퀴에서 고무 타이어로 탈바꿈 했을 때에는 그 세상의 길을 마음 것 달릴 수가 있는 것이다. 그렇다면 길을 바꾸시렵니까? 아니면 나를 바꾸시렵니까? 핑크대왕은 권력과 돈을 이용하여 궁전과 주변은 바꾸었으나 푸른 하늘은 못 바꾸었다. 즉 자연의 원리를 못 바꾸었다 그러나 스승의 말대로 핑크색 안경을 끼고 온 세상을 보니까 온 세상이 핑크색으로 바뀌어 졌다.

역사는 우리가 사는 이 세상을 바꾸어 왔다. 삼국시대의 농경시대는 농사의 기술이 100년의 한번 변했지만 최근의 : "마법의 돌" 이라고 부르는 "반도체의 기술" 은 6개월이 멀다고 새로운 기술의 도입으로 변하여 진화된다. 내가 핑크색 안경을 쓰든지, 내가 고무타이어를 발명하든지, 아니면 내가 날마다 걷고 있는 길을 바꾸든지? 우리는 변화하며, 바꾸어 져야한다. 즉 내가 프레임을 내가 먼저 바꾸어야 한다.

08 인간은 「행복」을 누려야 하는 영적 존재들

그리스 신화 이야기다. 인류 최초의 여성. 제우스가, 프로메테우스가 천상(天上)의 불을 훔쳐 인간에게 준데 노하여, 인간을 벌하기 위하여 헤파이스토스를 시켜 흙으로 판도라 「모든 선물을 받은 여인이라는 뜻」 라는 여인을 빚어 만들고 온갖 행, 불행을 담은 상자를 주어 인간 세상에 전하게 하였다. 그리스 신화에 의하면 판도라는 저 하늘에서 만들어진 최초의 여인이다. 그 이름 그대로 모든 선물을 다 받아 가지고 있는 아름다움의 극치의 여인이다. 이 여인이 지상으로 보내져 에피메테우스의 아내가 된다.

남편 에피메테우스는 신들에게 받은 상자 하나를 가지고 있었다. 신은 절대로 그 상자를 열지 말라고 당부를 했다. 그런데 판도라는 호기심을 이기지 못하고 남편 없는

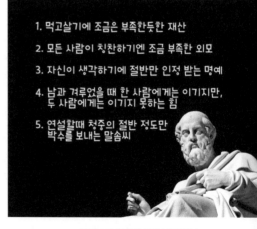

1. 먹고살기에 조금은 부족한듯한 재산
2. 모든 사람이 칭찬하기엔 조금 부족한 외모
3. 자신이 생각하기에 절반만 인정 받는 명예
4. 남과 겨루었을 때 한 사람에게는 이기지만, 두 사람에게는 이기지 못하는 힘
5. 연설할때 청중의 절반 정도만 박수를 보내는 말솜씨

그리스의 철학자 아리스토텔레스

틈을 타서 상자를 열었다. 그 때 상자 속에서 질병, 고통, 고집, 슬픔, 재난, 가난, 전쟁... 이런 것들이 쏟아져 나왔다. 그는 놀라서 재빨리 상자를 닫았다. 이미 이런 것들은 다 지상 곳곳으로 흩어져 버리고 상자 속에는 "희망"만이 빠져나오지 못하고 갇히고 말았다.

그래서 이 땅에는 질병, 고통, 슬픔, 전쟁... 이런 것들로 넘쳐나고 희망은 찾아볼래야 찾아 볼 수 없게 되었다는 것이다. 우리네 인간사에 희망보다는 우리에게 질병, 전쟁, 가난, 재난, 각종 사고... 이런 것들이 넘쳐나서 하나하나 견디기 힘든 고통뿐인 이 세상이다. 그러나 가장 견디기 힘든 것은 바로 희망을 잃어버린 것이다. 희망만 있다면 다른 것은 다 견딜 수 있다. 그러나 희망을 잃어버리고 나면 더 이상 견딜 수 없다. 그래서 희망이 있는 곳에서 행복은 행복의 날개를 저으며 나에게 찾아온다.

1. 행복은 희망에서부터 시작을 한다.

어느 날 아리스토텔레스(Αριστοτέλης)가 행복론을 제자들에게 강의를 하게 되었다. 행복(happiness)의 단어는 원문에는 eudaimonia인데 직역하면 「행복한 영적 존재」로 영어로는 eudaemonics 「행복론」을 뜻한다. 사람은 생각하는 것만으로 행복하고 훌륭한 영적 존재가 된다는 주제였다. 아리스토텔레스(Aristoteles)가 강의를 하다가 목이 말라서 제자에게 마실 물을 떠다 달라고 부탁을 했다. 한 제자가 급히 달려가 컵에 떠온 물을 마시려고 보니까 컵에 물이 절 반 뿐이였다. 아리스토텔레스는 컵을 들어 보이면서 이렇게 설명을 했다.

여러분들! 지금 이 컵에는 물이 절반입니다 이 절반의 물을 보았을 때에 사람들은 두 부류의 사람으로 나뉘어집니다. 똑 같은 컵에 담긴 물을 보면서 부정적인 사람은, "아이쿠...겨우... 물이 반 컵뿐이네" 또는 "아니 내가 마실 물이 반 컵밖에 안 남았어? 하면서 자신이 본 물 컵 량의 물을 부정하는 사람이 있고, 또는 똑 같은 사실을 보고도" "아니...
아직 물이 반 컵이나 많이 남아 있네" 또는 어... 그래도 내가 마실 물이
반 컵이나 많이 남아 있군... 하면서 똑 같은 사실을 보고서도 긍정하는
사람이 있습니다.

2. 행복은 긍정을 먹고 자란다.

똑같은 물을 보고 부정을 하는 사람은 자신의 미래의 문이 열려있어
도 닫힐 것이고 똑 같은 물을 보고「긍정을 하는 사람은 자신의 미래의
문이 닫혀 있어도 열린다」고 했다. 이는 똑 같은 사물을 보고도 사람이
어떻게 이해를 하고 생각을 하느냐의 따라서 그 결과가 달라진다 는 것
이다. 사람은 평소의 사고력을 어떻게 갖고 있느냐의 따라서 그 목적의
사물을 보고 나타나는 반사 반응이 사람의 뇌속의 판단, 통찰, 감정조절,
기획, 추진력, 창의력을 관장하는 뇌의 편도체에 전달이 되어 부정과 긍
정으로 그 반응의 결과가 나타나기 때문이다.

그래서 하나님을 믿는 사람들은 언제 어디서나 믿음의 바탕위에서 살
기 때문에 늘 긍정의 시각의 생각으로 살아한다. 언제나 나는 할 수가 있
어, 아니... 나는 하나님의 사람으로 무엇이든지 내게 맡겨준 일은 항상
해 낼 수가 있어! 하는 긍정의 생각
과 사고력 속에 살아가야 한다.

동물행동학의 세계적인 권위자
인 제인 구달(Jane Goodal)이라는
분이 쓴 「희망의 이유」라는 책에
는 이 땅에서 우리가 희망의 이유
가 있는 것은 4가지로 이렇게 설명
을 한다.

행복에 영향을 미치는 요인(1순위)

4.4 종교생활 등 믿음
4.7 직장에서의 성취 등 자아실현
2.9 외모에 대한 자신감
29.9 화목한 가족관계
15 재산
단위:%
20.8 건강
22.5 긍정적인 마음가짐

첫째, 인간의 두뇌는 매우 명석하니까 우리에게는 희망이 있다. 둘째, 적절한 도움을 주면 되살아나는 자연세계의 놀라운 회복력 때문에 희망이 있다. 셋째, 전 세계 젊은이들의 새로운 시각과 열정, 그리고 에너지 때문에 희망이 있다. 그리고 넷째, 절망적 상황을 딛고 성공한 사람들이 많이 있어서 희망이 있다.

3. 행복은 믿음 위에서만 행복의 꽃이 핀다.

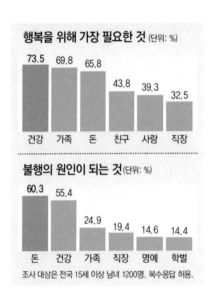

실존주의 철학자 데카르트 (Descartes 1596~1650)는 이렇게 말한다. "믿어라. 당신의 인생은 당신이 생각하고 그린 대로 이루어진다." 내가 지금 내 머릿속에 무엇을 생각하고, 무엇을 그리느냐가 그 믿음이 그 인생을 지배한다는 것이다.

조엘 오스틴 목사님 쓴 책 「더 잘되는 나」의 일곱가지가 있다. 1) 나는 잘 될 것이다 2) 나는 긍정적인 사람이다 3) 나는 좋은 습관을 가지고 있다. 4) 나는 사랑할 줄 아는 사람이다. 5)나는 최선을 다하는 사람이다. 6) 나는 비전이 있는 사람이다. 7) 나는 믿음으로 행복하게 산다.

나 자신과 나의 미래에 대하여 먼저 나 자신이 믿음의 확신이 있어야 한다.

4. 행복은 멘탈(Mental) 영역 세계에서 그 자리를 한다.

멘탈은 「정신의, 마음의」 세계의 공간의 그 집을 둔다. 그리고 마음과 정신의 세계는 유리처럼 쉽게 깨어지기도 한다. 즉 쉽게 상처도 받고 어떤 일이 생겨 마음이 흔들려 갈등도 한다. 마음의 혼란에서 못 벗어나고 멘붕에 빠지기도 한다. 이는 행복은 정신의 세계 또는 마음의 자리를 하기 때문이다. 행복은 감정의 세계이다 마치 기압골과 같다. 기압골은 눈에는 보이지 는 않는다.

사람의 감정은 기후 즉 날씨의 변화와도 같다. 기후의 변화는 태양복사, 기온, 습도, 강수기압, 풍속, 풍향 등에 따라 변화하며 달라진다. 행복의 감정변화도 환경, 사람, 시간, 조건에 따라서 달라지기도 한다. 그래서 멘탈 훈련이 잘 된 사람은 이러한 조건들을 잘 이겨내며 자신의 행복 감정 관리를 잘 한다. 마치 사막 한 가운데서 광폭 트레킹을 하면서 즐기는 사람이 있는가 하면 사막을 이겨내지 못하며 불평 좌절하는 사람들이 있다. 행복의 감정도 그와 같은 기후와 환경속에 사는 것과 같다.

5. 행복의 열쇠는 밖에서 찾으려 하지 말고 안에서 찾으라.

잭 캔필드는 그의 책 성공의 원리에서 행복은 외부에서 오는 것이 아니라 내면에서 시작된다는 내용이다.

한 사람이 어두운 밤에 길을 걷다가 우연히 가로등 아래에서 무엇인가를 열심히 찾는 다른 사람과 만난다. 찾고 있

는 것이 무엇이냐고 행인이 묻자, 그는 잃어버린 열쇠를 찾고 있다고 대답한다. 그 남자는 도와줄 것을 제의했고, 행인은 잃어버린 열쇠를 찾는

것을 도와주었다. 아무런 소득 없이 한 시간가량 흐른 후 행인이 열쇠를 찾는 남자에게 물었다. "우리가 모든 곳을 뒤져봤지만 열쇠를 찾지 못했는데 혹시 여기서 잃어버린 것이 확실한가요?"

그 사람이 답했다. "아닙니다. 내가 집에서 열쇠를 잃어버렸는데 가로등 아래가 좀 더 환해서 밖으로 나온 것입니다." 이야기 속의 남자가 참으로 어리석게 보이지만 실제로 우리 삶에서 이런 태도를 취하는 일은 생각보다 많다. 잭 캔필드는 이와 관련해 이렇게 말을 한다.

"당신이 원하는 삶과 결과를 만들지 못한 이유가 무엇인지, 그 해답을 바깥에서 찾는다면 그만두어야 한다. 왜냐하면 당신이 이끌어 온 삶과 당신이 창출해낸 결과, 즉 당신이 이룩한 것의 수준, 당신과 다른 사람과의 관계, 당신의 건강과 지금의 육체적인 상태, 당신의 수입과 빚, 당신의 감정 등 모든 것들은 바로 당신 자신이 만든 것이기 때문이다. 삶에 있어 중요한 것들을 얻고자 한다면 스스로가 자기의 인생에 100% 책임이 있다고 생각해야 한다. 다른 사람이 아닌 바로 당신이, 당신의 인생의 행복의 주인이기 때문이다."

6. 행복은 육체적보다 정신적, 그리고 영적인 것에서 온다.

유엔 산하 자문기구인 '지속가능발전해법네트워크'가 전 세계 156개국을 상대로 국민 행복도를 〈2018 세계행복보고서〉를 통해서 발표했다. 여기에 따르면 한국은 행복도 순위가 57위다.

1위는 핀란드, 2위는 노르웨이, 3위 덴마크, 4위 아이슬란드,

5위 스위스, 6위 네덜란드, 7위 캐나다, 8위 뉴질랜드, 9위 스웨덴, 10위 오스트레일리아, 독일은 15위, 미국은 18위, 영국은 19위이다. 그런데 한국은 57위이다. 이 조사에서는 국내총생산(GDP), 기대수명, 사회적 지원, 선택의 자유, 부패에 대한 인식, 사회의 너그러움 등을 기준으로 국가별 행복지수를 산출했다. 행복지수가 높은 나라는 교육 제도, 의료 서비스가 잘 갖춰져 있고 경제적 번영도 중요한 요소로 작용하지만, 오로지 사회 시스템이나 경제적 부유함 때문만은 아니다. 그들은 부의 크고 작음, 권력의 세기, 지위의 높고 낮음, 명예의 유무에 행복의 가치를 두지 않는다. 그보다는 서로에 대한 믿음, 더불어 사는 삶, 가정과 일의 균형, 존중과 배려에 삶의 가치를 둔다.

행복지수 1위에서 4위까지의 국가들은 북유럽의 기독교(개신교인 루터교)가 80-90%인 종교국가 들이다. 즉 1위: 핀란드 인구 550만명, 루터교 83%, 국민소득 5만3천불. 2위: 노르웨이 인구530만명, 루터교 85%, 국민소득 8만불. 3위: 덴마크 인구570만명, 루터교95%, 국민소득 4만3천불. 4위: 아이슬랜드 인구 33만명 루터교86%, 6만불. 그리고 각 국가들의 특이하면서 동일 한 것은 국기는 동일하게 십자가이면서 십자가의 색깔만 다를 뿐이다. 사회나 가정이 신앙의 윤리로 잘 다듬어지고 신앙으로 오랜 역사를 지켜온 국가들이다. 신앙은 정신세계를 넘어서 영정인 세계를 추구한다. 이렇게 행복은 외부에서 오는 게 아니라 자기 내면에서 영적인 믿음의 세계에서 만들어진다는 것을 저들은 알고 있기 때문이다.

▌09 1도 차이 1점 차이 그리고 마지막 하나가...

"참는 것은 괴롭지만 그 열매는 달다" "하늘은 마지막 하나까지 기다릴 수 있는 자에게 땅에 있는 모든 것을 준다"

1도 차이 1점 차이 그리고 마지막 하나가...물은 100도에 이르지 않으면 결코 끓지 않는다. 증기기관차는 수증기 게이지가 212도를 가리켜야 움직인다. 99도, 211도에서는 절대로 변화가 일어나지 않는다. 고작 1도 차이일 뿐인데도 말이다. 마지막 1퍼센트의 인내가 인생의 성패를 좌우한다. 시험도 1점 차이로 합격 불합격이 갈린다. 올림픽은 더 해서 불과 0.01초 차이로 메달 순위가 바뀐다. 다 끝났다 싶을 때 한 번 더 살펴보고, 더 이상 길이 없다. 싶을 때 한 걸음 더 나가야 '변화'가 온다. 마지막으로 한 번 더! 한 걸음만 더! 거기에 성공의 비결이 있다.

1. 백 한 번째 망치질이 바위 돌을 갈라지게 한다

한번은 어느 시민이 벤자민 프랭클린에게 질문했다. "당신은 수많은 장애에도 불구하고 어떻게 포기하지 않고 한 가지 일에만 전념할 수 있었습니까?" 그러자 프랭클린은 좋은 일을 하면서도 절망에 빠진 모든 사람들이 가슴 속에 새겨야만 할 다음과 같은 말을 했다. "여러분, 여러분들은 일하는 석공을 자세히 관찰해 보신 적이 있으십니까? 석공은 아마 똑같은 자리를 백 번 정도 두드릴 것입니다. 갈라질 징조가 보이지 않더라도 말입니다. 하지만 백 한 번째 망치로 내리치면 바위 돌은 갑자기 두 조각으로 갈라지고 맙니다. 이처럼 돌을 두 조각으로 낼 수 있었던 것은 한 번의 두들김 때문이 아니라 바로 그 마지막 한 번이 있기 전까지 내리쳤던 백 번의 망치질이 있었기 때문인 것이다."

2. 달콤한 포도나 무화과를 먹고 싶다면 시간과 인내가 필요하다.

우리가 세상을 사노라면 여러 가지 고통을 당하게 된다. 이 모든 것을 극복하는 것은 인내하는 길 뿐이다. 끝까지 참는 사람이 최후의 승리를 한다. 지난날 우리는 너무나 참을성이 없었던 생활, 그래서 근심 걱정 고통 앞에 좌절했던 날을 반성하면서 모든 어려움을 극복하고자 하는 인내의 훈련이 필요로 하다. 희랍의 에픽테뚜스의 어록에는 "한 송이의 포도나 무화과가 갖고 싶다고 말한다면 거기에는 시간과 인내가 필요하다고 대답했다. 우선 꽃을 피우고 그리고 열매를 맺고 그리고 나서 익기를 기다려야 한다." 이와 같이 한 개의 무화과를 거두기 위해서도 인내가 필요하다. 만사에 견딜 수 있는 사람은 무엇이든지 할 수 있는 사람이고 참을성이 없는 사람은 아무 것도 할 수 없는 사람이다. 서양속담에 "참는 것은 아픈 곳에 바르는 고약이다." "참는 것은 괴롭지마는 그 열매는 달다" 하늘은 마지막 하나까지 기다릴 수 있는 자에게 "땅에 있는 모든 것을 준다" 농사를 짓는 농부가, 예술품을 창작한 예술가가, 기계를 발명하는 과학자가 이룩한 모든 인류의 재산은 곧 인내에서 나온 것이다. 성경에도

"끝까지 참고 견디는 자가 구원을 받을 것이다"라고 했다.

3. 기다리고 인내하여 열매를 얻는다.

'실락원'을 쓴 밀턴은 매우 다정다감하고 정직한 사람이었다. 그는 왕당파 부자의 가정에서 성장한 매리라는 여성과 결혼했다. 그러나 매리는 결혼을 한지 한 달 만에 친정으로 돌아가고 말았다. 그녀는 밀턴의 청교도적인 삶이 싫었던 것이다. "나는 풍요롭고 자유분방한 가정에서 성장했다. 밀턴의 엄격한 청교도적 삶은 견딜 수가 없다." 밀턴은 인내심을 갖고 아내를 기다렸다. 2년 후, 매리는 밀턴에게 돌아와 눈물로 용서를 빌었다. 당시 매리의 가정은 완전히 몰락한 상태였다. 반면 밀턴은 사회적으로 상당한 명성을 얻고 있었다. 아내는 모든 것을 잃은 후에야 남편에게 돌아왔다. 밀턴의 불행한 신혼시절은 '실락원'을 집필하는데 결정적인 소재가 됐다. 자신의 가정이란 낙원을 잃음으로써 비로소 명작을 완성한 것이다.

우리는 소중한 것을 얻기 위해 때로는 많은 것을 잃는다. 그러나 인내를 갖고 기다리면 반드시 그 열매를 수확한다. 아랍 속담에 "태양만 비추면 사막이 된다" 라고 했다. 우리는 밝은 태양만을 원하지만 태양만 계속되면 우리 인생은 사막이 되고 만다. 우리 인생이 촉촉하고 푸르고 성장하기 위해서는 반드시 비가 필요하다. 우리는 무지개를 좋아한다. 그 화사하고 아름다운 무지개를 원한다면 소낙비를 각오해야 한다. 소낙비가 없이는 결코 일곱 빛깔의 무지개를 경험할 수 없다. 다양하고 아름다운 무지개와 같은 인생을 원한다면 때로는 아픔과 고통의 소낙비를 맞아야 하고 때로는 견디어 내기도 해야 한다. 그래서 더욱.. 반드시... 인내가 필요하다. 오래 기다릴 줄 아는 사람이 일곱 색깔 무지개를 볼 수 있기 때문이다. 그래서 "하늘은 마지막 하나까지 기다릴 수 있는 자에게 땅에 있는 모든 것을 준다"

꽃은 싱싱하여 향기가 있을 때 벌과 나비를 불러들인다. - 러시아 격언

Chapter 5.

나는
행복을
찾다.

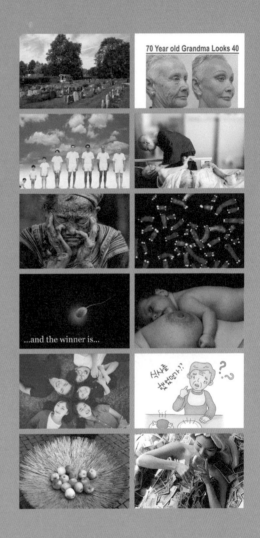

나는 행복을 찾다.

Chapter 5

01 그 위대한 행복 / 264

02 「행복」 공작소는 「가정」이다. / 271

03 그 위대한 나의 몸(My Body) / 277

04 더욱, 높이 날게 하는 행복의 날개 「돈」? / 283

05 행복을 가져다가 주는 일 / 289

06 행복도 소원하면 이루어진다 / 298

07 내 몸! 노화의 비밀 / 305

08 내 몸! 늙지 않는 행복한 비밀 / 310

09 죽음보다 더 무서운 두려움과 공포의 대상 / 317

10 늙으면, 죽는다. / 327

11 행복한 죽음을! / 333

12 행복을 찾다! / 340

┃ 01 그 위대한 행복

    원자폭탄을 개발한 "맨해튼 계획" 인간을 달에 착륙시킨 아폴로 계획은 현대과학사에서 가장 큰 과학발전의 쾌거이다. 이제는 「인간게놈 프로젝트(Human Genome Project, HGP)」로 게놈(Genome)즉 내 몸의 유전자 설계도를 그 위대한 대한민국에서도 2009년에 만들다.

    창조주 하나님께서는 세상을 창조하실 때에 셋째 날 각 종 나무와 채소를 내셨다고 했다. 하나님은 인간들에게 나무는 주셨지만 가구는 만들어 주지 않으셨다. 하나님은 채소는 주셨지만 김치 깍두기는 만들어

주지 않으셨다. 즉 사물의 원리를 주시면서 인간의 행복을 위하여 그 이치를 사용하게 하셨다.

가구는 사람의 행복한 삶을 영위하는 데 필요한 생활도구로서, 의류의 수납에서 식품저장 · 운반 · 기거 · 휴식 · 동작에 이르기까지 없어서는 안 되는 귀중한 기물이다. 그래서 인간은 좀 더 안락한 삶과 행복을 누리기 위하여 사용에 편한 갖가지 생활도구의 발전을 끊임없이 추구해 왔다. 인간의 행복이란 미문아래, 피곤한 다리를 쉬게 하는 의자, 편히 누울 수 있는 침구, 더욱 효율적인 식사생활의 도구, 이밖에 의류 기타 저장물을 수납하는 장 · 농류, 등 갖가지 발명품까지 인간의 행복을 위하여 진화를 시켜 만들었다. 더욱이 시대의 문화와 과학 흐름에 따라 더 편하고 아름답게 가구를 만드는 많은 주변의 연장과 도구 · 기술 까지 더불어 발달하게 되었다.

그렇게 창조주 하나님은 인간들이 세상을 살아가면서 행복을 누리게끔 행복의 원리를 주셨다. 사람의 인체에도 인간이 행복을 찾아 누릴수 있는 본질을 주셨는데 건강이다. 신체의 각 기관의 행복 전령사 역할을 호르몬이 한다. 행복을 전달해주는 행복 호르몬으로, 우리들의 마음의 행복을 결정지어 주는 우리들의 몸속의 행복 호르몬 네 가지의 뇌 신경전달물질이다. 즉 (1)"도파민"(Dopamine), (2)"노르아드레날린"(Nor-adrenalin), (3)"세로토닌"(Serotonin), (4)"엔도르핀"(Nndorphine) 이다.

이 네 가지의 뇌 신경전달물질은 행복 그 자체는 결코 아니다. 그러나 우리들의 생활 속에 일어나는 지(知), 정(情), 의(義) 에 일들에 대하여 우리들의 신체를 깨워서 우리들의 몸속의 신경회로를 통하여 행복을 느끼도록 전달해주는 물질임은 틀림없다.

1. 인류의 행복을 위해 의학은 진화 한다.

사람들의 행복문화가 발달함에 따라 인간이 어떻게 행복 할 수 있을까? 하는 답을 구하기 위하여 물리적, 정신적, 의학적, 총체적으로 인간은 뇌 과학을 연구하기 시작을 하였다. 현대 의학이 발달하기 이전에는, 가령 당대에는 '신이 내리는 질병'으로 여겨진 간질(뇌전증)병이 전신발작을 하면 지금 신이 내리는 저주라고 믿어 왔고, 여성의 자궁의 질염은 몸의 기관 체내 곳곳으로 옮겨 다니며 질병을 옮겨주는 질병의 샘으로 믿어 왔던 시대에서, 의사의 아버지라고 불리우는 히포크라테스의 영향으로 질병에서 참 행복을 위하여 의학은 끊임없이 진화하며 발전해 왔다. 2세기에는 당대 최고의 권위를 가진 그리스 해부학자이며 의사였던 클라우디오스 갈레노스의 가설에 따르면 신경이 혼백, 즉 심령을 근육으로 전달하면 혼백이 근육을 부풀어 오르게 하고, 그렇게 해서 동작이 이루

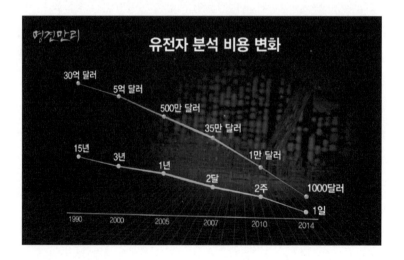

어진다. 고 믿었던 당대에 의사들도 그렇게 보았다. 중세시대는 대체로 종교가 국가를 지배하던 시대가 많았기 때문에 의사들 조차도 샤머니즘적 신앙을 가지고 있기도 했다.

그러나 의학의 발전은 계속되어, 1889년 에스파냐의 신경해부조직학자인 산티아고 라몬 이 카할 박사는 인체 및 척추동물신경계통의 조직과 신경은 서로의 독립된 신경세포(뉴런)에 의해 성립된다는 것을 발견하여 1906년 노벨생리의학상을 수상한다. 초현대적 의학이 발달하기 전까지는 미신적인 신앙이 의사들의 밑바탕 내면에 깔려 있기도 했다. 1895년도의 뢴트겐이 X선 발견, 19세기 들어서는 페니실린, 전자현미경, 등이 발명이 되고 나노미터 (1나노미터는 머리카락 굵기의 10만분의 1에 해당 단위))까지 판별할 수 있게 되어 생물학, 의학, 공학 등 넓은 분야에 걸쳐 눈부시게 발전이 되어 왔고, 이는 전자 현미경으로 관찰한 적혈구(좌), 혈소판(중), 백혈구(우)를 투영을 하거나 촬영을 하여 내곤 했다. 1936년 오토 뢰비(Otto Loewi)는 뇌 연구에 있어 분자영상과 고해상도영상을 결합시켜 뇌에는 40여 가지의 신경 전달물질이 있다는 것을 발견하여 노벨생리 · 의학상을 받았다 그리고 근세에는 인체를 들여다 보는 창문이라고 하는 MRI(자기공명영상기) 등 최첨단의 의료기기들을 연속 발명해 내면서 인류는 신경신학, 생물학, 인문학, 신경해부학, 인공두뇌학 등의 인간이 어떻게 하면 질병에 시달리지 않고 건강하고 행복하게 오래 살까? 하는 인간의 건강한 행복을 위하여 질병퇴치를 위하여 첨단 의료과학 장비에 의하여 더욱 활발하게 의학을 연구, 크게 발전을 시켜 왔다.

2. 행복을 위한 유전자 게놈(Genome)지도를 만들다.

건강과 행복을 위하여 인간은 더욱 위대한 발견을 한다. 원자폭탄을

게놈 분석으로 알 수 있던
아이들의 식성, 질병, 잠재 능력

개발한 "맨해튼 계획" 인간을 달에 착륙시킨 '아폴로 계획'은 현대과학사에서 가장 큰 과학발전의 쾌거이다. 이제는 「인간게놈 프로젝트(Human Genome Project, HGP)」로 세계 6개국의 영국, 프랑스, 독일, 일본, 중국, 미국의 과학자들로 구성된 대규모 연구자들은 아폴로 달 착륙 계획 버금가는 역사적 사건을 만들어 냈다.

DNA의 나선구조를 밝힌 제임스(James Watson) 대표로 1990년에 시작하여 2003년도에 인간의 게놈 지도를 완성을 하였다. 게놈 이라 고 하면 약 20,000-25,000개로 이루어진 인간의 유전자 염기 서열(序列)을 완전히 밝힌 것을 말 한다. 게놈(Genome)은 영어로, Gene(유전자)과 Chromosome(염색체)을 합친 말로서 우리말로는 "유전체" 또는 게놈으로 발음을 한다. 미국의 국립보건원(National Institute of Health)의 연구시설 중심으로 이루어진 게놈연구 지도는 2003년도에 완성을 했다.

유전자 서열 정보의 양은 1페지에 1000가 들어간 1,000페이 책 3,300권의 양이였다 이렇게 휴먼 게놈 프로젝트(human Genome Project)는 바로 30억 개에 이르는 염기의 배열 구조를 판독해 그것을 지도로 만드는 것이다. 즉 내 몸의 유전자 설계도를 만든 것이다

그래서 개체복제, 배아복제, 장기복제를 할 수가 있는 길을 열었다. 한국에서도 서정선교수가 이끄는 서울의대 유전체연구소 팀에서 2009년에 한국인의 게놈지도를 밝히는데 성공을 하여 네이처학술지에 발표를 하기도 했고 박종화박사 (유니스트 게놈연구소 소장)는 2015년 12월 10일에 방송한 KBS1.TV 명견만리〈유전자 혁명, 선택의 기로에 서다〉에 출현을 하여, 박종화 박사는 자신의 게놈지도 분석을 통해서 자신의 몸에 안고 있는 '황반변성' 시력 장애의 그 이유를 바로 유전자 속에서 찾기

도 했고 그 다음은 자신의
두 아들이 이 몹쓸 유전자
를 물려받았는지 확인하
기 위해 두 아들의 게놈
지도를 분석했다. 고 방송
을 했다. 앞으로는 한국인

유전자 기술이 열어갈
위험하고도 아름다운 미래

에 맞는 표준 게놈 맞춤 지도를 만들어 질병연구, 신약개발 장기복제 등
인간이 질병에서 건강을 지키며 더 나은 행복을 추구 할 수 있게끔 인간
의 생리학이나 의학은 더욱 발전해 나갈 것이다. 이러한 생리학의 발전
속에, 나는 내몸의 행복을 위하여 정신적 신체적 그리고 생활속에서 나
는 더 많은 노력을 하여야 할 것이다.

3. 나는 행복을 내 몸으로 누린다.

어떤 사람이 길을 지나가면서 하나님을 원망한다. 나는 직장을 구하
러 다니는 중입니다. 지금 한 시간이 급하다. 처자식들이 굶고 있는데.
라고 울부짖으면서 그래, "하나님! 어떻게 이러실 수가 있습니까?" 하나
님을 원망을 하면서 그렇게 직장을 구하려고 길거리를 헤매고 있었다.
이 사람은 원래 수퍼마켓을 경영을 했는데 친구에게 사기를 당해 수퍼마
켓을 빚 때문에 잃어버린 것이다. 그래서 식구들이랑 길에 나앉게 되었
다. 이제는 한 끼의 식사도 어렵다. 그래서 이렇듯, 하나님을 원망을 하
고 있는 것이다. 이렇게 길을 가다가 문득 한 사람을 만났다. 그 사람을
만나는 순간, 아니, 본인 말대로는 생각이 확 바뀌면서 그 사람을 통하여
환환 미래를 보게 되었다. 그가 본 사람은 휠체어에 앉아 있는, 두 다리
가 없는 사람이었다. 두 다리가 없는 장애우는 이 사람을 보자 "굿모닝!
오늘 날씨 참 좋지요?" 하고 밝게 인사를 하는 것이다. 아니, 두 다리도

없는데, 뭐가 좋아서, 휠체어에 앉은 사람이 "날씨 좋지요?" 라고 하니? 아니! 저런 사람에게도 날씨좋은 날이 있던가? 이 사람은 깜짝 놀랐다.

그는 반사적으로 가던 길을 돌려 집으로 돌아왔다. 그리고 화장실에 들어가 깊이 생각을 하면서, 울면서 거울에다 이렇게 써놓았다. "구두가 없어서 걱정이거든 구두를 신을 필요가 없는 사람을 생각하라." 구두가 문제 아니다. 구두를 신을 두 다리가 없는 사람이 행복해 하고 있는 것을 생각하라. 는 것이다. 그는 그 후 생각을 달리 했다. 그래도 "나는 더 행복하다! 나는 넉넉하다." 하며, 그래, 나도 무언가 하면 돼! 그리고 부지런하게 일을 하여 행복한 부자가 되었다고 한다.

행복은 환경과 조건에만 있는 것만은 아니다. 나 자신과 내안의 내면에 있다. 그렇다, 그렇게 있는 것만 가지고도 「행복하다」고 생각을 하며 그 생각을 뇌를 통하여 온 몸으로 느끼게 하는 것이 내 속에 내 자신의 자아와 뇌신경 행복 전달물질이다. 즉 그 위대한 "행복" 전달 물질인 (1)"도파민"(Dopamine), (2)"노르아드레날린(Noradrenalin), (3)"세로토닌"(Serotonin), (4)"엔도르핀"(endorphin) 이 내 몸속에서 왕성하게 활동하여 내 몸과 내 가정 그리고 내 주변 사람들이 함께 행복함을 누리도록 행복게놈을 함께 나누어 가져야 할 것이다.

┃02 「행복」 공작소는 「가정」 이다.

가정(Home)속에 가족이라는 영어 FAMILY가 생겨진 것이 "Father And Mother I Love You"라는 문장의 첫 글자를 따서 만든 것이다. 여기서 중요한 것은 "LOVE" 이다. 가족 관계는 어떤 삶의 형태보다 "I love you"에 있다는 뜻이다.

미국의 남북전쟁은 브레더브릭스버그에서 1862년 12월 엠블로즈 E 번사이드 장군이 이끄는 북부 연방군이 버지아나주의 중심도시 리치먼드로 진격을 하다가 로버트 리 장군 휘하의 남부동맹군의 반격에 의해 참패를 당한 전투인데, 버지니아주의 래퍼해녹 강을 서로 사이에 두고 남, 북군이 서로 벌인 전투는 북부군 10만여 명 중 12,000명, 남부군 70,000여명 중 5천여명의 엄청난 인명의 손실을 각각 입었다.

1. 삶을 시작 하는 곳이 가정, 마지막 까지 머무는 곳도 가정이다.

죽고 죽이는 피 튀기는 전쟁이 잠시 소강상태에 빠지자 야영지 밤은 래퍼해녹 강을 사이에 두고 상상 할 수 없는 쌍방 군 밴드콘서트가 벌어

졌다. 남부군의 연주는 주
로 나라를 사랑하는 애국
노래의 연주였다. 북부 군
에서는 하워드 페인의 '홈
스위트 홈'(Home Sweet
Home)의 노래가 연주가
되었다. 고향에 가족과 집
을 두고 전투에 참여한 병사들, 다시 전투가 끝나면 고향과 가정으로 돌
아가야 할 병사들은 북군 남군 구분이 없이 래퍼해녹 강 전투에서 하워
드 페인의 '홈 스위트 홈' 노래의 합창이 강하 산하에 드높이 흘러 퍼졌
다. 「즐거운 곳에서는 날 오라 하여도 내 쉴−곳은 작은 집 내 집−뿐이
리..」.이 노래를 듣자 북군 남군 가릴 것 없이 서로 가정이 있는 고향
생각에 젖어서 가정이 있는 집으로 돌아가고 싶어 졌다. 모든 병사들도
함께 북군 남군 모두가 함께 따라 불러서 병사들의 대 합창제가 되었다.

어느 덧 세월이 훌쩍 흘러서, '홈 스위트 홈'의 노래를 지은 존 하워
드 페인은 1852년 알제리에서 사망한다. 그리고 31년 만에 그의 시신이
미, 군함으로 뉴욕에 돌아오게 되던 날, 항구에는 미국의 제24대 체스터
앨런 아서 대통령, 국무위원, 상원위원들과 콜럼비아대학 총장 등 이 마
중을 나오고, 65명으로 구성된 벤드의 연주 속에 하워드 페인의 '홈 스위
트 홈'의 노래인 「즐거운 곳에서는 날 오라 하여도 내 쉴−곳은 작은 집
내 집−뿐이리」.수많은 국민들이 나와 모자를 벗고 조의를 표하며 이미
고인이 된 그를 영접을 했다.

과연 그는 어떤 업적으로 그처럼 추앙을 받았던 것일까? 그것은 '즐
거운 나의 집'이라는 가정의 노래의 작사자 였기 때문이다. 이 노래는 전
세계적으로 가정이 얼마나 소중한 곳인가를 일깨워 주는 노래였다. 가정
은 행복의 창고이다. 우리가 애써 가꾸고 소중하게 지켜야 할 보물. 그것

은 바로 우리의 가정이다.

2. 가정은 내 몸의 세포와 같은 곳이다.

가정(Home)속에 가족이라는 영어 FAMILY가 생겨진 것이 "Father And Mother I Love You" 라는 문장의 첫 글자를 따서 만든 것이다. 여기서 중요한 것은 "LOVE"이다. 가족 관계는 어떤 삶의 형태보다 "I love you" 에 있다는 뜻이다. 어디서 떨어져 어떻게 살아도 관계가 중요한 데, 그것이 바로 사랑으로 이어져 있는 관계라는 것이다.

가정의 주인은 가족이다. 아름다운 정원과 운동장처럼 넓은 거실 고급 가구들은 주인의 부속품에 불과하다. 억만금이 있어도 주인이 주인 행세를 못한다면 아무 의미가 없다. 가정의 주인은 가족들이다. 사랑하지 않으면 가족 관계가 무의미하다는 뜻이다. 그렇기 때문에 부부가 하루에 세 번 출근할 때, 회사에서 그리고 집으로 퇴근해서 "I love you"라고 표현을 하는 것은 "사랑에 대한 책임" 때문이다. 가정 속에서 가족은 인간 사회를 구성하는 가장 최소단위의 사랑의 공동체다. 마치 몸의 세포와 같다.

3. 행복한 가정에는 그 비결이 있다.

어느 동네에 두 집이 이웃에 살고 있었다. 그런데 한 집은 시부모를 모시고 사는 대가족이었고, 한 집은 젊은 부부만 사는 단란한 가정이었다. 그런데 이상하게 대가족을 이룬 가정은 항상 화목하여 웃음꽃이 피어 집 밖으로 웃음소리가 흘러 나왔지만, 부부만 사는 가정은 항상 부부 싸움이 잦았다.

그래서 부부는 이웃집의 화목한 모습을 보고 크나큰 의문을 가지지 않을 수 없었다. 왜 우리는 둘만 사는데도 매일 싸워야 하고, 이웃집은 여럿이 함께 모여 사는데도 저토록 화목한 것일까? 그래서 어느 날 젊은 부부는 과일 한 상자를 사 들고 이웃집을 찾아갔다. 다과를 나누며 그 이유를 물어보았다.

"댁의 가정은 대가족인데도 웃음이 떠날 줄 모르고, 우리는 늘 그 댁의 집 밖의 그 웃음소리를 들으면서 삽니다. 우리는 둘이 사는데도 매일 싸움만 하는데, 선생님 댁이 그렇게 화목하게 지내시는 비결이 있으면 말씀해 주세요."

이웃집 주인은 다음과 같이 대답했다. "아. 네! 그것은 당신네 두 분은 모두 훌륭하시고, 우리 가족은 모두 바보들이기 때문이죠!" 그 말을 들은 젊은 부부는 되물었다. "아니 그 말씀이 무슨 뜻입니까?" 그러자 그 집 주인은 말하기를" 오늘 아침에 있었던 일입니다. 내가 출근하다가 물을 엎질렀습니다. 그때 나는 내 아내에게 내 부주의로 물을 엎질러 미안하다고 하며 용서를 청했지요. 그랬더니 내 아내는 '아니오.' 하면서 생각이 모자라 물그릇을 그곳에 놓아두었으니 자신의 잘못이라고 하며 오히려 나에게 용서를 청했습니다. 그런데 옆에 계시던 저의 어머니께서는 '아니다, 나잇살이나 먹은 내가 그것을 보고도 그대로 두었으니 내가 잘못이다.' 라고 하셨습니다. 이렇게 서로가 서로를 위해 이렇게 책임은 자신에게 있다고 하면서 서로 바보가 되려고 하니 싸움을 할 수가 없습니다." 라고 말했다. 그 후 젊은 부부는 이웃집의 그런 이야기를 듣고 크게 깨달아 서로의 부부가 바보처럼 즉 2% 부족한 부부처럼 서로 먼저 섬기면서 서로가 노력을 하므로 화목하게 살았다고 한다.

행복은 그냥 얻는 것이 아니라 함께 노력을 하면서 만들어 가는 것이다. 그래서 탈무드에 행복은 권력과 돈과 욕심을 피해 다닌다고 했다.

4. 내가 사는 가정은 행복공작소이어야 한다.

에디 쉬이퍼는 우리가 사는 가정의 정의를 다음과 같이 내렸다.

첫째, 가정은 인간이 태어나서 성장하는 곳이다.

둘째, 가정은 가족들의 피난처요 보금자리다.

셋째, 가정은 사람에게 필요한 돈을 벌고 쓰는 곳이다.

네째, 가정은 문화를 창조하는 중심지다.

다섯째, 가정은 인간생활에 가장 귀중한 것들을 많이 기억하게 하는 기억의 박물관이다.

여섯째, 가정은 영원한 인간관계가 형성되고 출발하는 곳이다.

일곱째, 가정은 신앙의 출발지이면서 완성지다

5. 서로의 행복의 문을 열어 더 행복을 만들며 더욱 더 행복하게 살자

첫째는 입을 열라는 것이다. 부부간이나 부모와 자녀 간에 대화가 없으면 서로 마음을 닫는 결과가 온다. 연애시절처럼 말을 많이 할수록 행복의 수치는 올라간다고 지적했다 가정은 가정 구성원에 소통의 장소이다. 그래서 소통은 행복의 전주곡이다.

둘째는 귀를 열라. 상대방을 행복하게 해주려면 상대의 말을 듣는 귀를 열어 진지하게 들어주어야 한다. 귀를 열어 상대의 말을 듣는 것은 배려와 관심이다. 마지막은 함께 계획을 세우고 함께 미래를 향하여 그 계획을 행하라. 아주 작은 일이라도 가족 구성원과 행복을 위하여 함께 열라 는 것이다. 그리하면 가정은 더욱 더 행복할 것이다.

┃ 03 그 위대한 나의 몸(My Body)

수 백 만개의 정충들은 난자를 만나기 위하여 정자여행을 시작한다. 단 하나의 정자만이 난자를 만나 정자를 수정한 난자는 8주 동안의 아기를 "배아"라 칭한다. 4주 때는 척추, 눈, 팔, 다리, 기관이 형성되기 시작을 하여. 배아의 바깥층을 이루는 세포는 뇌신경, 피부를 이루는 세포가 되고 배아의 속 층은 창자와 같은 기관이 되며 바깥과 안을 연결하는 세포들은 근육, 뼈, 혈관, 생식기관으로 발달 한다. 이렇게 사람의 구조 형태가 갖추어지면 이때부터 "태아"란 이름을, 그리고 세상에 태어나면 "나"라는 이름을 비로서 갖는다.

하나님이 세상을 창조하시고 생육하고 번성하라. 하게 하심 따라 인류는 그 동안 생육하고 번성하여 왔다. 남자와 여자가 결혼을 통하여 가정을 이룬다 그리고 부부의 성행위를 통해 남성의 음경이 여성의 질속에 삽입이 되어 오르가즘을 느끼는 순간 음경에서 정액이 분출이 된 수 백 만개의 정자 또는 정충들은 여성의 난자를 만나기 위하여 정자여행을 시작한다.

1. 약 1억개의 올챙이 모양의 정자들은 난자와 수정하기 위하여 여행을 한다.

수백만 개의 정자는 올챙이 같은 꼬리운동에 힘입어 수 백 만 개의 정자 중 단 하나의 정자만이 난자를 만나서 임신의 성공을 하게 된다. 이때 아빠로부터 받은 정자, 엄마로 부터 받은 난자 각각에는 아빠의 유전자 엄마의 유전자가 들어 있다. 두 세포가 합쳐 하나가 되어 새롭고 유일무이한 "내"가 "나"로 이 세상의 생겨난다. 그래서 발현 가능한 형질이라 하여 부모님의

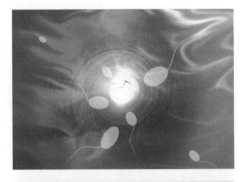
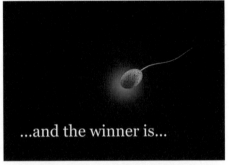

단 하나의 정자만이 난자를 만나서 임신에 성공한다.

신체, 얼굴 생김새 또는 성격을 닮는 경우도 생겨난다. 엄마의 뱃속에서 엄마의 몸을 빌려서 아기가 자라는 것은 아주 경이롭고 신비스러운 일이다. 정자를 수정한 난자는 8주 동안의 아기를 "배아"라 한다.

4주 때는 척추, 눈, 팔, 다리, 기관이 형성되기 시작을 하여. 배아의 바깥층을 이루는 세포는 뇌 신경, 피부,를 이루는 세포가 되고 배아의 속층은 창자와 같은 기관이 되며 바깥과 안을 연결하는 세포들은 근육, 뼈, 혈관, 생식기관으로 발달 한다. 이렇게 사람의 구조 형태가 갖추어지면 이때부터 "태아" 란 이름을 갖는다. 이렇게 9개월의 임신 기간 동안 엄마

와 아기는 태아가 필요한 모든 조건을 준비하여 아기가 태어나게 한다.

2. "나" 라는 존재는 신비스럽고 경이러움 속에서 태어난다.

나 자신은 성장과 발달에 알맞게 갖추어진 신체의 특성을 가지고 "나"라는 존재로 이 땅에 태어난다. 그래서 생후 1년 안에 아기는 듣고 보

며 사람 사물 장소를 알아보기 시작을 한다. 아기는 처음 약 4주가 넘으면 미소를 짓고 3개월 무렵이면 고개를 가누며 뒤집기를 시도 한다. 아기는 옹아리를 하며 소리를 흉내를 내며 단순한 언어로 반응을 한다. 아가가 9개월 무렵이 되면 일어나 앉으며 기어 다니며 약10개월이 넘으면 무엇인가를 붙잡고 첫 걸음마를 시작을 하려고 한다. 12개월이 지나면 자신의 모습을 알아보기 시작을 한다. 1세부터 5세까지의 아동기는 호기심과 신체발달이 폭발적으로 성장을 한다. 소아 아동기는 성인이 되어 사회성 기술에 큰 도움이 되므로 자신을 이해하며 자기 영역을 설정하며 사회적 유대감을 배우기 위하여 동갑내기 아이들과 함께 시간을 보내야 한다.

즉 이때의 신체의 성장과 함께 언어, 정서, 행동규칙 등, 도 발달 한다. 이 때 뇌에는 신경세포의 새로운 연결이 생겨 정신발달의 밑바탕을

이룬다. 3세가 되면 자신과 남을 이해하는 마음이론을 세우며 친구를 새기며 규칙을 이해하며 성별에 따른 차이를 갖으면서 자신들만의 계층구조를 이루며 사회생활을 하게 된다. 아동기에서 성인기로 이어지는 사춘기 때는 호르몬의 변화로 소녀의 변화를 맞으면서 젖가슴이 발달하며 체모가 나며 월경을 시작하면서 사춘기의 변화를 가속화 한다. 남자의 소년의 변화는 음경과 고환이 성장하고 정자의 형성이 시작이 되어 첫 사정으로 몽정을 한다. 이렇게 나의 위대한 몸은 나의 정체성을 만들면서 청년기 장년기 그리고 노년기를 갖는다.

3. 늙어도 우아하고, 아름답게, 내 몸을 사랑하며 건강하게 늙자.

그리고 노화는 느리지만 필연적인 인생의 한 과정이고 나의 몸이 늙는 속도는 유전자, 식생활, 생활습관, 환경의 상호작용의 의해 빨리 늙을

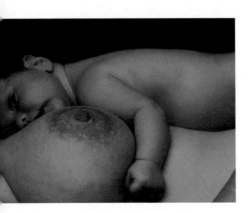

자녀의 최초의 교육은 엄마의 젖 가슴속에서 시작된다.

수도 있고 다소 조금은 늦출수도 있다 그러나 늙는다는 것은 필연적인 과정이다. 피할 수 없는 죽음의 무거움을 어떻게 짊어지고 갈 것인가? 얼마나 살지 모른다는 죽음의 가변성, 어디서 죽을지 모른다는 죽음의 편재성, 언제 죽을지 모른다는 죽음의 예측 불가능성, 반드시 죽는다는 죽음의 필연성, 인간은 홀로 죽는다는 죽음의 보편성 속에서 각각 나 자신의 몸이 그 중심

에 있고 나도 필연 그 길을 가고 있다는 것이다.

4. 육체의 죽음은 끝이 아니라 즉 새로운 영혼의 세계의 시작이다.

사람의 늙어가는 길의 종착역은 죽음이다. 그 죽음을 편안하게 극복하려면 내세가 있는 종교생활과 같은 믿음 생활이 있다. 모든 이슬람교, 불교, 유교, 등, 종교가 그러하지만 특히 기독교는 죽음 이후 내세 즉 천국이 있음을 말한다. 사람들이 두려워하는 죽음도 긍정적으로 대하며 임종의 죽음 즉 사후의 세계인 영면의 세계의 문턱을 쉽고 편안하게 넘을 수가 있다. 그래서 무신론주의자였던 한국 문학의 대부인 이어령박사도 자신의 손주와 딸 김형민 (미 검찰청 검사) 변호사(나중에 목사가 됨)의 죽음을 통해서 자신의 무신론 주의를 무너트리고 유신론자가 되어 기독교로 입신을 했다. 그는 자신의 죽음의 문제의 해결의 길은 종교의 힘을 의지하는 것이다 라고 했다.

결국 우리는 한 일생을 다하면서 울고 웃고 기쁨과 즐거움 행복함도 내 마음과 내 몸으로 반응하며 이루어진다. 행복이 나를 찾아와도 내 몸으로 웃고 즐거워하며 환희 할 수 있고 행복을 느끼며 누릴 수 있도록 준비된 나의 몸, 위대한 내 몸이 되어야 한다. 그리고 그 위대한 내 몸을 가장 사랑하며 언제나 위대한 희망 속에 나는 나의 위대한 삶을 살아가고 있다는 내 몸의 대한 자신감을 갖고 이 세상을 더욱 더 행복하게 살자.

출산을 앞둔 만삭의 산모

| 04 더욱, 높이 날게 하는
     행복의 날개 「돈」?

  돈 이란? 맘모니즘(Mammonism)은 부(富), 재산, 돈을 절대시 하며 최고의 가치와 의미를 부여하는 행위를 말 한다. 맘몬(Mammon)은 부(富)를 뜻하는 아람어 마모나(Mamona)에서 파생된 단어이다. 돈은 있다가도 없어지는 것 생활의 방법에 따라 단돈 1만원으로도 우리는 행복 할 수 있다.

  기원3세기 이전에는 돈거래가 물물교환으로, 직접적으로 서로 맞바꾸는 물물교환이 당시 경제 형태였다. 기원전1000년 전부터는 색색의 종류의 무늬가 있는 무늬개오지조가비, 기원전6세기에는 리디아인 동물형상이 각인된 금과 은으로 합금된 주화를 최초로 만들었다. 비잔틴제국 순금주화, 로마제국의 동전주화, 지폐, 신용카드에서 1999년 전자식 디지털화폐, 암호화 된 비트코인까지 화폐로 사용이 되고 있다.

  1553년 대영제국의 최초 중앙은행, 19세기 초 영국이 금을 보유하고 금본위제도를 채택하면서 영국의 파운드가 세계 기축통화를 이끌어 오다가 제1차 대전 종식과 함께 1994년 미국의 뉴햄프셔주에서 국제연합44

국이 모여서 브레튼우즈체제가 출범하면서 미국은 당시 세계의 금80%를 보유하여 국제적으로는, 경제력, 군사력, 정치력으로 인정을 받아 달러가 세계의 기축(基軸)통화가 되어 국가 간 무역결제, 환율평가 기준이 되는 세계의 돈이 되었다. 기축통화로 현재 사용 중인 2018년 전 세계의 달러는 80조9,000억 달러, 오늘 날 존재하는 세계의 돈의 총액이다.

1. 돈은 삶의 도구이지, 인생의 목적은 아니다.

구석기 시대, 원시 농경사회에서는 서로 물물교환으로 자족하던 시대였으므로 돈이 필요치 않던 시대 였다. 농경시대, 산업사회, 지식사회를 거치면서 지금은 정보사회에서 정보가 곧 돈인 사회 속에 살고 있다. 국제연합(UN) 회원 기준 193개국이지만 국제법상 인정된 국가 수는 242개국이다.

돈은 기쁨의 도구이자 눈물의 도구이다. - 영국격언

국가는 국가 간 무역 거래를 통하여 필요한 물품을 서로 사고팔고 하면서 무역 거래를 한다. 이 무역거래간의 물건 값을 세계의 기축통화인 달러로, 우리한국도 그 물건 값의 결재를 한다. 한국 식량 자급 율 22%, 에너지수입 석유류100%, 석탄류85%, 곡물수입70%, 석유1일소모량:2,168,000 배럴, 한국의 에너지 수입량은 매년1415억 달러이다. 생존의 기초인 식량, 에너지를 수입을 하지 않고는 살수 없는 나라, 한국이다. 이렇게 돈은 우리들이 이 세상을 살아가는 생존의 도구들이다. 사람은 누구나 배불리 먹고 따뜻하고 건강해야 행복을 추구 할 수가 있기 때문이다. 보다 더 나은 삶을 살기 위해서는 식료품 구입, 주거 공간 마련, 문화생활비 모두가 돈을 지불을 해야 하기 때문이다. 다만 돈이 좀 많으면 사람을 거느리고 좀더 원하는 주거환경에서 다른 사람들보다 더 많은 부유함과 풍요함을 누리며 편안하게 살 뿐이다.

세상의 권력과 부를 한 몸에 누렸던 프랑스 황제 나폴레옹은 "행복을 부유한 생활 속에서 구한다는 것은 마치 태양을 그림으로 그려 놓고 햇빛이 비치기를 기다리는 것이나 다름없다"고 말했다.

2. 돈이란? 마실수록 목마르게 하는 바닷물이다.

바닷물의 염도는 3.5%이다. 그러나 사람의 인체는 70% 중 그냥 수분이 아니라. 그 중 무기염류의 농도는 0.9%이다. 따라서 인체 내의 체액의 염류도보다 더 염류도가 높은 소금물을 희석시키려고 인체는 더욱 많은 물을 원해서 바닷물 1L를 마시면 1.5L의 물을 몸 밖으로 배출을 해야 하기 때문에 바닷물을 마시면 더 목마르게 된다.

희랍의 속담 중에 돈은 바닷물과 같아 소유하면 소유한 만큼 비례가 되어 더욱 돈에 목말라 한다. 고 했다. 러시아의 격언에도 금괴10개를 소유하면 세상의 부자가 되기를 탐한다고 했다.

어느 날 사탄이 열개의 병을 들고 한 청년을 찾아와서 여기 아홉 개의 병에는 꿀물이 들어 있고 한 개의 병에는 독약이 들어있는데 꿀이 들어있는 병을 찾아 마시면 엄청난 액수의 돈을 주겠다고 제안했다. 처음 청년은 돈이 아무리 좋다고 해도 생명과 바꿀 수 없다고 거절했다. 그러나 계속 유혹하는 사탄의 간청에 청년은 열 병중에 딱 한 병인데…하며 떨리는 손으로 병 하나를 골라 마셨다. 다행히 죽지 않고 살아난 청년은 돈을 받으며 다시는 자기를 찾아오지 말라고 사탄에게 명령했다. 그러나 사탄은 이번에는 아홉 개중 하나를 마시면 돈을 두 배로 주겠다고 제안했다. 이렇게 청년은 쉽게 번 돈으로 방탕했다. 급기야 알콜, 마약중독 등 허물어져 가는 생활 속에 계속 사탄을 불러대기 바쁘게 되었다. 두려움마저 사라졌다. 이제 남은 두 병을 앞에 두고 '돈 벼락이냐, 죽음이냐' 하며 마지막, 인생의 승부를 거는 지경에 이르렀다.

이미 나이가 들어 노년에 이른 그는 마지막 병을 식은땀을 흘리며 꿀꺽 삼켰다. "아! 나는 이겼어. 끝까지 살아나고야 말았어! 이제 어서 돈을 내놔라." 승리에 도취되어 어쩔 줄 모르는 노인에게 사탄은 마지막 병을 스스로 마시면서 "후후, 처음부터 독약이든 병은 없었지, 그러나 너는 이미 돈이라는 독약에 중독이 되어 죽어가고 있었지! 너는 청춘을 돈이란 종이에 얽매어 살다가 영원한 것을 잃어 버렸다. 이제까지 받은 돈의 댓 가를 지금부터 내가 있는 지옥으로 와서 고통과 함께 지불해야 할 것이다."

돈은 아주 좋은 종이 되기도 하지만 아주 나쁜 주인이 될 수도 있다. 또 돈이 말하기 시작하면 진리는 침묵하게 된다. 사람이 돈을, 시간보다 더 소중히 여기면 그 때문에 잃어버린 시간은 돈으로 살 수 없다는 것을 망각하고 산다. 또한 돈을 조금 꽤나 벌면 욕망을 불러들이고 욕망은 또 다른 욕심을 불러들여 욕심이 잉태하여 결국 죽음을 불러들인다.

3. 세상의 대부분의 사람들은 돈을 제일로 섬기고 있다.

맘모니즘(Mammonism은 부(富), 재산, 돈을 절대시하며 최고의 가치와 의미를 부여하는 행위를 말 한다. 맘몬(Mammon)은 부(富)를 뜻하는 아람어 "마모나(Mamona)에서 파생된 단어이다. 재물을 지나치게 아끼는 자린고비 구두쇠가 비난의 대상이 되는 것은 인간성을 상실하였기 때문이다. 한 자린고비의 가정이야기이다. 굴비를 사다가 천장에 매달아 놓고 한 번씩 쳐다보고 반찬을 삼으면서 자식이 두 번 쳐다보니까, 그렇게 헤퍼서 되느냐고 나무랐다고 한다. 자린고비라는 이름으로 널리 알려져 있는 구두쇠 이야기가 흔히 그렇게 시작된다. 그런데 어느 날 며느리도 그 수법을 배워 고기 장수가 오자 고기를 만지기만 계속하고 사지는 않으며, 집에 돌아와서 결국 그 손을 씻어 국을 끓이고 나니 이 사실을 보고있던 시아버지 자린고비가 그렇게 헤퍼서 쓰겠느냐 하면서 그 손을 동네 우물에다 씻으면 온 동네 사람이 일 년 내내 고깃국을 먹을 것인데 하

니! 그 이야기를 듣고있던 며느리가 혀를 차더라는 것이다. 이는 행복의 절대가치를 돈에다 두는 맘모니즘(Mammonism) 즉 맘모니스트 들이다.

4. 황금과 돈이 나의 삶을 얼마나 지켜줄까?

2001년 가을 미국 켈리포니아 해안에서 죤 스미스란 한 어부의 그물에 사람의 뼈가 걸려 올라왔는데 그 뼈에는 200kg의 금괴 허리띠가 걸려 있었다. 그 시신은 금의 무게 때문에 바다에 가라앉은 것 같아 조사를 해보니 오래 전에 그 자리에서 배가 난파를 당한 적이 있었다고 한다. 그 당시 다행히 조난자들은 모두 구출을 받았는데 딱 한 사람만 실종이 되었다는 기록이 있었다. 아마도 그 한사람은 배가 난파하자 200kg

의 금덩어리를 허리띠처럼 두르고 바다에 뛰어들었다. 이렇게 위험한 상황에 처했을 때 맘모니즘 즉 황금이 그 사람의 생명을 보장해주지 않는다는 증거이다.

오래도록 남편 없이 혼자 살던 할머니가 들려주신 김철윤씨의 이야기이다. 김철윤씨는 1.4후퇴 때 온 가족이 남쪽으로 피난을 내려오는데, 남편은 집을 떠나오면서 몸의 여기저기에 돈을 숨겼다. 낯선 땅에 가서 자립할 수 있는 기반으로 삼으려 했던 것이다. 하지만 월남을 하다가 공산군에게 잡히는 신세가 되었다. 공산군은 몸수색을 하다가 온 몸을 돈으로 감고 있는 자신의 남편은 잡아두고 다른 20여명의 사람들은 풀려나 남으로 내려왔다. 그때 돈만 아니었으면 남편도 함께 내려왔을 것이라며 눈물을 짓는다. 위험한 상황에 처했을 때 돈이 그 사람의 생명을 보장해주지 않는다는 증거이다.

유대의 탈무드에 의하면 "돈은 열심히 벌 어라, 기왕이면 많이 벌 어라, 그리고 돈에 노예는 스스로 되지 말라. 고로, 가난한 이웃과 인류를 위하여 아낌없이 써라. 그러면 많은 사람이 행복해지고 당신의 마음은 더욱 더 부요해지며 행복을 느낄 것이다. 탈무드에 의하면 돈은 행복도 아니요, 신(神)은 더욱 아니요, 건강도 아니다, 다만 인간이 살아가는데 생활의 한 방법이요, 필요한 도구 일 뿐이다. 그러나 "돈은 있다가도 없어지는 것 생활의 방법에 따라 단돈 1만으로도 우리는 행복 할수 있다."

┃05 행복을 가져다가 주는 일

    인공지능인 AI를 비롯한 3D프린트, 드론, 로봇, VR(가상현실), AR(증강현실), 웨어러블 디바이스가 이 지식 정보산업을 이끌어 가고 있다. 특히 산업의 쌀이라고 부르는 반도체의 발달로, 옛 농경시대에는, 새로운 농업기술이 새로 만들어 발달하는데 100년이 소모되었는데, 지금의 정보화 시대는 반도체 등, 지식기술의 발달로 6개월이면 신기술이 배수로 발전을 하는 것이다.

전통세대	베이비붐세대	X세대	밀레니얼세대
1940~54	1955~64	1965~79	1980~2000
"먹고 살려면 뭐든 해야죠"	"돈과 명예를 위해서 하는 거죠"	"직장에 다니는 것 만으로도 만족하죠"	"의미 있고 좋아하는 일이니까요"

세대별 일하는 이유

    램프를 만들어내게 한 것은 어둠이었고, 나침반을 만들어낸 것은 안개였고, 새로운 세계로 탐험을 하게 만든 것은 배고픔이었다. 그리고 결국 시련과 절망의 일들은 우리들에게 새로운 발명과 행복을 가져다준다.

1. 일을 통해서 사람들은 경제적 혜택과 자아실현을 이룬다.

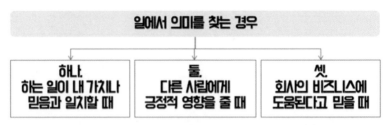

일에서 의미를 찾는 세 가지 이유

　　인간은 매일 매 순간 다양한 일을 하며 살아간다. 일이란 어떤 목적을 달성하기 위해 수행하는 육체적 또는 정신적 활동을 말한다. 다양한 일 중에서 경제적 수입을 얻기 위한 생산적 활동을 고정적으로 수행할 때 이를 직업이라고 한다.

　　사람은 직업을 가진 대가로 소득을 얻고, 이를 통해 생계를 유지하며 물질적인 욕구를 충족시켜 나간다. 하지만 모든 사람이 경제적 댓가만을 위해 직업을 갖는 것은 아니다. 일을 통해 자신의 능력을 발휘하고 자아를 실현함으로써 정신적 만족의 행복감을 얻을 수 있다. 그래서 일부 사람은 경제적 댓가가 매우 작더라도 자신이 좋아하는 직업 즉 일을 선택하여 자신의 존재감의 가치를 확인하는 것에 큰 의미를 부여하기도 한다.

　　일은 개인적 차원뿐만 아니라 사회적 차원에서도 중요한 의미가 있다. 과거와 달리 현대 사회에서는 직업이 분화되어 각 개인은 서로 다른 직업을 수행하며 상호 의존한다.

　　인공지능인 AI를 비롯한 3D프린트, 드론, 로봇, VR(가상현실), AR(증강현실), 웨어러블 디바이스 이 지식 정보산업을 이끌어 가고 있다. 특히 산업의 쌀이라고 부르는 반도체의 발달로, 옛 농경시대에는, 새로운 농업기술이 새로 만들어 발달하는데 100년이 소모되었는데, 이제는 반도체 등. 지식기술의 발달로 6개월이면 신기술이 배수로 발전을 하는 것이다. 그만큼 행복한 마음을 얻는 시간도 아주 짧지만 그것을 잃어버리는 시간은 더욱 짧은 시대이다.

2. 일은 때로는 꿈같은 전설적 행복을 만들기도 한다.

한국산업과 경제발전의 전설인 (1915~2001년) 전 현대건설 정주영 회장의 한겨울에 보리 싹으로 UN군 묘원을 만들고, 단돈 500원짜리 지폐 한 장을 들고 현대조선소를 세운 잔잔한 감동이 찾아드는 행복한 이야기이다.

1952년 12월 6.25전쟁이 소강상태로 접어들 추운 겨울, 아이젠하워 미국 대통령이 부산의 유엔군 묘지를 방문할 예정이었다. 이에 따라 미군은 유엔군 묘지 단장 공사를 입찰에 붙였다. 묘지를 푸른 잔디로 덮어달라는 조건이었다. 대부분의 건설회사 사장들은 한결같이 "이 추운 엄동설한 한겨울에 푸른 잔디라니? 도저히 불가능하다" 라고 하며 모두들 손사래를 치면서 입찰을 포기했다. 하지만 현대그룹 창설자 정주영은 그 조건

대로 묘지 단장 공사를 하겠다며 입찰을 받아냈다. 그렇지만 당시, 추운겨울에 푸른 잔디는 어디서 구한단 말이냐? 고민을 하던 정주영은 금광석 같은 아이디어를 낸다. 잔디 대신 보리를 농가에서 많이 심었던 봄보리 싹을 생각해 낸 것이다. 그 때는 우리들 식량은 쌀 보다 보리였다. 벼는 봄에 심어 가을에, 보리는 늦은 가을에 심어 겨울에 자라 봄에 거두는 식물이다. 그래서 대부분 시골 농가에서는 논밭에 2모작인 보리를 심었다. 그래서 파란보리 싹을 구하는 것

은 어려운 일이 아니었다. 정 회장은 시골 논밭에서 갓 싹이 터 나온 보리모종을 여기저기서 대량으로 사들여 유엔묘지를 잔디밭이 아닌 푸른 보리 싹 으로 덮었다.

묘지는 한겨울임에도 푸른 잔디밭처럼 보였다. 이를 본 미군장교는 "원더풀"을 거듭하면서 놀라움을 금치 못했다. 다른 건설사들이 손사래를 치며 못해 내는 일을 만들어 낸 그 일로 인하여 미군정의 신뢰와 인정을 받게 되었다. 정주영은 연 이어서 1950년 10월에 서울 대학로에 위치한 미8군사령부 본부막사 설치 공사로부터 시작해 전국에 산재한 건설공사인 도로, 교량공사 등, 빠른 속도와 정확성을 추구하면서 미군 발주 공사에서 독점적인 지위를 따냈다. 서울에서는 아이젠하워 미국 대통령 당선자가 머물 숙소를 짓기도 했다. 공사이익은 예산의 5배에 이를 정도로 대박, 대금은 당연히 달러로 받았다. 이것은 곧 현대건설이 오늘날 세계적인 대기업으로 성장할 수 있는 토대가 되었던 것이다.

또한 맨주먹에, 500원 짜리 지폐와 울산 미포만의 황량한 모래밭을 찍은 흑백사진 한 장으로 울산 현대 조선소를 세운 신화 같은 이야기다.

3. 매우 이루기 힘든 일의 신화(神話)에는 행복한 뒷이야기가 있다.

1970년 초 어느 날, 정 회장은 청와대 뒤뜰에서 박정희 대통령과 울산조선소 건립에 대한 문제를 논의한다. 이에 앞서 정 회장은 박 대통령으로부터 "조선소를 건설해 보라."는 지시를 이미 받은 상태였지만 정주영으로선 엄두가 나지 않아 망설이고 있었다. 기술도, 자금도 없는 마당에 조선소를 짓는다는 것은 말 그대로 '맨땅에 헤딩'하는 격이기 때문이다.

"한 나라의 대통령과 경제 총수인 부총리가 적극 지원하겠다는데, 그거 하나 못하겠다고 여기서 체념하고 포기를 해요?" 정주영은 대통령이

해상 건조 중에 있는 현대중공업 제1호 선박 '아틀란틱 바론'호의 모습

건네준 담배를 물고 연기만 뻐끔 뻐끔 뿜어냈다. 사실 정주영은 담배를 피우지 않았지만 대통령이 주는 담배를 거절하지 못했다.

"어떻게 하든 해내야 합니다! 임자는 하면 된다는 불굴의 투사 아니오?"

대통령은 단호했다. 박 대통령은 정주영에게 시간을 주지 않고 압박 아닌 압박을 가하고 있었던 것은 대통령이 그렇게 한데는 이유가 있었다. 포항제철(POSCO)이 1972년 7월에 준공을 하면 포항제철에서 생산되는 철강재가 연산(年産) 103만톤 규모의 철을 대량으로 소비해줄 산업이 필요했다. 해서 정주영은 "각하의 뜻에 따라 제가 한번 해 보겠습니다."

청와대를 나온 정주영은 대통령 앞에서 하는 수 없이 조선소를 지어 배를 만들겠다는 다짐을 했지만 눈앞이 암담했다. 정주영으로선 배에 대해서는 말 그대로 일자무식이었기 때문이다. 하지만 정주영은 일이 결정된 이상 주저앉아 걱정만 하고 있을 수가 없어 바로 조선소 건설사업 추진에 들어갔다. 문제는 조선소를 지을 자금이었다. 당시엔 국가 예산 규모가 크지 않아 정부 출연은 도저히 불가능했다. 결국 외국에서 차관을 들여와야 했는데, 다른 나라로부터 차관을 얻기란 하늘의 별 따기였다. 그만큼 우리나라의 경제사정이 열악해 믿고 돈을 빌려줄 나라가 없었던 것이다. 정주영은 일본에도 가보고 미국에도 돈을 빌리러 갔다. 하지만 아무도 그를 상대해주지 않았다.

차관을 얻으려 런던에 도착한 정주영은 온갖 고초를 겪는다. 1주일 만에 A&P애플도어의 찰스 롱 바톰 회장을 어렵사리 만났다. 정주영을 맞은 롱 바톰 회장은 "아직 배를 사려는 사람도 없고, 현대건설의 상환 능력과 잠재력도 믿음직스럽지 않아 힘 들 것 같다."고 거절의사를 표명했다.

이에 정주영은 "한국 정부가 보증을 서도 안 됩니까?" 하고 반문했다. 그러자 롱 바톰 회장은 "한국 정부도 그 많은 돈을 갚을 능력이 없는 걸로 알고 있다."고 단호하게 말했다. 모든 것이 수포로 돌아가려는 순간, 궁하면 통한다고 섬광 같은 지혜를 정주영식 기지가 발휘했다. 정주영은 바지 주머니에 들어 있던 500원짜리 지폐를 꺼내 보였다.

자! "이걸 잘 보아주시오! 이 지폐에 그려진 것은 거북선이라는 배인데, 철로 만든 함선이지요. 당신네 영국의 조선역사는 1800년대부터라고 알고 있습니다. 하지만 한국은 영국보다 300년이나 앞선 1500년대에 이 철갑선을 만들어냈고, 이 거북선으로 일본과의 7년 동안의 전쟁에서 일본을 물리쳤습니다. 한국이 가지고 있는 잠재력이 바로 이 돈 안에 담겨 있습니다."

정주영은 사뭇 비장하면서 적극적 이였다. 이 지폐는 1966년 8월 16일 한국조폐공사가 발행한 500원 권〈사진〉으로, 도안이

바로 거북선이었던 것이다. 거북선 도안은 1953년 발행된 100원 권과 1962년에 발행된 10원 권 지폐에도 들어 있다.

롱 바톰 회장은 의자를 당겨 앉으며 정주영으로부터 지폐를 들고 꼼꼼히 살펴보기 시작했다. "정말 당신네 선조들이 실제로 이 배를 만들어 전쟁에서 사용했다는 말입니까?"

롱바톰 회장이 호기심을 보이자 정주영은 고삐를 바짝 죄듯 엄숙하게 이야기를 꺼냈다.

"바로 우리나라 이순신 장군이 만든 배입니다. 한국은 그만큼 대단

한 역사와 두뇌를 가진 나라입니다. 불행하게도 산업화가 늦어졌고 그로 인해 좋은 아이디어가 묻혀 있었지만 잠재력만은 충분한 나라인 것입니다. 우리 현대건설도 자금만 확보된다면 훌륭한 조선소와 최고의 배를 반드시 만들어낼 것입니다. 회장님! 버클레이 은행에 추천서를 보내주십시오. 간곡히 부탁드립니다." 롱 바톰 회장은 잠시 생각을 정리한 뒤 지폐를 내려놓으며 손을 내밀어 정주영에게 악수를 청했다. "당신은 당신네 조상들에게 감사해야 할 겁니다." 라고 말하는 롱바톰 회장의 얼굴에 환한 미소가 번져 있었다. "거북선도 대단하지만 당신은 더욱 대단한 사람이오! 당신이 정말 좋은 배를 만들기를 응원하겠소." 그는 당장 그리스 선박왕 오나시스의 처남인 거물 해운업자 조지 리바노스(George Livanos)를 찾아가 26만 톤급 선박 두 척의 주문을 받아내는 데 성공한다.

정주영은 푸른 바다와 하얀 모래사장밖에 보이지 않는 울산 미포만에서 두 척의 배를 짓기 시작한다. 배는 '만드는 게' 아니라 '짓는 것' 이라고 생각했기에 조선소 건설도 동시에 진행할 수 있었다. 그후 1974년, 정주영의 계획대로 2년 뒤 유조선 1,2호가 완성됐다. 당초 50만 톤이 목적이었던 선박 건조시설(도크)도 100만 톤급으로 올려 완성됐고, 이듬해 현대울산조선소가 설립되었다. 도크가 완성되기도 전에 배를 띄운 것이다. 1974년 6월 8일 현대중공업은 리바노스 회장으로부터 수주한 유조선 1, 2호선의 명명식

500원 지폐 한 장이
세계 1위의 조선소가 되었습니다

▲현대중공업

과 울산조선소 준공식을 동시에 열었다. 세계 조선업계 역사상 유례없는 일이었다.

최고의 전문가들이 완벽하게 만든 프레젠테이션과 사업계획서에도 "No"를 외쳤던 롱 바톰 회장의 마음을 움직인 것은 정주영의 지혜인 500원짜리 지폐 단 한 장이었다.

4. 일의 성공은 자신감과 자존감 그리고 미래의 더 큰 행복의 꿈을 갖게 한다.

어떤 일에 성공을 하면 일에 대한 자신감 그리고 자신의 자화상에 대한 자존감이 매우 높아진다. 그래서 다른 사람이 못하는 일에도 자신감을 갖게 되고 그 일에 대한 꿈을 갖되 성취의 확신감을 자신에게서 더욱 넓은 인류의 행복을 위한 꿈으로 발전한다. 그래서 세계적인 재벌이 되면 세상의 빈민을 염려하며 NGO의 영역으로 그 활동범위를 더 넓히게 된다. 개인의 기업이 아닌 사회기업으로, 인류를 보살피는 기업이라는 이미지를 또한 심는다. 세계적인 사람으로 어느 정도 성공을 하면 그 사람은 지혜, 인내, 열정, 지구력, 탁월한 리더쉽의 사람이 이미 되어 있다고 미래학자 앨빈 토플러는 말을 했다. 사람들은 그 사람을 더욱 추앙을 하며 또 하나의 전설의 대상이 됨으로서 사람들은 그 사람은 바라봄의 대상으로 더 많은 사람들이 좋아하며 가까이 하려고 하며 군중이 따른다.

가장 높은 정점에 선 사람은, 가장 높은 행복감을 누리고 살아야 하는데, 반면에, 심리적으로, 내면적으로는 스트레스, 불안함을 갖는 경우가 매우 많다. 마치 알파인이 정상에 서면 하산을 걱정하듯 언제나 정상을 지키는 것은 그 만큼 어려운 것이다. 그래서 행복이란? 특별한 사람에게만 있는 것이 아닌, 평범한 범인들의 일상생활에서, 평범한 일상의 일속에서, 또는 일상의 사건을 통하여 그 기쁨, 환히, 감사, 희열, 그리

고 그 행복의 기쁨을 누린다. 그래서 오늘도 나는 내 일상에서 내 인생의
행복의 주인공이다.

행복은 아주 드물게 얻을 수 있는 행운 조각들이 아닌 날마다 얻을 수 있는
조그만 기쁨들로 만들어 진다. – 벤저민 프랭클린

┃06 행복도 소원하면 이루어진다.

모든 것의 원인은 우리의 긍정적인 생각이자 자신 있는 확신의 믿음이다. 『난 할 수 있다. 하면 된다』는 긍정적인 확신의 생각은 "명령" 어가 되어 내 내면의 자아상에 확신과 믿음을 심어준다. 그리고 그 확신은 뇌 신경물질인 "도파민 호르몬"을 통하여 각 신체의 기관을 움직여 그 믿음대로 이룬다.

세계2차 대전을 종식시키는 맨해턴 계획은 원자폭탄을 만드는 과정에서 초대형 계산기 에니악을 개발하게 된다 에니악은 18,000개의 진공관과 1,500개의 계전기를 사용을 했고 30톤이나 되는 거대한 기계였으며 '컴퓨터'(Computer)라는 명칭으로 「계산한다」는 뜻의 라틴어 유래했다. 비행거리, 핵폭탄의

최초의 수퍼 컴퓨터 에니악

폭발력, 암호해독 등 인간의 머리로는 처리하기 어렵고 복잡한 계산을

최초의 컴퓨터 설계자 존 폰 노이만

해내기 위하여 개발한 에니악에 문제가 드러나자 천재수학자 존 폰 노이만은 또 다시 에드박(EDVAC)으로 최초의 프로그램 내장 컴퓨터로 1세대 컴퓨터를 낸다.

컴퓨터는 진화를 계속하여 1951년에는 유니박 I(UNIVAC-I)을 만들어 과학기술 역사에서 중요한 변화를 일으킨 바로 컴퓨터와 인터넷이다. 그후 인텔의 cpu의 신화를 거쳐 애플사가 2007년의 아이폰 2G, 그 뒤로 세계의 반도체를 선도하는 삼성이 2010년에 갤럭시 S를 출시를 한다.

더욱 놀라운 것은 삼성 스마트폰에 내장 되어 있는 128KB안에는 약 8만권 분량의 책을 저장이 될 수가 있어서 작은 휴대폰에 도서관하나를 통째로 들고 다니고 있는 셈이다. 80,000권의 책 분량은 4톤 트럭 10대 분량의 량이다. 15층 아파트의 높이를 쌓을 수 있는 높이의 분량의 많은 책, 내 지식정보를 반도체 칩에 담아 스마트폰을 통하여 그 내용을 독서하기도 한다. 처음 초시, 30톤 무개의 컴퓨터를 이젠 평균200g의 스마트폰으로 전자업무, 전자책, 영상통화, 영화를 다운받아 인터넷을 보며 우리 모두가 즐긴다.

비물질인 정신세계의 지식의 정보로 물질세계의 기기를 만들어 비물질 세계인 정신과 마음을 우리는 스마트폰으로 즐긴다. 그렇게 자연의 질서는 서로 밀며 끌어당기며 상호 질서를 지키며 서로를 위하여 존재하며 이루어 간다.

1. 우주의 법칙은 힘에 의하여 서로 움직인다.

아이작 뉴턴의 1687년에 그의 역작저서인 "프린키피아"에서 코페르

니쿠스, 갈릴레오, 케플러를 거치면서 만유인력의 법칙은 우주상의 모든 물체는 그들 사이에 인력이 작용하고, 그 크기는 두 물체의 질량의 곱에 비례하며 두 물체 사이의 거리의 제곱에 반비례한다. 고 수학적으로 증명을 하였다.

태양이나 행성 같은 우주의 모든 물체가 사이에는 서로 당기는 힘 즉 사과와 같은 물체가 땅위로 떨어지는 것 또는 사람이 하늘을 날지 않고 땅위를 걸어 다닐 수 있는 것은 이러한 만유인력법칙인 중력 때문이다. 힘에는 에너지가 존재한다. 에너지는 운동을 하면 또 다른 힘을 만들어 낸다. 이 이야기는 철학이 아닌 물리학이다.

퀀텀물리학(Quantum Physics)의 기초에 의하면 이 세상의 모든 물질은 에너지이고 에너지는 같은 종류끼리 끌어당김의 법칙이 적용이 된다는 이론이다. 우주에는 눈에 보이지 않는 에너지 분자, 원자, 양자 등의 에너지들이 있다. 하나님이 만드신 지구의 창조의 자연의 질서는 이러한 눈에 보이지 않는 창조주가 만드신 물리의 량들의 의하여 서로 끌어 당기며 운영이 되고 있다.

2. 물질의 세계를 비물질 세계가 만들어 이끌어 가기도 한다.

자연계는 물질의 세계이다. 바다, 하늘, 육지의 나무와 식물. 그리고 사람은 모두 시(時) 공간세계에서 이루어진다. 우주 속에 위성, 하늘의 비행기, 땅의 나무와 식물 등, 사람들의 머리속 생각과 지혜부터 시작을 하여 무엇인가가 만들어진 것이다. 인간은 이렇게 비물질의 생각에서 물질의 세계의 것을 인간의 편의를 위한 기기나 시설들을 만들어 사용을 하여왔다. 그래서 지시과 마음의 세계를 수중이 여긴다.

3. 생각과 마음은 삶을 만들며 이끈다.

인간은 통상 하루에 6~8만 가지 생각을 하며 살아간다. 그런데 그런 생각들은 대부분 어제 했던 생각의 반복이기에 어제의 삶과 다를 바 없는 오늘을 살게 되고, 내일 역시 오늘의 생각을 반복을 반복하면서 살아간다. 특별히 영구 계획하는 것 제외 하고 소가 달구지를 끌듯 생각이 나의 삶을 이끌어간다. 그렇기에 생각수준이 나의 삶의 수준을 결정하기도 한다. 그래서 부와 행복과 성공은 생각에서 창조되기도 한다. 우리가 성공을 생각하면 세상은 우리에게 성공한 인생을 돌려준다. 우리가 실패를 생각하면 세상은 우리에게 실패한 인생을 돌려준다. 그렇게 세상은 우리의 생각을 반사하는 거울과 같이 끌어 준다. 즉 비물질의 세계인 정신세계가 물질의 세계인 세상을 이끌어 가고 있다.

4. 내 자아속의 자아의식은 나를 그 목적으로 이끈다.

사람은 누구나 청소년기를 거치면서 이성을 동경을 하거나 나 홀로 사랑하는 짝 사랑을 해본 경험들이 있다. 이성을 동경하여 좋아 하는 것은 동물들의 본능이다. 동물들은 짝짓기 때가 되면 조직의 분비샘에서 페로몬의 냄새를 풍겨 동물끼리 의사소통이나 성적인 유혹을 한다. 그러나 사람은 자기가 마음에 드는 사람이나 좋아하는 이성이 생기면 사랑의 동경을 한다. 흔히 격어 보지 못한 대상이지만 우러르는 마음으로 그리워하며 보고 싶은 간절한 생각을 한다. 좋아하거나 사랑하기 때문이다. 상대 당사자는 상관없이 왠지, 보고 싶어지고 멀리서 바라만보아도 가슴이 설래이며 만나면 자신도 어쩔줄 모른다. 내 자아속의 사랑의 힘이 나를 그 사람에게로 이끌고 있기 때문이다. 결국은 찾아가고 사랑을 고백하며 그 여부를 확인을 한다. 사랑의 힘은 내 자아의 잠재의식 속에서 나를 그 사람에게로 이끌어 당긴다.

5. 행복도 소원하면 이루어진다.

구약성경 창세기29장에는 야곱이 아버지 야곱과 그의 형 에서를 속이고 위험에 처하자 어머니의 조력을 받아 하란에 있는 삼촌의 라반 집을 단신의 맨 몸으로 찾게 된다. 라반에게 는 큰 딸 레아와 작은 딸 라헬이 있는데 "라헬이 곱고 아리따 우니, 야곱이 라헬과 연애하므 로...야곱은 미모가 뛰어난 라 헬을 얻기를 원했으나 돈이 없

야곱의 천사와의 씨름

으므로, 구혼자가 지참금이 없을 때는 고대 베두인들의 당시 풍습대로 7 년을 일을 해주고 라헬을 얻기로 했으나 7년이 되는 해 첫날 밤 지내고 아침에 깨어보니 약속한 라헬이 아니라 그의 언니 레아 였다.

야곱은 라반의 속임수에 항의를 하였으나 삼촌 라반은 우리지방에서 는 동생보다 형을 먼저 주는 것이 풍습이라고 하면서 야곱에게 다시 라헬 을 줄 터이니 7년을 더 살라 고 하여 삼촌라반을 섬기며 라헬과 연애하는 까닭에 7년을 수일같이 여겼더라. 고 했다.

결국은 야곱은 당대 제일 곱고 아름다운 라헬까지 아내로 맞이하고 창세기31장1절에는 거부까지 되었고 이스라엘의 12지파의 아비가 되었

다. 이렇게 야곱의 마음속에 잠재되어 있는 라헬에 대한 사랑의 잠재의식은 항상 바라보게 하고 흠모하며 동경하니 비물질의 세계인 마음은 즐겁고 흥분하게 하면서 20년 동안을 수일처럼 살면서, 이스라엘의 거부가 되는 힘이 되었다.

※ 야곱이 라헬을 사랑하는 자아의 내면의 잠재의식의 힘은(창세기 31:38-42),

① 많은 노력을 하게 했다.

야곱은 삼촌 라반의 양떼를 돌보면서 양떼를 잃거나 분실해도 보충하였으며 도적을 맞아도 물어냈으며 삼촌의 재산의 손실이 가지 않도록 노력을 하였다.

② 눈붙일 시간도 없이 바쁜 세월을 보냈다.

외삼촌의 가문을 위하여서 낮에는 열대 사막의 더위를 무릅쓰고 밤에는 추위를 당하며 일을 하였다.

③ 라엘을 향한 사랑과 믿음의 힘은 이십년 동안을 기다리게 하는 인고의 힘이 되었다..

야곱은 이십년에, 두 딸을 위하여, 십 사년, 외삼촌 양떼를 위하여 6년, 품값을 10번이나 변역했으나 야곱은 진실하게 라헬과 삼촌 라반을 위하여 일을 했다.

단신의 맨 몸으로 삼촌 라반을 찾아 간 야곱은 행복의 소원인 라헬을 얻기위한 20년 동안 많은 노력과 눈 붙일 시간도 없이 바쁜 세월보내며, 인내와 내면의 열정의 자아의 잠재의식은 곱고 아름다운 절색 미인의 여인 라헬, 가나안 땅의 당대 거부가 되고, 인류의 메시야가 그의 몸에서 태어나고 이스라엘 12지파의 아비가 되는 행복한 모든 소원을 이룬다.

사람은 마음속으로 늘 성공을 빌면 결국 성공하고, 마음속으로 늘 실

패를 걱정하면 그 두려움
이 그대로 실현되었던 경
험이 누구에게나 있을 것
이다. 중요한 사업을 기
획하여 진행하는 사람이
다음날 여러 임직원 앞에
서 중요한 프레젠테이션
을 해야 할 때 실수를 저
지를까봐 마음을 졸이며
자신이 없으면 영락없이

실수를 저지르고, 중요한 경기를 앞둔 선수가 상대에게 지는 상황을 상
상하며 경기를 하면 십중팔구 경기에서 지게 된다.

모든 것의 원인은 우리의 긍정적인 생각이자 자신 있는 확신의 믿음
이다.「난 할 수 있다. 하면 된다」. 는 긍정적인 확신의 생각은 "명령"
어가 되어 내 내면의 자아상에 확신과 믿음을 심어준다. 그리고 확신대
로 뇌의 신경전달 물질인 "도파민호르몬"이 신체의 각 기관을 움직여 그
믿음대로 이룬다. 마치 자석의 기능이 있는 쇠는 자기 무게의 12배를 끌
어당긴다. 그러나 그냥 쇠는 0.1g의 쇠도 끌어당기지 못한다. 그래서 행
복은 자석처럼 힘있게 끌어당겨 얻는다.

07 내 몸! 노화의 비밀

세포는 사람에 따라 약 50-60회 세포 분열을 하면서 세포를 생성 시킨다. 그러다가 그 세포들은 하나둘 사멸하기 시작하면 인체에도 점차 거시적인 변화가 일어나게 된다. 세포분열이 일어나지 않아 피부 세포가 보충되지 않으면 피부가 전체적으로 탄력과 부피를 잃어서 얇고 쪼글쪼글하며 축 쳐지게 되며, 근육량도 점점 줄어들며, 신경세포의 사멸로 인해 정신적 능력과 기억력이 점차 감퇴되어 간다. 이것을 인체 노화의 과정이 이라고 한다.

세포는 생명체를 이루는 기본 단위로, 대부분의 생물은 세포와 조직, 기관으로 이루어져 있다 그래서 사람이나 동물은 가령(加齡) 이라는 시간의 경과와 함께 세포, 조직, 장기의 퇴행성 변화의 과정을 거처 결국 죽음에 이른다. 노인의 세포 조직에는 노화현상이라는 특유한 변화가 일어나면서 문제가 나타난다. 즉 사람의 일생의 세포의 변화에 따라, 약 50-60회 가량의 세포분열 후에 불열능이 상실이 되면서 세포가 사멸된다. 그리고 생명과 직접 관련된 주변 장기에서는 그 기능 능력이 현저하게 저하가 된다. 그리고 늙을수록 노화의 가소성이 사람에 따라 빨라진다.

1. 신체의 가령에 따라 우리 몸은 늙으면서 쇠해진다.

가령에 따른 신체의 노화

나이가 들면서 일어나는 쇠퇴적인 변화 현상. 각종 생리기능은 성성숙기(性成熟期) 전후부터 서서히 저하되지만 그것이 반드시 같지는 않다. 사람의 경우 80세가 되면 고음역 청각은 생애 최대치의 30%, 심장이 안정적일 때 1회 혈액 박출량은 45%, 폐활량은 50~60%로 저하되지만 저음역 청각, 후각, 악력(握力)은 70%, 신경 전달속도는 85%를 유지한다고 한다. 노화는 여러 장기의 중량감소도 수반되어, 80세에 간 중량은 80%, 흉샘 중량은 5%까지 저하되지만 뇌는 평균 7%의 중량감소가 보일 뿐이다. 개체 차이도 커서 80세에도 20대와 같은 뇌 크기를 유지하는 사람도 있으며 40대에 80세의 뇌 크기로 위축된 사람도 있다. 이와 같이 개체 차이가 큰 것은 노화현상의 특색이다. 또한 노화에 따른 각종 생리활성은 모두 저하되는 것은 아니며 일부 효소활성이나 호르몬 분비기능은 증가되기도 한다.

2. 모든 동, 식물의 노화는 죽음이다.

모든 동식물의 노화의 수명은 다양하다. 암컷 하루살이는 유충에서 벗어나 단 5분 안에 알을 낳고 죽는다. 옥수수는 4개월 안에 싹이 트고 성숙하고 죽는다. 동부 켈리포니아의 화이트산맥에 브리슬콘 소나무는 5천년의 수명을 자랑을 한다. 세계의 최장수의 기록을 가진 Jeanne Galment는 122세 나이로 1997.8.4. 세상을 떠났다. 생리에 따른 최종지는 죽음이다. 그래서 자연계에는 모든 동식물들이 태어나고 죽는 자연스러운 출생과 죽음이 함께 공존하면서 「나」 라는 존재도 그 속에서 더불어 존재하면서 살고 있는 것이다. 노화와 죽음은 자연 속에 있는 질서이면서 법칙이다.

3. 세포 분열 등 상실 과정이 노화의 과정 이다.

사람들의 출발이나 과정, 목적은 모두 하나이다. 자연의 질서의 따라서 살아야 한다는 것이다. 사람의 인체는 계통(System)으로 기관과 조직으로 이루어져 있다. 각 조직들마다 다양한 유형의 세포들이 존재 한다. 대부분의 세포에는 핵이 하나씩 있는데 핵은 유전자 데이터인 DNA가 포함되어 있는 세포의 중심이다. 이 세포는 이 데이터를 이용해서 생명체의 꼭 필요한 다양한 물질들을 합성한다. 소기관이라 불리우는 미니 장치들은 저마다 전문적인 기능을 수행하는데 이 양상은 인체의 기관과 유사하다.

소기관들은 핵과 세포 막사이 공간인 세포질에 자리 잡고 있으면서 필요한 물질의 분자들은 세포 속으로 끌어들이거나 세포 밖으로 밀어 낸다. 우리 몸의10조개나 되는 세포들은 우리 몸의 구석구석에 비활성 상태로 잠복해 있다가 세포가 손상을 하거나 분열능이 상실되면 비로서 다른 세포를 분열을 일으켜서 전문 세포로 분화 한다. 이렇게 분화된 세포들은 새로운 조직과 기관을 건강하게 하거나 키우기도 한다. 그러나 사람의 신체의 따라 약 10조개나 되는 세포들 중에 분열능이 상실되어지는 세포가 점점 많아지고 반대로 분열되는 세포의 개체가 점점 줄어들어 그 가속성이 많아지는 것이 노화의 과정이다.

4. 세포분열 수명이 멈춰서 이미 노화된 신체의 종국은 죽음이다.

세포가 모두 사멸되어 임종을 앞둔 노인

약 50-60회의 세포 분열을 하고 나면 그 세포는 분열을 멈추고 그 세포가 점점 죽기 시작하는데 이것은 정상적인 노화의 과정 이다. 사람의 세포가 이렇게 세포들이 하나둘 사멸하기 시작하면 인체에도 점차 거시적인 변화가 일어나게 된다. 피부 세포가 보충되지 않으면서 피부가 전체적으로 탄력과 부피를 잃어서 얇고 쪼글쪼글하며 축 쳐지게 되며, 근육량도 점점 줄어들게 된다. 신경세포의 사멸로 인해 정신적 능력도 점차 감퇴되어 간다. 또한 눈에는 보이지 않지만 내분비, 외분비, 면역계 등에 관여하는 기관들 역시 늙어, 소위 "기력" 이 쇠하고, 성욕도 역시 감퇴된다. 면역력도 역시 낮아져 지치고 늙어서 쉽게 병에 걸릴 뿐만 아니라 병에 걸린 뒤에도 잘 낫지 않고 회복도 느리다. 이런 식으로 우리 몸은 죽음을 향하여 한발 한발 다가서게 되는 것이다. 그리고 노화의 종국은 결국 죽음이다.

얻은 것은 이미 끝이 난 것이다. 기쁨의 본질은 그 과정 속에 있다. - 윌리엄 셰익스피어

┃08 내 몸! 늙지 않는 행복한 비밀

인체가 늙지 않는 비밀은 텔로미어가 가지고 있다. 노화에 관한 분자
생물학 연구의 개척자로 '텔로미어(telomer)'를 처음 발견한 엘리자베스
블랙번 교수와 잭 조스택 교수, 그리고 텔로미어에 텔로머라제(telomeres)
효소의 역할을 규명한 캐럴 그라이더 교수가 2009년 노벨의학상을 수상을
하여 세상을 모두 놀라게 했다.

1665년 영국의 로버트 훅(1635~1703)이 세포를 처음으로 발견을
한다. 또한 1961년 생물학자 레너드 헤이플릭은 정상적인 인간 세포
가 유한한 횟수만큼 분열한 뒤 죽
는다는 사실을 발견 했다. 헤이플
릭은 세포분열이 빠르게 일어나
는 단계를 왕성한 성장단계, 그리
고 세포분열이 멈춘 단계를 노화라
고 했다.

70 Year old Grandma Looks 40

1. 세포에도 늙지 않는 비밀이 있다.

엘리자베스 블랙번 박사의 노벨수상 연설

인류의 과학은 지금까지 노화의 원인과 장수의 비결을 밝히기 위해 쉼 없는 도전을 해왔다. 20세기 초 불과 47살에 그쳤던 평균수명은 100년 동안 2배 늘어 백수(99세)를 지나 상수(100세) 시대라고 한다.

인체가 늙지 않는 비밀은 텔로미어가 가지고 있다. 노화에 관한 분자 생물학 연구의 개척자로 '텔로미어(telomer)'를 처음 발견한 엘리자베스 블랙번 교수와 잭 조스택 교수, 그리고 텔로미어에 텔로머라제(telomeres) 효소의 역할을 규명한 캐럴 그라이더가 교수 2009년 노벨의학상을 수상을 하여 세상을 놀라게 했다.

세포의 염색체 끝 부분에는 염색체를 보호하는 뚜껑 구실을 하는 텔로미어가 달려 있는데, 세포가 분열할 때마다 텔로미어의 길이가 조금씩 짧아져 특정 길이 이하가 되면 부여받은 세포의 수명이 끝나면서 노화가 시작된다. 그래서 생명과학 연구자들은 텔로미어는 세포의 수명을 판단할 수 있는 일종의 '생체 시계'인 셈이다. 라고 한다. 「텔로미어」(Telomere)는 "끝이라"는 뜻의 희랍어로 「telo」와 "부위"를 뜻하는 「meros」를 합친 합성어로 DNA 끝 부분에 위치한 반복 염기서열이다.

우리는 부모로 부터 각각 23개씩의 염색체를 받아 총 46개의 염색체를 가지고 있다. 이 염색체에는 인체 세포내의 유전자 정보가 들어있는 DNA를 가지고 있다. 그리고 이 DNA는 아데닌과 구아닌, 시토신, 티민이라는 염기로 구분을 한다. 이러한 DNA는 끊임없이 복제를 한다. 그리고 이 DNA를 완전히 복제할 수 있도록 하는 것이 바로 텔로미어 이다. 인체에서 DNA가 복제, 즉 세포분열이 계속 일어날수록 텔로미어는 점점 짧아지는데, 짧아 진다고 해서 바로 당장 문제가 일어나는 것은 아니다. 텔로미어가 계속 짧아지다가 노화점 이하로 떨어지면 세포의 복제가 멈춰지며 이때부터 노화가 시작되는 것이다. 세포분열이 멈추게 되고 세포가 하나씩 죽기 시작하는데 이것이 정상적인 노화과정이다.

2. 세포로 하여금 텔로미어가 활발하게 운동을 하면 더욱 오래 동안 젊게 산다.

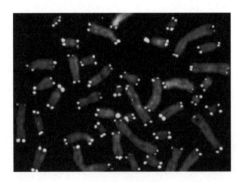

텔로미어의 대사활동

신체 활동이 활발한 사람일수록 생체학적으로 몸이 더 젊어지고, 반대로 신체 활동이 적은 사람일수록 생체학적으로 몸이 더 늙는 것으로 나타났다. 활동량이 적으면 단순히 병에만 잘 걸리는 것이 아니라 실제로 노화가 더 빨리 일어난다는 뜻이다. 즉 텔로미어를 건강하게 강화시키는 방법으로는 운동이 필수 이다.

인체 내의 10조개나 되며 세포지름이 0.001미리미터에 불과한 세포들은 에너지를 사용하고 증식하며 노폐물을 배설하고 필요한 물질을 서로 합성을 하면서 인체를 위한 정보를 서로 소통을 하면서 대사활동을 활발하게 한다. 그러기 위해서는 내 몸이 텔로미어를 위 해 활발하게 운동을 하여야 한다.

영국 킹스 칼리지에서는 2401명의 백인 일란성 쌍둥이들을 대상으로 활동량, 흡연 습관, 사회 경제 수준 등을 조사했다. 그리고 이들의 DNA 샘플을 채취해 백혈구에 있는 염색체 말단 부위의 길이를 관찰했다. 백혈구 염색체의 텔로미어(telomeres)는 몸이 나이를 먹을수록 짧아져 해당 몸의 생체적인 나이를 나타내는 인간 '나이테' 역할을 했다.

　연구 결과, 연구 참가자들은 매년 평균 21 뉴클레오타이드(분자를 이루고 있는 유기화합물)의 텔로미어가 줄어 들었다. 하지만, 노는 시간의 활동량 즉 운동량이 많은 사람은 그렇지 않은 사람에 비해 텔로미어의 길이가 더 길었다. 활동량과 텔로미어 길이의 상관관계는 사회경제적 지위, 흡연 여부, 체중 등의 모든 요소를 감안했을 때도 여전히 뚜렷히 나타났다. 연구 참가자 중 가장 활동량이 많은 그룹의 평균 활동/운동 시간은 일주일에 3시간 20분 정도. 가장 활동량이 적은 그룹의 평균 활동/운동 시간은 일주일에 16분 정도였다. 이들 사이의 백혈구 텔로미어 길이의 차이는 200 뉴클레오타이드. 이는 둘 사이에 생체학적인 나이 차이가 20년까지 난다는 뜻이다. 즉 20년을 더 젊게 산다는 것이다.

3. 내 몸을 젊게 하는 것은 건강한 텔로미어의 정서이다.

　정서는 자율신경계의 교감 신경부분이 흥분하여 일어나는 생리적 변화를 수반한다. 그것이 생리적, 표현적, 경험적 구성으로 본다. 즉 내 몸의 스트레스나 우울증이 심하면 면역 기능이 약해져서 점점 염

나도 언젠가는 노인이 되어 죽는다

증을 촉발시키며 염증이 서서히 증가하여 조직이 손상되고 텔로미어는 조금씩 짧아 진다. 사람은 하루의 머리로 65,000번 보통 생각을 한다. 그러한 생각 속에 우리는 수많은 연민과 스트레스를 동반하게 된다. 좀 더 적극적이며 긍정적인 생각으로 가면 마음의 반응하는 방식에 많은 영향을 미치게 한다. 우울증이나 스트레스는 악순환을 일으키는 생각을 반추하는 것을 비롯, 행위양식이 마음자세에 매몰되는 것이 특징이다. 그래서 불안이나 우울증은 마음을 부정적인 감정에 빠트리고 마음의 근심이 결국 쌓여서 병이 되게 하며 몸이 상하므로 염증을 일으키게 한다. 세포는 자신의 세포핵에 염증이 생기는 것을 제일 싫어한다. 이는 곧 세포가 병이 드는 것이기 때문이다.

4. 세포가 건강하여 젊어지는 식품이 있다.

텔로미어가 좋아 하는 음식들이 있다. 즉 신선하며 친화적인 식품을 텔로미어도 아주 좋아한다. 통곡물, 과일, 해 조류, 생선, 연어, 붉은 살코기, 콩, 유유, 아마씨와 아마유, 신선한 채소류 등. 아주 특별히 다음의 식품들은 노화를 방지하고 인체를 젊게 하고 텔로미어가 가장 좋아하는 식품들이다.

1) 블루베리

미국 타임지에서 선정한 10대 수퍼푸드 중 하나인 블루베리에는 안토시아닌 성분이 풍부하게 함유되어 있다. 안토시아닌은 항산화 능력이 매우 뛰어나고, 피를 맑게 하여 심장질환이나 뇌졸중의 위험을 감소시키고, 시력보호에 큰 도움을 준다. 또한 블루베리에 들어있는 폴리페놀 성분은 항산화와 뇌세포의 노화예방에도 도움이 된다.

2) 아몬드

노화를 방지하는 대표적인 식품, 바로 아몬드이다. 아몬드에는 셀레늄과 노화를 막아주는 항산화 물질인 비타민E가 풍부하게 들어있는데 다른 견과류보다도 훨씬 월등하다. 아몬드 100g당 들어있는 비타민 E의 함유량은 31.10mg으로 땅콩에 비해 3배 정도 더 함유되어 있다. 아몬드의 비타민 E는 인체가 흡수하기 좋은 알파 토코페롤 형태로 되어있고, 껍질 속에도 항산화 물질인 플라노보이드가 풍부하다. 꾸준히 섭취하면 노화방지에 탁월한 효과를 볼 수 있다. 아몬드의 적정 하루 섭취량은 약 30g(약 23알 정도) 이다.

3) 토마토

토마토에는 '라이코펜' 성분이 있는데, 라이코펜은 항산화 작용에 도움을 주는 물질이다. 노화를 유발하고 DNA를 손상시키는 활성산소를 억제하고, 동맥의 노화방지를 늦춰주는 효능도 있다. 또한 비타민A, 비타민B가 풍부하여 스트레스해소에 도움을 준다. 토마토를 꾸준히 섭취하면 당뇨병에도 도움이 되고, 혈압과 관련된 뇌졸 증이나 심근경색을 예방해주는 효과도 있다. 토마토를 섭취할 때는 생으로 먹는 것보다 구워 먹거나 익혀 먹는 것이 더 흡수율이 좋다. 이는 토마토의 라이코펜 성분이 열에 강하고 기름에 쉽게 용해되기 때문이다.

4) 마늘

마늘은 미국 국립암연구소에서 가장 항암효과가 좋은 식품으로 발표되기도 했다. 또한, 간세포와 뇌세포의 노화를 방지하는 항 노화작용도 탁월한 것으로 밝혀졌다. 마늘에 함유된 알리신 이라는 성분은 세포의 노화를 막고, 호르몬 분비를 왕성하게 해주기 때문에 노화를 예방해준다. 알리신 성분은 열을 가하면 파괴되는 성질이 있기 때문에, 가급적 생으로 먹는 것이 노화방지 차원에서는 더 좋다.

인간의 노화는 신체적, 사회적, 심리적 변화를 포함하며, 시간이 지남에 따라 누적된 변화의 축적이며 피부의 주름살은 인생의 살아온 내 삶의 흔적이다. 지식의 이해력과 지혜가 확장되는 반면, 반응 시간은 나이가 들수록 느려진다. 노화는 인간에게 질병을 유발하는 가장 큰 요인 중 하나이며, 전 세계적으로 매일 사망하는 약 15만 명의 사람들 중 거의 3분의 2에 해당하는 사람들이 노화와 관련된 질병의 원인으로 사망한다.

과학과 의학이 발달되면서 생활소득이 높아지고 인간 수명이 100세 시대라고 하는 현 최첨단 과학시대에 지혜롭고, 건강하고, 행복하게, 그리고 자신의 삶을 다른 이들 보다 더욱 더 늙지 않고 젊게 살아가는 행복, 해피너가 우리 모두가 서로 노력을 하면서 되자.

09 죽음보다 더 무서운 두려움과 공포의 대상

치매(dementia)라는 그 용어는 라틴어에 그 어근을 두고 있으며, 박탈 또는 상실을 뜻하는 접두사 'de'와 정신을 의미하는 어근 'ment', 그리고 상태를 가리키는 접미사 'ia'의 합성어 이다. 치매는 '정신이 부재한 상태 (out of mind)'를 뜻한다.

사람의 생명에 대해서는 올바른 가치관을 가지고 접근을 해야 한다. 필자는 1년 전 모 요양원에 잠시 근무하던 때의 일이다. 밤 9시가 되면 모두 취침에 들어가서 1시간만 지나면 고요 적막이다. 밤 2시쯤의 일이다. 의자의 기대어 잠깐 졸다가 깨어  보니.. 아차 " 난리가 났다. 키도 크고 호걸 형의 미남인 치매 환자가 대변을 배설하여 배설한 인분(똥)덩어리로 구술을 만들어 침대의 밥상을 펴 놓고서 혼자서 히쭉 히쭉 웃어가면서 똥냄새 나는 줄모르고, 밥상위에서 구술을 만들어 신나게 구슬치기 놀이를 하고 있는 것이다. 당연히 손과 침대, 옷에는 온통 똥 냄새가 나는 인분 투성이었다. 사람의 인지기능이 상실이 되어서 자신이 잠을 자는 침대에서 매일 밥을 먹는 밥상에서 자신이 방금 배설한 더러운 똥으로 만든 구술로 구슬치기 놀이를 하면서도 힛쭉 힛쭉 웃으면서 놀이를 하는 모습을 가족들이 보면 얼마나 놀랄까? 훗날 어쩌면 나의 모습 또는 우리 가족의 모습일수도 있다. 인체의 노화 단계에서 나타느는 경우가 아주 높은 치매 중증환자에게서 나타나는 모습이기도 하다.

　1971년 가을 한 교우의 시어머니가 죽음의 임종을 하게 되어 가족들이 모두 모여 지켜보는 가운데 오후 4시부터 새벽3시까지 임종을 영면을 옆에서 지켜 보았지만 결국은 임종의 영면을 하지 않았다. 목에서 가래가 그륵..그륵 소리가 나면서 아주 작은 목소리에 금방이라도 돌아가실 것 같은 분이 새벽이 되면서 몸이 회복이 된 것이다. 그 후 아침저녁 죽을 먹으면서 건강이 일상으로 돌아와서 생활을 하는데 월요일 아침식사를 잘 마치고 밥상을 물리면서 본인이 먹은 밥 그릇 안에 똥을 싸놓고 밥상을 물려 방문 밖으로 내 놓은 것이다. 그 다음 날은 밥을 먹고 똥을 안방에 사놓고서 벽에다 자신이 싼 냄새가 나는 똥을 온 방 벽면과 문에 그림처럼 칠해 놓은 것이다. 중증 치매 환자의 모습이었다. 지면상 간략하게 두 가지 사례만 기술을 했지만 이에 버금가는 사례는 허다하게 많다. 치매환자의 인지기능, 언어, 행동 장애 등.은 미래의 나의 모습, 나의 부모와 가족들의 모습일 수가 있다. 죽음은 목숨 끝으로 끝이 나지만 치매는 가족과 주변 사람들에게 죽을 때까지 엄청난 고통과 피해를 주며 당사자가 죽어야 끝나는 것이다. 그래서 죽음보다 더 무서운 두려움과 공포의 대상이다.

1. 치매에 걸리면 어리석은 사람이 되고 또 더욱 어리석은 사람을 치매가 만든다.

그래서 치매(癡呆)라는 단어는 한자로 「어리석을 치(癡)」에 「어리석을 매(呆)」로 한자의 뜻을 그대로 옮기면 「어리석고 또 어리석은」이라는 뜻이다. 행동장애도 어리석은데, 정신장애, 기능장애로 더욱 멍청이가 된다. 그래서 우리의 옛 어른들은 치매를 「노망」(老妄, 늙어서 잊어버리는 병) 또는 「망령」(妄靈, 영을 잊는 병)들었다고 했다. "치매"라는 말은 라틴어에 그 어근을 둔 말로서 영어에 그 어의는 "dementia" 정신이 부재인 상태(out of mind)를 뜻하기도 하다. 그래서 치매 환자는 정신적 육체적 질병을 가지고 있는 병자이므로 세심한 관심과 돌봄이 필요하다.

2. 정신기전의 부재한 상태를 나타낸다.

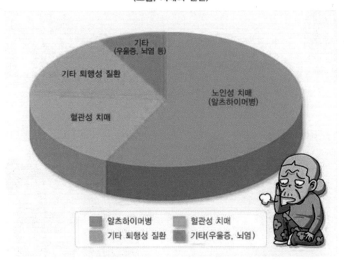

〈그림. 치매의 원인〉

치매는 정상적으로 성숙한 뇌가 후천적인 외상이나 질병 등 외적인 요인에 의하여 손상 또는 파괴되어 전반적으로 지능, 학습, 언어 등의 인지기능과 고등 정신세계기능이 떨어지는 복합적인 증상을 말한다. 노인성 치매, 알츠하이머병, 혈관성 치매, 루이체 치매, 전측두엽 치매, 파킨슨병 치매, 헌팅턴병 치매, 정상압 뇌수두증에 의한 치매, 두부 외상으로 인한 치매, 물질로 유발된 치매 등. 이 있다

1) 인지 기능 장애

기억장애는 가장 흔하게 나타나는 증상이다. 초기에는 사람이나 사물의 이름을 잘 기억하지 못하거나, 최근에 나누었던 대화의 내용이나 최근에 있었던 일의 내용을 자세히 기억하지 못하는 등 기억장애가 시작된

〈그림. 건망증과 치매의 차이〉

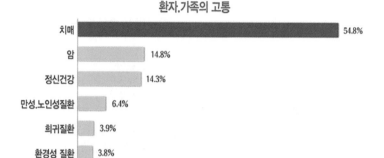

환자.가족의 고통

치매	54.8%
암	14.8%
정신건강	14.3%
만성.노인성질환	6.4%
희귀질환	3.9%
환경성 질환	3.8%
감염병	2.3%

출처 : 보건복지부 · 과학기술정보통신부 (2017)

다. 이때 옛날 기억은 비교적 잘 유지되나 병이 진행되면서 옛날 기억도 점차 장애를 보이며 대화중에 말하고자 하는 단어가 잘 생각이 나지 않거나 방금 전에 한 이야기를 기억하지 못하는 기억장애는 흔하게 나타나지만, 일반적인 언어장애는 잘 나타나지 않는다. 그러나 병이 진행됨에 따라 상대의 말을 잘 이해하지 못하고 말수가 줄어들게 되며, 결국에는 말을 전혀 하지 못하게 되기도 한다.

공간지각장애도 발생을 하여 엉뚱한 곳에 물건을 놓아두거나, 놓아둔 물건을 찾지 못한다. 또, 잘 알던 길에서 길을 잃거나 오랫동안 살아온 집을 못 찾기도 한다. 그리고 복잡한 그림을 따라 그리지 못하고, 운전도 할 수 없게 된다.

계산 장애와 실행 증, 실인 증은 흔하게 나타나는 증상이다. 실행 증으로 인해 평소에 사용하던 물건을 사용하지 못하거나 옷 입기 등의 기본적인 일상생활의 장애를 보인다. 실인 증은 알쯔하이머병의 중−후기부터 나타나는데, 알고 지내던 사람들을 잘 알아보지 못하게 되고 심해지면 가족과 배우자도 알아보지 못하게 된다.

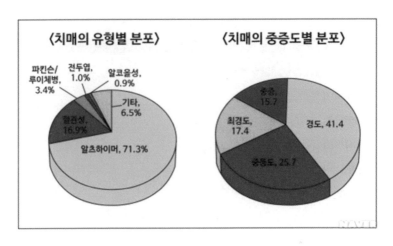

〈치매의 유형별 분포〉

파킨슨/루이체병, 3.4%
전두엽, 1.0%
알코올성, 0.9%
기타, 6.5%
혈관성, 16.9%
알츠하이머, 71.3%

〈치매의 중증도별 분포〉

중증, 15.7
최경도, 17.4
경도, 41.4
중등도, 25.7

국내 치매 유형 및 중등도별 분포(보건복지부, 2013)

2) 전두엽 기능 장애

병이 진행되어서 뇌의 전두엽을 침범하게 되면 문제 해결, 추상적 사고, 결정 내려야 할 판단력이 떨어진다. 즉, 여행, 사교 모임, 주식 투자, 사업 같은 일들을 수행하기 힘들어진다. 병의 초기에는 주로 기억 장애를 중심으로 하는 인지 기능 장애는 있다가 인지 기능 장애가 더 심해지고 범위가 넓어져서 나중엔 개인 사생활과 사회활동을 할 수 없게 된다..

3) 행동 심리적인 문제

알츠하이머병의 주된 증상은 인지 기능 장애이지만, 실제로 병원에 입원을 하게 되는 이유는 행동 심리 증상인 경우가 많다. 이 증상은 크게 이상 행동과 이상 심리 증상으로 나누어지는데. 이상 행동은 공격적으로 변하고 의미 없이 주변을 배회하고, 부적절한 성적 행동을 하고 보호자를 쫓아다니거나 소리 지르기, 악담, 불면증, 과식증 등의 증상을 보인다.

이상 심리 증상은 불안, 초조, 우울증, 환각, 망상 등의 증상을 보인다. 초기 치매에서도 우울, 낙담, 무감동 등의 증상이 나타나지만, 대부분의 증상은 중기 이후에 많이 나타난다.

망상은 알츠하이머병 환자의 40%에서 병의 과정 중에 경험하는 것으로 나타나고 망상의 증상은 주로 도둑이 들었다 거나 누가 물건을 훔쳐가려 한다든지 배우자를 의심하는 형태가 흔하며, TV에 나오는 사람과 대화하려 하거나 거울에 비친 자신을 다른 사람으로 착각하고 말을 거는 등의 형태로도 나타난다. 환각은 경증의 경우에는 5-10% 정도에서 나타나고, 병이 진행되면 빈도가 증가하지만 망상처럼 흔하지는 않다.

4) 일상생활 능력의 손상

알츠하이머병 환자에서 나타나는 인지 기능 장애는 종국에는 환자들의 일상생활 수행 능력을 앗아간다. 중등도의 치매로 진행이 되면 시장보기, 돈 관리하기, 집안일 하기, 음식 준비하기 등의 능력이 떨어지게 되고, 중증으로 진행되면 용변 보기, 옷 입기, 목욕하기 등의 기본적 일상생활 수행 능력이 급격히 떨어진다. 알츠하이머병이 진행됨에 따라 여러 가지 증상들이 더욱 악화되어 결국 대화가 불가능해지고 자신을 돌보기 힘든 상태가 된다.

치매 말기에 치매환자의 주요 사망원인으로는 흡인성 폐렴, 요로 감염, 패혈증과 폐색전증의 질병을 앓타가 결국은 죽음의 이른다.

3. 사람은 어린 아기로 태어나 늙어서 어린 아이가 되어서 죽는다.

그리스 의사이며 수학자인 피타고라스(Pythagoras)는 인간의 생애를 유아기(0~6세), 청소년기(7~21세). 성년기(22~49세), 중년기(50~62세), 노년기(63~79세), 고령기(80세 이상)의 6단계로 나눴다. 그 중에서 노년기와 고령기를 정신과 육체의 쇠퇴기로 간주했으며, 이 시기까지 생존하는 일부 사람들은 그 정신이 젖먹이 수준으로 퇴행을 하여 마침내 마치 어린 아이처럼 노쇠하여 스스로 할 수 있는 것이 아무것도 없다. 모든 사람들이 똑같지는 않겠지만, 90세 이상의 이순이 되면 기력이 쇠하여 먹는 것과 배설과정의 대소변으로 인한 기저기를 갈아 주는 등, 늙으면 마치 어린 아이와 같이 돌봄을 받아야 한다. 이 세상의 어린 아기로 태어나서 늙어서 어린 아이들처럼 살다가 결국은 죽음으로 개인의 한 삶을 마무리를 짓고 완성을 하는 것이다.

4. 늙음을 항상 긍정적으로 생각을 하고 적극으로 행동하자.

미국 켄터키 대학의 역학자인 스노우든 박사의 켄터키 수녀원에서의 수녀들의 생활 연구는 우리에게 시사하는 바가 크다. 연구팀은 수 십 년에 걸쳐 켄터키주에 있는 수녀원 수녀들을 면담했다. 또 뇌 기증을 약속 받고 사후엔 그들의 뇌를 부검했다. 어떤 수녀는 치매 없이 사망했고, 어떤 수녀는 경증의 치매인 상태로, 또 어떤 수녀는 중증 치매인 상태로 사망했다. 예상대로 생전의 인지기능과 뇌 세포의 파괴 정도는 대부분 비례했다. 그러나 과학적으로 설명하기 힘든, 깜짝 놀랄만한 사례가 몇 건 발견됐다. 생전에 치매 증상이 전혀 없던 수녀가 심장마비로 죽었는데 예상외로 뇌 신경세포가 광범위하게 파괴돼 1~6단계 중 가장 심한 6단계의 알츠하이머 치매의 소견을 갖고 있었다. 반대로 중증 치매 증상을 보이던 수녀의 뇌는 초기단계인 1~2단계 알츠하이머 치매로 진단되는 일이 종종 있었기 때문이다.

왜 이런 일이 생겼을까? 연구팀은 뇌 신경세포가 파괴됐지만 증상이 나타나지 않았던 수녀는 생전에 항상 낙관적, 긍정적으로 적극적으로 생각을 하고 행동했으며, 반대의 경우엔 항상 부정적이었고 우울해 했다는 사실을 발견하고 이것을 해답으로 제시했다. 즉 생물학적 뇌 세포 파괴 정도와 겉으로 드러나는 치매 증상은 반드시 일치하지 않으며, 때로

는 긍정적인 마음 자세와 적극적인 생활하는 환경이 치매의 발현을 억제
하기도, 촉진하기도 했다는 것이다. 그렇다. 우리는 늙음을 항상 긍정적
으로 생각들을 하자 그리고 늙고 쇄하여 가는 자신의 몸을 더욱 더 표현
하며 사랑하자.

5. 치매 노인들에게 가장 적합한 운동은 걷기 운동이다.

일반적으로 운동을 실시하지 않으면 운동기능의 저하가 빠르게 나타
나는데 이와 함께 생명유지에 중요한 장기인 심장의 기능이 약해진다. 특
히 신체 부위 중 전체 혈액의 2/3가 모여 있는 다리 부위의 경우 다리 운
동이 제대로 이루어지지 않는다면 순환에서 문제가 발생될 뿐만 아니라
근육의 쇄퇴에 의해 심장에서 동맥에 의해 각 활동근육에 공급되는 혈액
이 정맥을 통해 다시 심장으로 돌아가는 순환작용이 원활하지 않게 된다.

노인들이 걷기 운동을 규칙적으로 실시해 간다면 심폐기능의 향상과
즐거움을 제공받을 수 있으며 개인의 최대 유산소 운동 능력을 통해 체
지방의 감소와 우울과 불안의 감소, 혈압 및 혈중 콜레스테롤, 글루코스
저항성 감소 등의 효과를 얻을 수 있다. 또한 걷기는 손상의 위험이 적은
활동으로 달리기와 비교했을 때 다리에 보다 적은 관절 스트레스를 초래
하였으며 무릎과 발에서의 정형 외과적 문제가 적게 보고되고 있어 노인
들의 운동 참여 시 나타날 수 있는 운동탈락을 방지할 수 있다. 자신에 몸
과 자아에 대하여 좀더 적극적이며 긍정적이어야 한다. 그러면 보다 더
좋고 행복한 내 일의 삶을 살 것이다.

6. 치매 예방을 위한 노인들의 걷기 운동의 효과

① 뇌졸중의 위험률 감소

② 혈압의 감소

③ 콜레스테롤의 감소

④ 혈액의 점도 감소

⑤ 심장마비 위험률 감소

⑥ 우울증 예방 및 감소

⑦ 체지방 감소

⑧ 당뇨의 예방 및 감소

⑨ 근육과 뼈의 강도 증대

⑩ 정형 외과적 손상의 감소

7. 치매 뇌의 영양제 음식을 많이 먹자.

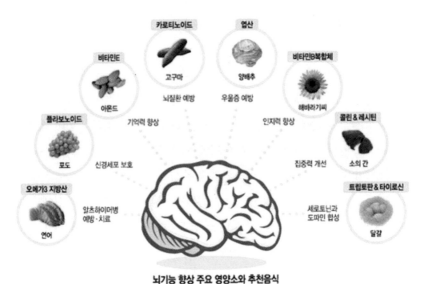

뇌기능 향상 주요 영양소와 추천음식

10 늙으면, 죽는다.

　야! 참 아름답다! 하며 예찬을 받던 그 꽃잎들도 땅에 떨어지면, 모두 빗자루로 쓸어다가 언제 예뻐던가? 하듯 쓰레기통에 버려 버린다. 그러나 땅에 떨어져 바람 부는 대로, 길가에 이리저리 딩굴러 져도 곱게 물든 단풍잎은 주어다가 사랑하는 이의 이름을 곱게 새겨서 책갈피 또는 지갑에 고이 간직을 하며 자랑을 한다. 이러하듯 아름답고 곱게 물든 단풍잎처럼 잘 늙은 인생은. 젊은 청춘, 그리고 아름다운 꽃 안 부럽다.

　젊은이는 늙고, 늙으면 누구나 죽는다. 그리고 사람은 누구나 삶의 아름다운 인생 여정의 매듭을 죽음으로서 짓는다. 시인 몽테뉴는 「어디에서 죽음이 우리들을 기다리고 있는지 모른다. 곳곳에서 기다리지 않겠는가! 죽음을 예측하는 것은 자유를 예측하는 일이다. 죽음을 배운 자는 굴종을 잊고, 죽음의 깨달음은 온갖 예속과 구속에서 우리들을 해방을 시킨다」고 했다. 어쨌든 사람은 죽지 않으면 안 되고 단 한번 혼자서 죽는다. 그리고 그것은 삶의 끝막음이다. 누구도 피하지 못하고 거부하지 못하며 온 몸으로 맞아들이며 모든 것을 내려놔야 하는 인간의 마지막 종착역이 죽음이다.

1. 죽음은 노화로부터 시작이다.

사람에게 노화는 느리지만 필연적인 과정이다. 우리들의 신체가 늙는 속도는 유전자, 식생활, 환경의 상호작용에 좌우된다. 실례로, 대학을 졸업을 하고 20-30년 후에 동창회에 나아가보면 늘 젊게 살려고 하던 사람은 뜻밖의 주름이 자글자글하게 많이 늙었고 생각지 않은 그 사람은 옛 젊음과 멋 스러움을 그대로 간직을 한 것을 볼 수가 있다. 사람은 누구나 늙는 것은 막지 못하지만 식생활과 생활 습관으로 신체의 늙음을 늦 출수는 있다. 사람의 신체에는 약10조개의 세포로 구성이 되어 있다. 이 세포가 세포분열이 계속 일어날수록 텔로미어는 점점 짧아지는데, 텔로미어가 계속 짧아지다가 노화점 이하로 떨어지면 세포의 분열이 멈춰지면서 이때부터 노화가 시작되는 것이다. 즉세포가 유사분열이 50-60회가 지나면서 멈추게 되고 세포가 하나 둘씩 늙어 죽기 시작하는데 분열보다 사멸되는 그 세포 수가 더욱 많기 때문에 피부가 쪼글쪼글해지며 그 세포가 죽은 자리를 지방이 채워지며 이 노화는 신체 내의 각 장기의 세포까지 노화를 시키고 면역세포까지 노화가 되어 각종 질병에 시달리면서 면역능력까지 약해져서 결국은 죽음에 이르게 되는 것이다.

2. 노화로 쇠약해진 인체 부분으로 각종 질병이 침투한다.

인체의 고령 자체가 죽음의 원인인 경우도 있지만 인체의 질병과 손상이 죽음을 불러 오기도 한다. 세계보건기구(WHO)가 2012년 세계의 인구 사망원인을 다음과 같이 밝힌 바 있다.

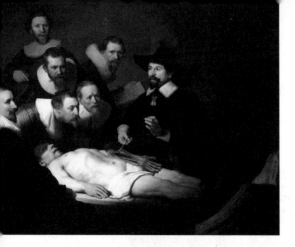

중세시대의 인체의 구조를 가르치는 해부학의 모습

사망진단서에 가장 많이 기재되는 사인은 심장질환과 폐질환, 암, 당뇨병 등. 의 비감염성질환이다. 건강하지 못한 식생활, 운동부족, 흡연과 관련이 있으나 영양소 결핍도 원인이 될 수가 있다. 심장(혈관계)마비와 순환기질환이 전 세계적 사인 원인으로 60%, 폐암과 호흡 기능상실 16%, 고혈압4%, 만성 설사에 시달리는 환자는 치명적인 탈수와 영양실조의 위험의 설사성 질환이5%, 사람 면역결핍 바이러스질환 5%, 교통사고가 5%, 당뇨병5%, 등. 의 병명으로 누구나 늙으면 죽는 사인이다. 또한 전 세계의 인구 중 평균 1%가 매년 사망을 한다.

노화와 죽음이란, 호메로스는 이렇게 말을 했다. 사람이 나이가 들어 늙으면, 뼈는 골육 종으로 다 타버린 나무의 재처럼 부서지게 되고, 피부는 탄력을 잃어 늘어지고, 폐기종으로 가슴의 공기는 많아지고, 만성 소화불량으로 위장에 통증이 오고, 협심증이나 만성심부전증으로 심장에는 답답한 기운이 돌게 되고, 요도경색으로 목덜미와 어깨 죽지가 죄어드는 동시에 뜨거운 찬기가 전신에 흐르고, 근육상실로 피골이 상접해지고 눈은 부풀어 처지게 된다. 백내장으로 눈이 옷솔기조차 보지 못하게 되면 죽음은 그에 뒤를 따른다. 결국, 사람이 병을 이겨내지 못하면 죽음은 그의 삶을 대신해서 생의 종지부를 찍는다. 그렇게 되면 죽음은 그의 영혼을 모시게 된다.

지혜와 부귀영화, 권세를 가장 많이 누렸던 솔로몬은 전도서에, 범사에 기한이 있고 천하만사가 때가 있나니 날 때가 있고 죽을 때가 있나니...모든 사물의 한계는 태어나고 죽음으로서 그 정점을 말을 해준다.

3. 생을 잃어버린 얼굴은 세상을 향하여 보지 않으려고 눈을 감는다.

마지막 장례식의 모습

인간은 산소 성 동물이다. 인간이 살아가기 위해서는 공기가 필요하다. 생명의 필요한 요소를 "공기" 대신 "산소"로 규명한 것은 18세기 말엽의 일이다. 산소 없이는 세포가 죽고 세포가 없이는 우리 역시 존재 할 수가 없다. 인체는 생명을 유지시키기 위하여 에너지를 만드는데 산소를 절대적으로 필요로 한다.

1) 세포와 기관은 산소로 숨을 쉰다.

혈관혈액을 통하여 신체의 모든 세포에 산소를 공급을 한다. 각각의 세포는 음식물에서 얻은 탄수화물을 분해하는 화학반응에 산소를 사용하여 에너지를 만든다. 세포호흡이라는 이 과정은 몸 전체에서 끊임없이 일어난다. 이때 생기는 이산화탄소는 몸 밖으로 버리고 산소를 흡수 하여 심장에 의하여 온 몸의 세포에 까지 산소를 공급하고 혈액을 통하여 신체의 각종 영양소를 공급을 한다.

2) 신선한 산소가 잘 공급되지 않으면 혈관계가 쉽게 망가진다.

문제는 심장도 혈관도 나이가 들어감에 따라 쇠해 간다는 것이다. 분열되는 세포보다 세포분열이 끝나서 죽는 세포가 더 많아 지므로서 인체 자체가 노화가 되어 힘을 잃는다. 한 예로는, 신장으로 들어가는 혈액량은 40세 이후 매10년 정도가면 10%가 감소가 되는데 80세가 이르는 동안 신장은 총 20%의 중량을 잃어버린다. 여러 요인도 있지만, 키나 체중도 감소 10-20% 감소가 된다. 나이가 들어감에 따라 요도 기관의 중추적 역할을 맡고 있는 신장의 방광근육에 신축성과 팽창성의 힘을 잃어 방광 기능 조절이 잘 안되어 요실금, 전립 성 등의 메커니즘의 조화가 깨진다. 자동차의 엔진이 고장이 나거나 노후가 되면 성능이 떨어 저서 부품을 교체하여 줘야 한다 그렇지 않으면 자동차가 운행 중에 갑자기 서거나 시동이 잘 걸리지 않는 예와 같다.

3) 모든 세포와 기관은 수명의 한계가 있다.

인체의 모든 세포들이나 기관의 경우도 마찬가지로 낡은 것을 새것으로 바꾸어 주는 메커니즘이 망가지면 신경세포, 근육세포, 면역세포가 더 이상 살아남지 못하는 것이다. 모든 자연의 생명의 세계에는 그들만이 가지고 있는 생명에 대한 수명의 세계를 가지고 있다. 나무도 싹이나고 잎이 피고 꽃이 피어 열매를 맺으면 그 사이에 나무 잎은 곱게 물들어 수명이 다되어 단풍잎이 되어 붙어 있던 나무 가지 위에 떨어져서 그 지표면을 덮는다. 그리고 겨울 내 썩어서 자기 나무의 걸음이 되어 생육을 스스로 돕는다. 그 수명이 다 되면 다음 세대를 위하여 동식물은 물론 사람도 다 죽는 것이 자연의 질서요 법칙이다.

4. 이젠 건강하고 우아하게 그리고 재미있게 살다가 사람답게 죽자.

봄이 되면 온 강산 산하에 아름다운 수많은 이름 모를 꽃들이 핀다.

봄에 핀 그 아름다운 꽃잎들도 세월이 지나가면 곧 땅에 떨어진다. 피어 있을 때는 꽃향기에 취하도록 벌과 나비를 불러드리고 아름다운 꽃 색깔 잎은 지나가던 길손에게 발걸음을 멈추게 하고 그 길 손 불러다가 참으로 야..아름다워! 예찬을 받던 그 꽃잎들도 땅에 떨어지면, 모두 빗자루로 쓸어 다가 언제 예뻤던가? 하듯 쓰레기통에 버려 버린다.

교육용 인체 골격

그러나 그 추운 겨울과 폭풍우, 비바람을 잘 견디어 내며 물든 단풍나무 잎은 그 수명을 다해 비록, 땅에 떨어져 바람 부는 대로 길가에 이리저리 딩굴려져도 그 중에 제일 아름답고 우아하게, 곱게, 물든 단풍잎은 주어다가 사랑하는 이의 이름을 곱게 새겨서 책갈피 또는 지갑에 고이 간직을 하며 자랑을 한다. 이러하듯 아름답고 곱게 물든 단풍잎처럼 늙는 인생은, 젊은 청춘, 아름다운 꽃 더욱 안 부럽다.

11 행복한 죽음을!

죽음은 사람의 신체의 세포가 생존하기 위하여 유지하는 모든 생물학적 기능이 멈추는 것이다. 개인의 일생에서 죽음은 한 삶의 과정을 마무리 짓고 완성을 하는 것이다.

1. 삶과 죽음은 내 몸의 손의 손등과 손바닥의 양면과도 같다.

대부분의 사람들은 삶과 죽음은 별것 아닌 것처럼 생각들을 하지만 서로 연관되어 이어지는 것이 삶이다. 그래서 인간이 태어났으면 죽는 사실은 다 알고 있지만 그것이 현재가 아니라, 먼 미래의 일이고 언젠가 "내가 늙어서 때가되면" 라고 생각들을 한다. 그러나 내 손의 손바닥 뒷면의 손등처럼 삶과 죽음을 서로 띠어놓고는 생각을 할 수는 없는 것이다. 대부분의 사람들은 젊음의 열정, 꿈과 미래의 가치만을 위하여 열심히 살다가 뒤를 돌아보면 그 미래라는 시간은 어느 사이에 나를 노인을 만들어 이미 늙어 있는 것이다. 늙은이의 앞에는 초,분,시,일,월,년이 죽음을 앞세워서 나를 그 곳으로 데려가고 있는 것이다.

2. 내 손의 잡은 것을 죽음은 모든 것을 내려놓게 한다.

불교의 장례예식

사람은 빈손으로 왔으니 빈손으로 간다. 즉 공수래 공수거 제인생(空手來 空手去 是人生)이라고 했다. 죽음은 인간이 가진 모든 것들을 늙음을 통하여 서서히 내려놓고 결국은 죽음을 선택을 하게 한다.

우리 몸의 유전자는 식생활, 생활습관, 환경의 상호작용의 의해서 늙음이 좌우 된다.특히 세포의 염색체의 끝분절(Telomere,테로미어)이 세포가 분열을 할 때마다 짧아진다. 테로미어가 더 이상 짧아 질수가 없으면 세포분열을 더 하지 못한다. 분열하는 세포보다 사멸하는 세포가 더 많으면 신체가 늙는 것이다. 우리 몸의 신체는 약 10억조의 세포로 구성이 되어 있다. 20-30대는 사멸하는 세포보다는 분열되는 세포가 원악 많아서 건장한 체구를 만들어 가지만 늙어가는 신체는 분열세포보다 사멸세포가 원악 더 많으니까 모든 신체가 줄어들기 시작을 한다 신체의 기관의 장기들까지도 줄어 드는 것이다. 심지어는 눈에 보이는 사람의 몸 무게나 키도 줄어든다.

3. 복제 불능으로 청각, 시각 감퇴. 머리탈모, 신경세포의 파괴의 변성이 일어난다.

뇌에서 운동신경이나 신경세포를 감싸는 말이집(수초)에 변성이 일어나서 전기신호의 이동이 느려지고 이로 인해서 사고과정이 지연되고 기억이 잘 떠오르지 않으며 감각도 둔화된다.

또한 일부 털주머니(모근)가 활성을 잃고 대체로 남녀머리에 탈모 유형이 나타나며 귀속에 있는 미세한 털 세포는 음파신경을 신호로 바꿔 뇌가 소리를 인식을 할수 있게 한다. 이러한 털 세포의 손상이나 소실로 인해 노인의 난청이 생긴다. 주로 노화로 인해 생기는 황반변성 질환으로 시력이 감퇴된다. 사람에 따라 어떤이들은 80세에 이르면 1회 혈액 박출량은 45%, 폐활량은 50~60%로 저하가 되어 운동량에 따라 숨이 차며 움직이기 힘이 들어 활동이 귀찮아진다. 이렇게 심약해진 노화의 현상이 인체의 나타나면서 노화된 인체에 각종 질병이 침투를 한다.

4. 고령으로 늙으면 각종 질병으로 시달리다 죽는다.

세계보건기구(WHO)가 2012년 세계의 인구 사망 원인을 다음과 같이 밝힌 바 있다.

사망진단서에 가장 많이 기재되는 사인은 심장질환과 폐질환, 암, 당뇨병 등. 의 비감염성질환이다. 건강하지 못한 식생활, 운동부족, 흡연과 관련이 있으나 영양소 결핍도 원인이 될 수가 있다. 심장(혈관계)마비와 순환기질환이 전 세계적 사인 원인으로 60%, 폐암과 호흡 기능상실16%, 고혈압4%, 만성 설사에 시달리는 환자는 치명적인 탈수와 영양실조의 위험의 설사 성 질환이5%, 사람 면역결핍 바이러스질환 5%, 교통사고가 5%, 당뇨병5%, 등.의 병명으로 누구나 늙으면 죽는 사인이다. 또한 전 세계의 인구 중 평균 1%가 매년 사망을 한다. 어쩌면 언젠가 때가 되면 이와 같은 병명의 그 질병속의 나도 죽음의 길을 갈지 모른다.

5. 희망과 행복의 죽음이 있다.

필자는 성직자인 목사로서 38여 년 동안의 목회를, 교회설립을 하고, 두 번이나 교회건축을 하고, 미국의 오클라호마주 털사시의 오랄로버츠 대학교에 학생비자(F1) 신분으로 신학석사를, 미시시피주 잭슨시의 리펌드신학대학원에서 박사학위를 취득을 했다. 그리고 한국의 중견교회를 섬겨왔다. 그 동안에 결혼 주례 300여회, 장례식 250여회 집례를 하였다. 그 동안에 세월이 흐르면서 한국도 장례문화가 아주 많이 획기적인 발전을 하였다. 1970-1980년도에는, 사람은 가정에서 태어났기 때문에 가정 즉 집에서 죽는 것이다. 그래서 대부분 가정집에서 장례식을 치루었다. 교통사고나 기타 사고사로 죽으면 객사를 하였다고 해서, 또한 법의학적인 문제로, 집에서가 아닌 병원을 통하여 병원 영안실에서 장례를 치루었다. 그리고 그 당시는 대형 병원만 대체로 영안실을 갖추고 있었다. 이때만 하여도 사람이 집에서 죽으면 특정인이나 스님, 신부, 목사, 등 성직자들이 주로 신체를 염(殮)을 하였다. 그러다보니 사람이 임종 시에는 반드시 성직자들이 망자의 임종의 영면 길을 돕는다. 희망과 행복의 죽음은 신앙의 입신하여 믿음 즉 신앙의 힘을 의지하여 임종인 영면 길을 가는 것이다.

6. 불안과 두려움의 길, 아니면 믿음으로 행복과 미소의 영면의 길을 갈 것인가?

인간은 몸이 좀 아파도 불안한데 죽음의 길을 가는 데는 더욱 불안하고 두려워한다. 죽음이 두려움의 대상인 것은? 자신 스스로, 혼자서, 죽음이란 미지의 길로, 인생을 마지막을 해야 하기 때문이다. 필자는 불신자, 신자들의 죽음의 임종을 많이 지켜보았다. 글을 쓰는 필자도 이 글을 읽는 독자도 모두가 다 죽음의 길을 간다. 이것은 세상과 자연의 질서이기 때문에 식물, 곤충, 동물도 죽음의 길을, 자연의 순환의 법칙에 따라서 죽음의 길을 간다.

사람은 대체로 임종 앞에서는 자신이 불안하고 두려우니까? 무엇인가 붙잡고 의지하려고 한다. 그래서 교회의 담임목사는 성도들의 출생 시 축복기도, 결혼 시 결혼주례, 사망 시 죽음의 집례까지 하며 인생의 헬퍼의 역할을 한다.

망자의 임종 시에는 임종 자에게 편안한 찬송가, 「요한계시록 21장의 눈물이 없고 고통이 없고 슬픔이 없는 생명수와 생명과 그 유리바다 같은 그곳의 천국에 대한 성경을 읽어 주며 천국에 대한 설교와 이야기」를 해준다. 그리고 망자가 죽어서 가는 그곳이 천국인데 얼마나 좋은 것인지? 임종 자에게 각인을 시킨다. 행복한 죽음을 위해서이다. 대부분 믿음으로 신앙생활을 잘 한 사람들은 잘 받아들인다. 우리가 노래를 들을 때에 가창력이 뛰어나서 화음이 아주 잘된 곡이나 나의 처지와 동질성을 느끼는 가사와 합쳐진 노래를 들으면 노래의 활홀경에 내 자아가 빠져 들어간다. 찬송가나 성경은 그러한 내용들이 아주 많아서 그 중에 선택하여 준비하여 두었다가 임종 시 사용을 하면 그러한 임종의 절차를 지켜보고 있던 가족들은 장례 후 아주 기뻐하고 흡족해 한다.

7. 사례(事例)는 진실이다.

첫째 사례는, 서울 화곡시장에서 반찬 가게를 운영을 하던 교우의 장례를 치루어 주었다. 수많은 장례를 행하였어도 결코 잊혀 지지가 않는 특별한 사례이다. 평생 앉아서 반찬을 만들고 장사를 하다 보니 허리가 굽혀져 있다. 철처한 보수적 신앙인이였다. 만나면 꼬게, 꼬게 접어놓은 몇 천원을 덮석 손에 쥐어주면서 전도사님! 많치는 않치만 필요한데로 쓰세요. 아니면 책을 사서 보 세요, 하던 분이 몸이 쇄하여 임종을 맞이하게 되었다. 몸 이 뇌쇠하여 집에 칩거하면서 기도와 성경을 보면서 힘든 하 루를 보내던 중 필자가 심방을 하니 "전도사님! 제가 어제 밤 의 꿈을 꾸었는데 꿈 중에 천

유럽이나 미국은 교회앞 마당이 공원묘지인 경우도 많다.

사가 나를 데려가는데 구름을 타고 하늘로 올라가는 꿈을 꾸었습니다" 제가 머지않아 곧 죽을 것만 갖아요 "앉아만 있으니 너무나 힘이 들어 하 루 빨리 죽기라도 했으면 감사 하겠어요". 라 고 하더니 결국은 3일 후 에 죽었다. 임종 전에 부탁을 받아 놓았던 임종자가 좋아하는 찬송을 부 르니 밝은 미소를 지으시더니, 얼마 후에는 눈물을 흘리며, 또 얼마 후에 는 기도를 하더니, 때가 되었는지? 허리가 굽어 쪼그리고 앉아서 새벽에 아름다운 행복한 임종을 하였다.

둘째 사례는, 세종로에서 꽤 큰 굴지의 여행사를 경영하는 교우의 장 례식이다. 임종자는 신앙생활을 하지 않았지만, 가족들은 모두 필자의 교회를 출석을 하는 크리스챤이었다 1974년 말 11월 어느 날, 임종 직 전에 임종자의 며느리로부터 시아버지가 곧 돌아가실 것 같으니 와서 돌 봐 달라는 전갈이다. 그 당시는 죽음의 장례 문화가 병원이 아닌 가정이 중심 이었다. 가족들이 모두 둘러앉아서 임종을 지켜보는 가운데 임종을 맞이하는 것이다. 임종자는 전도사님! 저 좀 살려주세요. 이마에 씩은 땀 을 흘리면서, 작은 목소리로 전도사님! 저 좀 조금만 더 살게 해주세요, 저는 정말 죽기 싫어요! 임종 전 삶의 애착을 절규 하는 목소리다. 목 기 관지에서 가래가 그륵, 그륵, 끓리 면서 영면의 길을 여는 가운데 몸부림 을 치는 것이다. 그러다가 숨이 멈추면서 손을 놓는 것이다. 어떤 분은

똥도 싸는 분, 오줌을 싸는 분도 계시다. 의학적인 이유는 다 있지만, 분명한 것은 망자가 영면의 길을 가는데 아름답고 행복한 영면의 길을 가야 한다는 것이다.

8. 죽음은 곧 삶의 연속이다.

인체 내의 심장이 펌프질을 하여 혈관을 통하여 미세한 모세 혈관까지 신체의 세포는 더 이상 산소를 공급 받지도 못하고 독소 제거나 소화 작용을 못한다. 목숨이 끊어져서 죽음의 초기에 축 늘어진 상태가 지나면 근육 세포에 화학적 변화와 신체의 냉각으로 인해 시체의 팔 다리가 단단히 굳어진다. 이런 현상을 "사후경축" 이라 하며 얼마 후 지나면 원래의 상태로 돌아온다. 그리고 신체의 내부 기관과 조직에서는 세균에 의해 파괴가 된다. 즉 부패하기 시작을 하므로 시체를 곧 매장을 하거나 화장 또는 신체를 약품 처리를 하여 특정인은 미라로 보존을 하는 경우도 있다. 특히 각 종교에서는 사후의 세계를 교리로 규정하고 있고 특히 기독교에서는 사후의 세계를 천국으로 말을 하고 있고 성경은 그 죽음을 삶의 연속임을, 예수님도 그러했고 신학이나 기독교 교리에서 죽음 이후의 세계인 천국이 삶을 신학대학원에서 천국론 과목으로, 교회에서는 성도들의 신앙생활로, 가르치고 있다. 그래서 미래의 행복한 죽음의 가치관을 갖게 한다. 고로, 죽음은 이제 끝이 아니라 새로운 생명의 삶의 시작과 연속이다.

I 12 행복을 찾다!

1980년초에서 2000년대 초에 사이에 출생한 밀레니엄 세대에게 설문 조사를 했다. 대다수의 젊은 이들의 인생 목표는 돈을 많이 벌어서 결혼도 하고 건강하고 행복하게 사는 것이었다. 그러나 참 행복은 가족과 친구, 그리고 공동체가 있는 긍정적인 좋은 관계를 가지고 사는 사람들 이였다.

1. 행복한 삶에는 어떤 공식이 있을까?

인류의 행복의 조건은 무엇일까? 어떻게 사는 것이 행복하게 사는 것일까? 오래도록 행복하게 살아갈 방법을 터득을 하기 위해서 「인간이 나이를 들어간다는 것」에 대해 1930년 미국 보스턴의 소재한 하버드대학교 연구팀이 3개 집단에 걸친 하버드대학에 입학한 2학년생 268명, 서민 남성456명, 여성 천재 90명 총 814명을 전 생애를 거쳐 연구 대상으로 하여 75년 동안 성인발달연구 프로젝트를 추적 연구조사를 하였다. 해마다 의료일지를 기록을 하고 옛 행적을 추적하고 사람을 찾아서 혈액을 채취 분석을 하고 뇌 촬영을 하고 자녀들과의 인터뷰를 하는 등 수 많은 연구 결과를 컴퓨터의 데이터화한 하버드대학교 인생성장보고서이다. 이 보고서의 의하면 사람을 행복하게 만드는 것은 부귀영화, 높은 성취욕 그리고 권력도 아니였다. 제4대 총책임자인 로버트윌딩거 박사는 그 동안의 행복에 대한 연구결론을 이렇게 말을 했다. "삶에서 가장 중요한 것은 「사람들과의 좋은 관계」이며, 행복은 결국 「사랑」이다". 그리고 「자신의 삶과 이웃에 대한 긍정적인 감정」이다. 라고 했다.

2. 행복은 다른 사람들과의 좋은 관계에서 시작이 된다.

사람들은 누구든지 사회적인 연결고리인 즉 가족, 친구, 공동체와 긴밀한 관계 속에 산 사람은 행복하게 오랜 삶을 살았지만 그렇지 못한 사람은 덜 행복했다. 좋은 이웃이 없이 고독하게 산 사람은 그렇지 않은 사람보다 나이가 든 중년기에 빠른 속도로 건강이 나빠지며 뇌 기능이 일찍이 저하되었고 신체의 노화의 가속성이 빨랐다.

3. 좋은 인간관계에서 친구의 수는 그리 중요치 않았다.

관계가 좋지 않은 친구들이 많으면 갈등, 시기, 질투, 싸움이 더 잦는 반면 건강은 더 많이 해로웠다. 그러나 한명의 친구만으로도 관계가 만족스럽다면 그것만으로도 좋은 관계는 우리의 몸뿐만 아니라 우리의 뇌도 보호했다. 일생을 통하여 서로의 애착관계가 긴밀하게 형성이 된 70-80 이상의 세대들은 그렇치 안은 사람들보다 훨씬 더 높고 좋은 기억력을 가지고 살고 있었다. 인생 70-80이 되면 권력이나 재물은 큰 의미가 없어진다. 이미 곧 신체의 기능과 오감과 함께 노화의 가속성이 70-80킬로로, 자동차 전용 도로의 아주 빠른 속도로 죽음의 내리 막 길을 달려 곧 죽음이라는 생의 종착역에 도착을 하기 때문이다.

4. 행복하려면? 좋은 인간관계와 긍정적인 사랑의 감정으로 살아라!

우리가 행복하려면 "이웃 사촌같이 삶을 살어라" 는 속담처럼 이와 같은 좋은 인간관계가 건강과 행복에 아주 좋다는 것은 아주 옛날, 우리들의 조상 때부터 우리들의 주변의 전해 내려오던 말이었다. 하지만 우리는 이와 같은 중요한 사실들에 대한 깨달음을 항상 잊고 살고 있다는 것이다. 그러면서 미국 하바드대학교의 75년 동안의 성인발달연구 결과

는 계속해서 의학적으로 동일한 연구결과를 다음과 같이 3가지로 그 결론을 보여주고 있었다. 그래서 가장 행복한 삶을 산 사람은 생의 연결 고리를 다음과 같이 가지고 살고 있었다. 첫째는 가족과 친구가 있었다. 둘째는 좋은 공동체(교회,동우회,음악,스포츠 등)와 긴밀한 관심과 감사와 즐거운 관계를 가지고 있었다. 셋째는 긍정적인 생각과 사랑의 감정을 가지고 있었다. 권력도 부귀영화도 아닌 지극히 평범한 생활 속에 보편적인 사람들이 행복한 사람들이었다.

"인생이란? 짧기 때문에 다투고 사과하고 가슴앓이 하고 해명 할 시간이 없다. 오직 사랑 할 시간만이 있다". 라고 마크트웨인은 말한다. 좋

은 관계가 좋은 삶을 만들고 지금을 행복하게 만드는 사람은 바로 「당신 곁에 있는 사람」 이다. 그리고 당신과 이웃에 대한 바로 당신 자신의 「긍정적인 생각과 사랑의 감정」 이다.

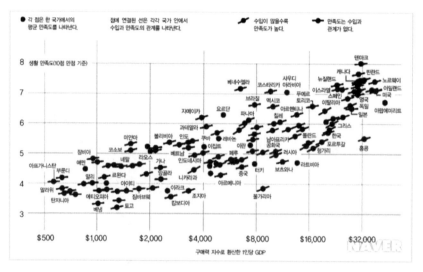

사진-세계 국가별 행복만족도 도표

흰눈송이는 대기 중에 있는 수중기가 영하 40도의 찬공기를 만나서 아름답고 깨끗한
흰 눈송이가 만들어저서 하늘의 그 하얀 눈은 산과 들의 온 세상에 내려 앉아
온 세상을 깨끗하고 아름다운 그 흰눈 세상을 만듭니다.
이제 아름답고 아주 깨끗한 순 백색의 흰눈 세상에 「행복의 일생」을 통하여
당신의 희망과 행복을 그려보시지 않으시겠습니까?

▌참고서적

주(註): 수필(essay) 이란? 형식의 제약을 받지 않고 개인적인 서정이나 사색과 성찰을 산문으로 표현한 문학의 양식이지만... 그의 따라 『행복』의 일생은 인포그라픽 장르로 의학과 과학의 사실들의 입증을 위하여 관련 참고도서와 논문인용 목록 그리고 이미지 출처를 기록하였습니다.

구로즈미 사오리, 사다 세쓰코 저. 이선경 역, 『친절한 여성 호르몬 교과서』 북라이프. 2017. 6.

구은자. 『유년기 문화활동 유형이 성인기 문화활동 유형에 미치는 영향』 한국무용학회, 2012. 12권, 1호.

김명재. 『인간복제와 존엄성』. 한국공법학회, 2001년

김선태. 『거인의 길』. 휴먼엔북스. |2015. 11

김정곤. 『운동! 원리를 알면 건강이 보인다』 도서출판 무한, 2002

김진수. 『경영의 신 정주영 vs. 마쓰시타』 북오션. 2017. 4.

김영민. 『치매』 시그마프레스, 2016. 9.

권오성. 『인체의 신비 展』 (주)지.에프, 2002. 4

경향신문. 『가장 완전한 표준』, 한국인게놈해독, 2016.10.16.

노유리. 『도파민의 구조와 기능』. 부산대학교, 2016. 3.

남우선. 『남자의 취미』 페퍼민트, 2018. 11.

데무라 히로시 저, 송진섭 역. 『생명의 신비 호르몬』 종문화사. 2004.4.

리사랭킨. 『치유혁명』 시공사, 2017. 10. 3쇄

린다게일러드, 최가영 역. 『The Tea Book』, 시그마북스, 2016년 1월

미치오 카쿠. 『마음의 미래』, 김영사, 2015, 7쇄.

문경연. 『한국 근대초기 공연문화의 취미담론 연구』, 경희대학교. 2008.

박상준. 『돈의 원리』. (주)사이언스 북, 2018. 3.

박문호. 『박문호 박사의 뇌 과학 공부』, 김영사, 2017, 2쇄.

서원 B.눌랜드 저. 『이명지 역. 사람은 죽음을 어떻게 맞이하는가』 세종서적. 2017.

사이언티픽 아메리칸 편집부 엮음. 『노화의 비밀』 한림출판사, 2016.

송준섭, 「박종화 교수 인터뷰」 늙지 않는 세상을 꿈 꾼다」 과학동아,
　　　2015.7.

엘리자버스 블랙번. 「늙지 않는 비밀」. 알에이치 코리아, 2018.

양영순. 「치매 그것이 알고 싶다」. 부레인와이즈, 2018. 6.

양기화. 「치매 당신도 고칠 수 있다」. 중앙생활사. |2017. 10.

원종우 김대수. 「김대수의 사랑의 빠진 뇌」, 동아시아, 2017.

월간 헬스조선. 「건강한 음식의 3가지 조건은 무엇입니까?」 2016. 6월호

조숙행 외4명. 「성 호르몬과 우울증」 학지사. 2007.8.

조태신. 「걷기운동 시 Balance Pod를 장치한 워킹 슈즈의 운동효과」. 경
　　　희대학교. 2011.

조지벨런트. 「행복의 존건(하버드대 인생성장 보고서」 프런티어. 2016.
　　　10. 41쇄.

조상행. 「정주영 희망을 경영하다」. 바이북스. 2012 . 6

정주영. 「시련은 있어도 실패는 없다」. 제삼기획 2009. 9. 제3판

정주영. 「이 땅에 태어나서」 솔. 2015. 4.

토니 로빈스 저, 박슬라 역. 「흔들리지 않는 돈의 법칙」. 알에치리아.
　　　2018. 3.

카바사외 시온. 「당신의 뇌는 최적화를 원한다」 쌤엔파커스, 2018.

한국해부생리학 교수협의 편. 「인체해부학」. 개정 3판, 현문사, 2007

Larry Kenney, 외 2명 공저. 김기진 외 6명 공역. 「운동과 스포츠 생리
　　　학」. 대한미디어. 2015. 2.

Roger B. McDonald. 장원구 외4. 「노화의 생물학」 월드사이언스, 2017.
　　　2.

Waneen W. Spirduso. 외 2명 공저. 최종환, 외 6명 공역. 「신체 활동과 노
　　　화」 도서출판 대한미디어. 2006. 8.

Joel levy, Ginny Smith. 「How The Food Works」, Penguin Random
　　　House Company, 　　2018.

John A. Kierna. Nagalingam Rajakumar. 「Barr,s. The HumanNer-
　　　vous System」 ,2014.

Virginia Smith, Nicola Temple. 「How The Body Works」 , Penguin
　　　Random House Company, 2017,

인용논문

구재선. 『행복은 심리적 자원을 형성 하는가』. 한국사회 및 성격심리학회, 2009. 23권1호

구재선 외 1 명. 『한국인 누가 언제 행복한가?』 한국심리학회, 2011. 25권2호

고길란, 이영숙. 『노인의 죽음불안에 관한 연구』. 한국생활과학회, 2008. 제17권4호

권인창. 『유산소 운동과 유산소 및 Circuit Weight Training 복합훈련이 비만 초등학생의 신체조성, 혈중지질, Leptin 및 심박 회복능력에 미치는 영향』 한국체육학회. 2002. 41권, 3호

김명소. 『한국 성인의 행복한 삶의 구성요인 탐색 및 척도개발』 한국건강심리학회, 2003. 8권.2호

김기욱, 박현국, 서지영 『아유르베다'(Āyurveda)의 醫經에 관한 연구』. 대한한의학원전학회, 2007. 20권 4호.

김동청, 황우익, 인만진, 『이성동.인삼의 지용성 추출물 투여가 면역기능에 미치는 영향』 고려인삼학회. 2008. 32권, 1호

김기호, 김나연, 강신호, 이화진. 『더덕 잎의 파이토케미컬(phytochemi-cals)과 항산화 활성』 한국식품과학회, 2015. 47권, 5호

김용현. 『수경재배 상추의 생장과 파이토케미컬에 미치는 적색 LED 램프의 주파수 및 듀티비 효과』 한국원예학회, 2012. 30권, 2호

김용석. 『국내외 알코올사용장애 선별도구의 비교를 통한 한국성인의 알코올사용 장애에 관한 역학 조사』 한국사회복지학회. 1999년 37권, 37호.

김진희, 한창현, 안상우. 『아유르베다(Ayurveda)의 기원에 관한 연구』. 한국한의학연구원, 2010년 16권3호

김한솔, 정민예. 『치매 노인에게 적용한 작업 중심 회상치료와 의사소통 중심에 따른 회상치료의 효과』. 고령자치매작업치료학회, 제5권2호

강 인. 『성공적 노화의 지각에 관한 연구』. 한국노인복지학회, 2003. 20

권, 1호

류경자. 『뇌하수체(腦下垂體) 성선자극(性腺刺戟)호르몬 분비(分泌)의 신
　　　경내분비적(神經內分泌的) 조절(調節)』.大韓不姙學會誌.1980.│7권
　　　1호

박경표, 김종성, 서대철, 박형섭. 『청반핵 자극으로 인한 노르아드레날린
　　　의 유리가 동통의 조절에 미치는 영향』. 대한약리학회, 1994, 30
　　　권, 1호

박지하, 이봉효, 이상남, 송익수, 안상영, 한창현. 『한의학과 아유르베다 의
　　　학의 약재 비교 고찰.1』,대한본초학회지, 2010. 25권, 4호

박민자. 『행복가족의 요소와 의미』.한국가족학회, 2006. 18권4호

박용욱. 『자가 면역 질환에서 자연살해T세포 기능저하 기전연구』전남대
　　　학교. 2014년

박종운, 박찬국, 『古代印度醫學(AYURVEDA)의 形成과 體系』. 대한한의
　　　학원전학회. 1998. 11권, 1.

방운규. 『돈 관련 속담에 나타난 한국인의 의식구조. 겨레어문학회』 2003.
　　　31권3호.

서지영, 『印度 傳統醫學에 關한 研究: 아유르베다'(Āyurveda)를 중심으
　　　로』. 동국대학교. 2007. 4.

신윤아 외 2인. 『신체활동, 운동 및 체력수준이 세포노화 지표인 텔로미어
　　　길이에 미치는 효과』. 한국운동생리학회, 2018. 27권, 2호.

서혜경. 『韓美老人의 죽음에 대한 態度研究』. 한국노년학회 1987. 제7
　　　권1호

서순림, 홍해숙. 『노인의 스트레스, 면역세포 변화, 신체적 건강상태 및 우
　　　울』기초간호학회, 2001.3권.1호.

신응철. 『현대 문화와 돈 그리고 개인 : 짐멜(G. Simmel)의 돈의 철학에
　　　나타난 문화와 돈의 관계를 중심으로』. 한국동서철학회. 2009. 53
　　　권, 53호.

신창호. 『β3-아드레날린 수용체 유전자와 대사조절 호르몬 및 신체구성
　　　변인과의 상관성』한국운동생리학회. 2002. 11권, 1호.

송후림, 우영섭, 박원명 .『중추신경계 외부의 세로토닌』, 대한정신약물학
　　　회, 2012. 23권2호

양병환. 『세로토닌과 정신의학』. 대한생물정신의학회, 1997년 4권, 2호

오정환. 『인간 게놈의 Copy Number Variation과 유전자 질환』. 대한 악안면 성형』 재건외과학회, 2008년30권2호.

우순임, 조성숙, 김경원. 『운동선수들의 영양지식과 영양소 섭취상태에 관한 연구』 한국운동영양학회 1997년

유원기. 『아리스토텔레스에게 있어서 행복의 조건』 한국동서철학회, 2013. 70권70호

이기홍. 『한국인의 죽음 수용과 종교』. 한국조사연구학회. 2009. 제10권 3호

이헌정. 『한국인에서 도파민 D4 수용체 다형성과 Novelty Seeking 성격 특성의 연관성』 2002. 41권, 4호

정익중. 『청소년기 자아존중감의 발달궤적과 예측요인』. 한국청소년정책연구원, 2007. 18권, 3호

전유정, 이정국. 『중년 여성의 면역력 향상에 대한 에어로빅 운동의 효과』. 한국체육학회. 2006. 45권, 4호

정경운, 강지인, 남궁, 김세주. 『트립토판 가수분해 효소 및 세로토닌-2A 수용체 유전자 다형성과 정서기질의 관련성』 대한우울·조울병학회, 2009. 7권2호.

정숙희. 『아유르베다의 트리도샤에 의한 아로마 요법이 여성 체지방에 미치는 영향』. 조선 대학교 산업대학원. 2006

장재훈. 『노인여성의 16주 걷기운동 참여가 노화관련 호르몬에 미치는 영향』. 한국운동생리학회 2009. 18권, 2호

이윤희, 박명화. 『치매 환자를 돌보는 가족부양자의 부양만족도와 관련 요인』, 노인간호학회지 제18권 제3호

이유섭. 『돈과 돈의 사용에 관한 정신분석적 이해』 한국 라깡과 현대 정신분석학회, 2007. 9권1호

이은영. 『유지 혈액투석 환자에서 투석중 베타 엔도르핀(β -endorphin) 농도의 변화』 대한내과학회지, 1998. 455권, 1호

이창연, 이숙향. 『폐경기 여성에서 호르몬 대체요법의 지질대사 및 골밀도에 대한 효과: 지속적 요법과 순차적 요법의 비교』. 한국임상약학회지, 2000. |10권 3호

임흥남, 김은주. 「유아교육기관을 다닌 성인들이 유년기 가장 즐겁게 논 경
험」. 한국유아교육학회. 2018.

윤하나 「여성의 혈중 남성호르몬 수치와 성기능 장애의 상관관계 연구」.
대한성학회지. 2014년 | 1권 1호

월간 헬스조선. 「건강한 음식의 3가지 조건" 은 무엇입니까?」 2016. 6월호

정상모. 「인간 게놈 프로젝트와 환원주의」.새한철학회 2000. 22권

조은경, 송효주, 조혜은, 최인순, 최영주. 「산야초를 이용한 기능성 발효
음료개발 및 생리활성 연구」. 한국생명 과학회, 2010. 20권, 1호

정인권. 「세포분열 시계로서의 텔로미어 가설」. 대한임상노인의학회.
2004. 제 5권, 1호.

천성수, Rubelyn Inot, 김미경, 윤선미, 정현미, 유재현, 이상숙. 「한국인
의 문제음주 및 알코올 사용 장애 연구」 알코올과 건강행동학회 2009
년 10권, 2호

천정환, 이용남. 「근대적 대중문화의 발전과 취미」, 민족문학사연구소
2006년 30권, 30호

탁진국, 이은혜, 임그린, 정일진. 「성인경력 고민척도 개발 및 타당 화」. 한
국산업 및 조직심리학회. 2013. 26권, 1호

█ 이미지 출처

두산백과사전 · 매경시사용어 사전 · 네이버 백과사전 · 픽사베이 이미지사
이트